베르네르

엘리제

녀로 각성한 에테르나가 폭쥬!
지만 강해진 베르네르가 만든
주 짧은 시간으로, 엘리제가
지 않게 처리한다!

상적인 성녀? 미안,
가짜 성녀입니다! 3

~사상 최악으로
불린 악역으로
환생했는데요~

「괜찮아요. 저는 절대로 마녀가 되지 않아요. 왜냐면 저는……

성녀가 아니니까요.」

에테르나

레일라

서플리

알프레아

"초대 성녀,
알프레아 님이신가요?"

"잘 왔어요.
당대의 성녀여.
당신이 오기를
기다리고 있었답니다.

앗싸, 좋은 구경했네.

이상적인 성녀?
미안,
가짜 성녀
입니다!

~사상 최악으로
불린 악역으로
환생했는데요~

KUSO-
OF-THE-YEAR
FAKE SAINT
: ELRISE IN FIORE
CADUTO ETERNA

3

KABEDONDAIKOU
카베돈다이코
ILL. 유노히토

CONTENTS

그림 : 유노히토

프롤로그

하얀 복도를, 한 소녀가 걷는다.

그저 그것만으로 성의 홀에 모였던 자들은 시간이 멈춘 것처럼 우두커니 서고, 소녀의 자태를 눈으로 좇았다.

금실 같은 황금색 머리카락. 티 하나 없이 매끄러운 피부. 두드러진 녹색 눈. 새하얀 드레스.

마치 신이 지닌 기술을 전부 쏟아부어 최고의 아름다움을 만든 듯한, 살아있는 전설…… 성녀 엘리제. 그것이 소녀의 이름이었다.

언제, 어느 각도에서 봐도 마치 그림 같아서, 자신이 같은 공간에 있기만 해도 사람들은 자랑스러운 기분이 든다.

하지만 지금 그들의 마음속에 있는 건, 끝없는 죄악감…… 그리고 후회였다.

여기 있는 자들은 각자가 나라를 다스리는 왕과 그 나라의 대신과 같은 권력자들이다.

그들은 지난번에 이 소녀를 배신했다.

소녀를 위해서라고, 세계를 위해서라고, 설령 오명을 뒤집어쓰는 한이 있더라도 이 소녀를 죽게 해서는 안 된다고.

그렇듯 변명하고, 배신하고, 가뒀다.

오늘은 그 심판을 받으러 왔다.

역사상 그 누구보다도 세계에 공헌하고, 사람들을 구하고, 존경받은 성녀 엘리제.

그 소녀를 배신한 죄는 가장 무겁다.

하지만 배신당한 본인은…… 분노를 전혀 드러내지 않고, 자상하게 미소를 짓는다.

"여러분, 부디 고개를 들어 주세요. 여러분도 비난받을 일을 하지 않았답니다. 심판받을 일은, 아무것도 없어요."

"하오나…… 그래서는 용서받을 수 없소! 성녀여, 부디 심판을……."

괴로운 투로 말한 것은 루틴 왕국을 다스리는 국왕이다.

그 나라는 예전에 마물이 습격했다. 이대로 가면 나라가 멸망할 위기였는데…… 그것을 구한 것이 바로 엘리제였다.

그런데도 나라를 구해준 은혜를 배신으로 갚았다.

욕을 먹어도 어쩔 수 없다. 오히려 당연하다.

용서하지 않겠노라고 하면 받아들이자. 여기서 부끄러운 줄 알고 죽으라고 하면 당장 목에 칼을 대자. 그는 그럴 각오로 여기 왔다.

그리고 이는 다른 국왕들도 필시 마찬가지이리라.

그러나 성녀는 자상하게 말한다.

"그렇다면 용서하겠어요. 몇 번이든, 저는 당신들을 용서하겠어요. 돈을 던지고, 뒤에서 칼로 찔러도…… 그래도 저는, 이 세계를…… 여기서 사는 모두를, 사랑하니까요."

엘리제의 말에, 무릎 꿇을 각 나라의 왕들을 흐느끼기 시작했다.

그리고 굳게, 또 굳게 생각한다.

두 번 다시는 이 성녀를 배신하지 않겠노라고.

만약 이 성녀에게 도움이 필요한 때가 찾아온다면…… 무엇을 무릅쓰더라도 힘이 되겠노라고.

엘리제의 자비로움에 이 자리에 있던 모두가 눈물을 흘리고, 존경과 사랑을 더욱 키웠다.

역대 어떤 성녀보다도 위대하고, 자비롭고, 아름답다.

그렇게 평가받는 엘리제지만…….

──사실 이 소녀, 엘리제는 터무니없는 사기꾼이다!

◇

안녕, 난 엘리제!

오늘도 엑스트라들이 존경하는 시선이 기분 째져! 내 자존심과 허영심과 과시욕을 채워 준다고.

나는 21세기 현대 세계에서 이 세계 『피오리』로 TS 환생한 가짜 성녀.

TS란 뭐, 본래의 의미는 무시하고, 라이트노벨에선 주로 성전환을 의미한다.

이렇게 말하면 못 알아듣겠지만, 나는 전생에 남자였다.

잘 모르겠지만, 어느 날 죽은 듯한 나는 정신을 차려 보니 죽기 전에 한 게임, 영원의 산화~Fiore caduto eterna~』라고 하는, 어느 루트를 가도 히로인이 죽는, 미소녀가 나오는 게임답지 않은 게임 세계에 환생하고 말았다. 정확히는 가사 상태가 되어 영혼이 분리되니 뭐니 하는 복잡한 사태가 벌어졌는데, 아무튼 환생했다.

더군다나 환생한 인물은 주인공 파티가 봤을 때 존재 자체가 해악인 가짜 성녀 엘리제. 거참, 대체 무슨 벌칙 게임이냐고.

이 엘리제란 캐릭터는 역할로 봤을 때 요새 유행하는 악역 영애에 가깝지만, 그렇게 귀여운 게 아니다.

악역 영애는 모종의 미점이 있고, 옹호할 여지가 있으며, 어떨 때는 약혼을 파기하는 미남이 더 쓰레기일 경우가 많다.

하지만 이 엘리제는 순정 백프로 쓰레기다. 옹호할 여지가 하나도 없고, 미점도 전혀 없다.

살아있는 오물. 쓰레기 오브 쓰레기. 올해 최악의 가짜 성녀.

그런 녀석으로 환생하다니, 진짜 장난 아니다.

그러나 생각해 보면 잘됐다. 이야기가 나쁜 방향으로 흘러가는 건 대체로 이 녀석 탓이니까, 나는 이야기를 해피 엔딩으로 만들고자 이것저것 내 마음대로 했다.

외모도 갈고닦아 더는 불가능할 정도로 나 자신을 미소녀로 만들었다. 성녀의 평판이 떨어지지 않게끔 마물을 때려죽이고 다니거나, 적당히 사람을 구하거나 해서 명성을 쌓았다……. 조금 오버했지만.

마지막엔 진짜 성녀이자 이야기의 히로인, 에테르나에게 성녀의 자리를 반납하고, 나는 마녀를 길동무로 삼아 죽어서 해피 엔딩. 이것이 내가 생각하는 흠 잡을 데 없이 완벽한 시나리오다.

여담으로 죽음은 전혀 두렵지 않다. 애초에 여기 있는 나는 이미

한 번 죽은 셈이고, 뭐랄까 죽는 것도 생각했던 것보다 대단하지 않아서.

한 번 죽음을 경험한 탓에 내가 원래부터 희박했던 삶에 대한 집착이나, 그런 것이 망가질 걸지도 모른다.

뭐, 여기에 이를 때까지 전부 잘 풀린 건 아니다.

얼마 전만 해도 각 나라의 임금님+기사 모두가 나를 배신해서 성녀의 성에 유폐했다.

나는 내가 생각했던 것보다 인망이 훨씬 없었구나……. 설마 한 사람도 빠짐없이 배신할 줄은 몰랐어.

온두루루라깃탄디스카!(정말로 배신한 겁니까!)

하지만 뭐, 냉정하게 생각해 보면 애초에 나는 가짜다. 그런고로 기사들은 성녀를 섬길 의무가 있어도 가짜를 섬길 의무는 없다.

그러므로 처음부터 따지고 보면 현재진행형으로 모두를 속이고 배신하고 있는 셈이니까, 내가 불평하는 건 이치에 맞지 않는단 말이지.

그래서 배신한 녀석은 모두 용서하고 벌하지 않았는데, 그래서는 직성이 풀리지 않는다며 오늘 다시 성녀의 성에 소집된 각 나라의 높으신 분 모두가 무릎 꿇고 빌었다.

재방송일까? 이거, 아이즈 영감 때도 똑같은 소리를 한 기억이 있는걸.

하지만 뭐, 아까도 말했다시피 속이고 배신한 건 오히려 나니까 다시금 모두 무죄 방면해 줬다. 이것도 재방송. 아이즈 아저씨 때와 똑같은 느낌으로 용서해 줬더니 모두 질질 짜서 대폭소 불가피.

아, 안 돼……. 아직 웃으면…… 하, 하지만…… 같이, 모 신세계의 신처럼 웃음을 참느라 고생했다.

그 이전에 임금님을 심판할 권한은 나한테 없단 말이지.

그 뒤로는 적당히 뻥을 쳤다. 여기 사는 모두를 사랑하니 뭐니. 나도 참 잘도 그런 소리가 나온다.

정말로 세계를 전부 사랑하는 녀석은 매일 마물을 두들겨 패서 멸종 직전으로 몰아넣지 않는단 말이지…….

하지만 신기하게도 이 부분의 모순을 지적당한 적은 없다.

아무튼 지금까지는 이것저것 있었어도 대략 순조롭게, 앞으로는 알프레아 마법기사 육성기관(통칭, 마법기사 학원) 지하에 잠복한 최종 보스, 마녀 알렉시아를 두들겨 패서 해피 엔딩이다.

그런고로 후다닥 학원으로 돌아가자고.

가짜 성녀의 마녀 격파 RTA(리얼 타임 어택), 시작합니다~.

아니…… RTA는 거짓말이네……. 시간을 너무 날렸으니까…….

제47화 겁에 질린 마녀

알프레아 마법기사 육성기관에는 지하 시설이 있다.

평소 생도는 물론이고 교사도 좀처럼 출입하지 않는 그곳에는 기사를 지망하는 젊은이들이 마물을 상대로 실전 훈련을 하라고 마련된 장소이다.

마물을 절대로 놓치지 않도록 강철로 둘러싸인 그 시설은 반경 30미터, 천장까지의 높이가 10미터라고 하는 광대한 공간이며, 거대한 마물이라도(개체에 따라선 비좁겠지만) 그 힘을 마음껏 발휘할 수 있다.

왜 이런 공간이 필요하냐면, 관계없는 사람이 휘말리지 않게 하려는 것이다.

예를 들어 이 훈련을 실행하면 마물이 도망칠지도 모르고, 그 마물이 근처 마을로 갈지도 모른다.

어쩌면 도망친 곳에 우연히 지나가던 행상인이 있을지도 모른다.

학원에 물자나 식량을 운반해 주는 수송대가 피해를 볼 가능성도 있다.

그러한 가능성을 고려하고, 마물을 절대로 놓치지 않게끔 이런 시설을 마련하는 흐름이 자연스럽게 생겼다.

과거에는 야외에서 울타리를 치고 똑같은 훈련을 실행했다고 하는 기록도 있지만, 그것이 사라진 걸 보면 역시 과거에 무슨 일이 있었던 거겠지.

울타리를 뛰어넘었다거나, 부쉈다거나…… 혹은 땅을 파서 탈출했다거나.

어느 쪽이든 간에, 그렇게 과거의 반성을 살린 게 틀림없다.

그리고 이 지하 훈련소에는 교사도 모르는 비밀 계단이 있었다.

전임 교장인 디아스가 남몰래 알렉시아를 보호하려고 만든 그 장소는 긴 계단을 내려가야 있다.

계단을 내려가면 가장 먼저 눈에 들어오는 것이 돌로 된 문이다.

그것을 열고 들어가면 두 개의 석상이 손님을 맞이한다.

석상 사이의 외길을 쭉 가면 길이 몇 개로 나뉘고, 각각이 마녀의 방, 주방, 거실, 화장실, 욕실…… 그리고 마물들이 대기하는 방으로 이어진다.

마녀의 방은 지하로 생각하기 어려울 만큼 잘 꾸며서, 호화로운 저택의 방을 연상케 한다.

네모나게 만들어진 널찍한 방으로, 투박한 돌벽과 천장은 뱀 문양의 벽지로 가렸다.

바닥은 판자를 깐 뒤에 융단을 깔고, 그 위에 다양한 실내 장식물과 침대, 의자, 책상, 책장, 괘종시계 등을 두었다.

벽에는 다양한 그림…… 특히 웅대한 자연과 넓은 하늘을 그린 것이 많아서, 답답할 수밖에 없는 지하 공간에서 알렉시아가 되도록 쾌적하게 지내길 바라는 디아스의 마음 씀씀이가 느껴진다.

등잔 밑이 어둡다고…… 설마 마녀를 토벌하는 성녀의 기사를 육성하는 학원 지하에 이렇듯 마녀를 위한 거주 공간이 있을 줄은 아무도 상상할 수 없으리라.

그러나 그 공간에서, 마녀 알렉시아는 침대에 앉아 신경질을 내듯 손톱을 물고 있었다.

음침한 여자였다.

허리에 닿는 은발에는 윤기가 없어서 얼핏 보면 흰머리 같다.

반쯤 뜬 눈에는 생기가 없고, 눈 밑은 검었다.

뺨은 야위었고, 피부는 거칠다.

입술은 보라색으로 물들었고, 손톱을 물어뜯는 이는 누렇다.

자세히 보면 얼굴 생김새 자체는 예쁜데, 그것을 알아보지 못할 만큼 망가졌다.

만약 성녀 알렉시아를 아는 자가 봐도 금방 같은 인물임을 알아채지 못하리라.

학원에서는 역대 성녀의 초상화나 동상을 장식하고 있는데, 알렉시아는 은발 미녀로 묘사되었고, 실제로도 과거에는 그랬다.

하지만 여기 있는 알렉시아는 그 흔적조차 사라지고 있다.

의상도 성녀 시절에는 엘리제와 디자인이 똑같은 새하얀 드레스를 입었지만, 지금은 어찌 된 영문인지 새까만 로브를 걸치고, 어둠 속에서 불빛도 켜지 않은 채 어둠과 동화하는 것처럼 소리도 내지 않고 침대 위에 가만히 있었다.

딱히 성녀가 마녀가 되었다고 해서 패션이나 얼굴 생김새까지 악인처럼 되라는 법은 없다.

역대 마녀 중에는 성녀 시절의 모습으로 마녀로 지낸 자도 있었다.

그런데도 성녀=마녀라는 사실이 퍼지지 않은 건 왕이 입단속을 잘해서 그런 거지만, 아무튼 마녀가 딱히 악인처럼 생겨야 하는 건 아니다.

그러나 알렉시아는 성녀 시절과는 딴판으로 변해서, 과거 세계를 구한 성녀 알렉시아라고 말해도 믿을 사람은 거의 없으리라.

"디아스…… 아아, 디아스. 이제 그 계집은…… 엘리제는 학원을 떠났느냐? 쫓아냈느냐? 그, 그래……. 너는 교장이다. 강권으로 퇴학시킬 수 있지? 그렇지?"

"내 성녀여, 아직, 엘리제는. 당신의 존재를 눈치채지 못했습니다. 그리고 이전부터 말씀하신 학원 추방은, 불가능합니다. 성녀를 쫓아낼 순 없습니다. 오히려, 억지로 그랬다간, 제가 의심받아, 최악의 경우, 교장 자리에서 쫓겨납니다. 제가 없으면, 아무도 당신을 지킬 수 없습니다. 인내해 주시길."

알렉시아가 조용조용 작게 말을 거는 것은 디아스가 메신저로 보낸 새, 스틸이다.

테이블 위에 있는 새는 디아스가 전하는 말을 그대로 따라 하고 있다.

최근에는 디아스가 직접 만나러 오는 일도 없어졌다.

엘리제가 학원에 있는 지금, 섣불리 지하를 방문했다간 오히려 엘리제를 안내하는 꼴이 될 수 있다……는 이유다.

"그건 안다. 알지만, 나는 언제까지 기다리면 되지? 그것이 온 뒤로, 언제 들킬지 몰라서 미칠 것 같구나. 무서워서 잠들 수도 없다."

"그건 안다. 알지만, 나는 언제까지 기다리면 되지? 그것이 온 뒤로, 언제 들킬지 몰라서 미칠 것 같구나. 무서워서 잠들 수도 없다고."

애원하는 알렉시아에게, 스틸은 똑같은 말을 되풀이했다.

이 새는 말의 의미를 하나도 모른다.

다만 습성에 따라 자기보다 강하고 큰 동물이나 새가 내는 소리를 흉내 낼 뿐이다.

그렇기에 이 말도 그대로 디아스에게 전해질 것이다.

스틸이 날아가는 모습을 지켜본 다음, 알렉시아는 침대 위에서 시트로 몸을 돌돌 말았다.

알렉시아는 당대 성녀인 엘리제를 두려워했다.

과거에 똑같이 성녀였으니까 안다.

그건 괴물이다…….

엘리제는 모르는 눈치지만, 사실 알렉시아는 엘리제의 싸움을 한 번 직접 본 적이 있었다.

마물을 이끌고 도시를 습격할 때…… 당시 고작 열두 살이던 엘리제에게 부하가 쓸려나가서, 입에 거품을 물고서 부하를 내팽개치고 도망쳤다.

웃기지도 않았다. 저건 대체 뭐냐.

하늘을 날고, 하늘에서 빛의 검을 빗발처럼 퍼붓고, 그것을 쥔 병사들도 범상치 않게 강화한다.

공격하면 온갖 피해가 몇 배로 반사되고, 마법의 융단폭격으로 유린당한다.

성녀는 실제로 다른 인간을 웃도는 마력을 지닌다. 동질의 힘이 아니면 피해를 보지 않는 무적의 특성도 있다.

하지만 그게 전부다. 결코 그렇게 차원이 다른, 신 같은 존재가 아니다.

알렉시아도 마법을 잘해서 이해하고 말았다……. 엘리제의 마력은, 그 시점에서 이미 알렉시아의 100배가 넘는 수준에 달했다는 사실을.

그것이 지금으로부터 5년 전에 있었던 일. 그리고 열일곱 살이 된 엘리제의 힘은 약해지기는커녕, 더 강해지고 있다고 한다.

마법의 위력은 주입하는 마력의 양으로 정해진다.

똑같은 마법이라도 10의 마력을 주입한 것과 비교해서 30의 마력을 주입한 것은 단순히 세 배의 위력을 낸다.

즉, 내포할 수 있는 마력의 양은 그대로 전투력이 된다.

그렇다면 엘리제의 전투력은 열두 살 시점에서 알렉시아의 100배 넘은 수준에 달했다는 것이다.

이런 괴물은 이길 수 없다. 아니, 이길 수 있는 생물은 존재하지 않는다.

직접 싸우지 않고도 격의 차이를 깨닫고, 알렉시아는 그날부터 쭉 학원 지하에서 숨어 살았다.

매일 디아스가 말해주는, 각지에서 벌인 엘리제의 전투는 하나같이 귀를 의심케 했다. 역대 마녀가 몇 대에 걸쳐 마물의 영토로 바꾼 섬을 하루 만에 수복했다는 것이나, 과거에 알렉시아 자신도 싸움을 피할 수밖에 없었던 대마(大魔)를 3초 만에 해치웠다는 등, 들을수록 힘에 부치는 존재임을 알았다.

불공평하지 않냐고 생각한다.

알렉시아가 성녀가 됐을 때, 세계는 짙은 어둠으로 가득했다.

그것은 알렉시아의 전대 성녀인 릴리아가 마녀를 토벌하지 않고 마물에게 살해당해 암흑기가 길어졌기 때문이다.

결국 알렉시아는 역대 성녀보다도 고된 상황에서 싸울 수밖에 없었다.

이번에는 반드시 마녀를 토벌해 달라는 민중의 압박이 있었다.

나아가 당시 마녀였던 그리셀다는 릴리아가 죽은 만큼 역대 마녀와 비교해서 존속 기간이 길었고, 당연히 그만큼 부하도 많았다.

그래도 알렉시아는 공포를 참고 마녀와 싸웠다.

자신이 꼭 해야 하는 일이라며, 울고 도망치고 싶은 것을 참고서…… 싸움 중에 수많은 동료와 기사를 잃으며, 그럼에도 디아스와 함께 그리셀다를 토벌했다.

하지만 그리셀다를 토벌한 알렉시아를 기다린 것은 설마 했던 배신이었다.

빌베리 왕국 국왕, 아이즈는 알렉시아를 성녀의 성에 유폐하고 마물이 공격하게 했다.

결과적으로는 이때 공격한 마물이 알렉시아의 편을 들어서 겨우 도망칠 수 있었지만…… 알렉시아는 하루아침에 성녀의 지위에서 추락해 마녀로서 손가락질당하는 처지가 되었다.

분했고, 슬펐다. 그리고 미웠다.

그래도 알렉시아는 마녀가 되지 않겠다며 버티고, 몰래 몸을 숨기고 살았다.

마녀가 되면 자신을 배신한 자들의 행동이 옳았다고 인정하는 꼴이다. 그것만큼은 싫었다.

하지만 그리셀다에게 이어받은 마녀의 원념은 날이 갈수록 알렉시아를 잠식했다.

성녀가 마녀가 될 때, 딱히 인격이 변하거나 갑자기 딴사람이 되는 건 아니다.

단순히 기억을 계승하고, 주체할 수 없는 어두운 감정이 커질 뿐이다.

역대 마녀가 본 인간의 온갖 오점. 추악한 기억. 배신당한 분노.

그것을 보고, 느끼고, 마음이 시커멓게 물든다.

하얀 캔버스가 오물과도 같은 검댕으로 칠해지고, 바뀐다.

성녀의 마음은 하얗고, 더러움도 없다.

하지만 하얀색은 물들기 쉽고, 간단히 덧씌워진다.

알렉시아도 예외는 아니어서…… 버티고 버틴 끝에, 마침내 세계를 증오하는 마녀가 되었다.

자신이 이토록 괴로운데, 힘든데. 두려움을 참고 세계를 평화롭게 했더니 배신당하고, 그런데도 참고 있는데.

그런데도 그런 것도 모른 채 평화를 만끽하는 자들이 싫다. 용서할 수 없다.

이 고통을 자신에게 내린 세계는 잘못됐다.

그리하여 알렉시아는 참는 걸 포기하고 마녀가 되었다.

하지만 마녀가 된 뒤에, 알렉시아는 다시금 공포에 버텨야만 했다.

역대 굴지의 마녀 그리셀다를 토벌하고 마녀가 된 다음에 기다린 건, 이번에는 역대 최고이자 최강의 성녀 엘리제였다.

이건 너무하다고 울고 싶어졌다.

세계는 그토록 내가 미운 거냐며 절망했다.

분노에 몸을 맡기고 날뛰는 것조차 용납해 주지 않는가.

어째서 나만, 이런 꼴을 봐야 하는 것인가.

그리고 엘리제가 학원에 전학을 오고, 알렉시아는 급기야 만족스럽게 잘 수도 없어졌다.

조금이라도 소리를 내면 들킬지도 모른다며 겁내고, 매일 작은 소리에도 과민하게 반응해서 보이지 않는 공포에 시달렸다.

엘리제는 언제 여기를 알아챌까? 아니면 이미 알아챈 게 아닐까?

차라리 텔레포트를 써서 도망치고 싶은 마음이 생기지만…… 여기서 도망치면 이젠 어디에서 자기 편이 없다.

텔레포트로는 알렉시아 혼자 도망칠 수 있다.

이 지하에 있는 마물들도, 디아스도 데려갈 수 없다.

고작 혼자서, 더군다나 텔레포트의 대가로 약해진 상태로 밖에 나가야 한다……. 성녀가 덧칠한 세계에서, 고립무원이 된다.

지금 세계는 어딜 가든 인류의 영역이며, 성녀의 편이다.

어디에도 도망칠 곳이 없다. 그러니까 알렉시아는 여기에 머물 수밖에 없다.

그런데도 알렉시아의 공포는 한계였다.

여기서 머무는 것에 마음이 버틸 수 없다. 당장에라도 뛰쳐나가고 싶다.

아, 싫다. 싫어. 제발 여기를 알아채지 마.

매일 그렇게 빌면서 몸을 떨고 있다.

"가여우신 우리 알렉시아 님……."

"오, 오오…… 『그림자』여."

겁에 질려서 몸을 떠는 알렉시아에게 몸을 기대듯, 『그림자』가 다가왔다.

그것은 기묘한 존재였다.

지하라고 해도 빛은 조금 있다.

물론 알렉시아의 방에 불빛은 없지만, 스틸이 헤매지 않고 날 수 있게끔 통로에는 등불을 켰고, 그 빛이 알렉시아의 방으로 이어진다.

그런데도 그건 마치 빛이 닿지 않는 것처럼 캄캄했다.

그야말로 움직이는 『그림자』……. 그것이 알렉시아를 위로하려고 어깨에 손을…… 아니, 어두운 무언가를 뻗는다.

"『그림자』여…… 나는 무섭다. 왜 내 시대에는 이런 일만 있는 것이냐……. 세계는 그토록 내가 미운 것이냐. 나는 어쩌면 좋단 말이냐……. 가르쳐 주어라……『그림자』여."

"지금 당장, 텔레포트로. 도망쳐야 합니다……."

"아, 안 된다! 밖에는 내 편이 없다! 금방 들켜서, 그 녀석이 날아올 거다! 그리고 너도 알 텐데? 텔레포트는 몸을 한차례 분해해서 날아가는 금단의 마법…… 이동한 곳에서 재구성되지만…… 그때 본연의 형태로 재구성되는 바람에, 몸에 익힌 경험이 사라진다. 안 그래도 힘에서 차이가 나는데, 그걸 더 넓히다니…… 그렇게 어리석은 짓을 어떻게 할 수 있겠느냐?!"

공포 때문에 과거의 아름다운 자태가 흔적도 없이 사라진 주인을, 『그림자』는 묵묵히 보고 있었다.

냉정하게 판단해 보면, 이미 여기에 머무는 것 자체가 악수다.

엘리제는 이 학원에 전학을 온 뒤로 지금까지 학원을 거점으로 쓰고 있다.

디아스의 보고를 믿는다면 이 지하에 관해서 모를 텐데…… 그렇다면 왜 아직 머물고 있지?

설령 모르는 것이 사실이라고 쳐도, 여기에 마녀가 있다고 확신하고, 무언가 증거를 찾아서 그런 게 아닐까?

그렇다면 여기는 이미 위험지대다. 한시라도 빨리 텔레포트로 탈출하고, 새로운 거점에서 다시 시작하는 게 좋다.

하지만 마녀는 자기 편이 없는 것을…… 그리고 엘리제에 의해 영역을 빼앗긴 바깥에 나가는 것을 두려워한다.

이제는 싸울 것도 없이, 엘리제와 알렉시아의 승패는 갈렸다.

세계를 무대로 한 땅따먹기 게임에서 엘리제가 압승하고, 바둑판은 흰색으로 물들었다.

유일하게 검은 돌이 남은 현재 상황에서, 엘리제는 마지막 하나를 따려고 손을 든 상황에 이른 것이다.

그런데도 마녀는 도망칠 수 없다. 공포에 얽매여, 아직 이 학원에 매달리고 있다.

"알겠습니다……. 그렇다면, 그 공포를 제가 없애 드리지요."

"무, 무리다! 너라도 엘리제는 못 이겨!"

"안심하시길…… 저도 그 괴물을 이길 수 있다곤 여기지 않습니다. 그 녀석이 여기에 머무는 건, 여기에 마녀님이 계신다고 생각하기 때문입니다. 그 의심을 풀면…… 제 발로 여기를 떠날 겁니다. 제게 작전이 있습니다……."

『그림자』는 음산하게 꿈틀대고, 눈에 해당하는 부분을 빛냈다.

제48화 대마 옥토

『그림자』── 옥토는 마녀 알렉시아를 섬기는 대마다.

과거 성녀 알프레아와 함께 싸웠다고 하는 최초의 기사 곤잘레스가 투신해서 곤잘레스의 바다로 이름이 붙은 바다의, 빛도 닿지 않는 심해에서 태어났다.

그 종족은 퍼펫 옥토퍼스라고 불리며, 인간으로 치면 세 살 아이의 지능을 지녔다.

다른 문어와 비교해서 뇌가 큰 이 문어는 머리가 커서 균형이 나쁘고, 움직임도 다른 문어에 비해서 굼뜨다.

가장 큰 특징은 생존 전략으로, 전투 능력이 부족한 이 문어는 소리도 없이 다른 생물에게 몰래 다가가 달라붙고, 빨판에서 분비되는 독으로 자아를 빼앗아 인형처럼 조종한다.

그리고 조종한 생물에게 먹잇감을 잡게 하고, 그것을 포식해서 살아간다.

인형이 된 다른 생물은 먹이를 받지 못해서 마침내 굶어 죽고, 그렇게 죽은 몸을 다시 먹어서 새로운 인형을 찾아 떠돈다.

그것이 퍼펫 옥토퍼스의 무시무시한 습성이다.

그 퍼펫 옥토퍼스가 우연히 파도에 휩쓸려 해안에 쓸려온 것을 당시의 마녀인 그리셀다가 마물로 바꿨다. 그것이 옥토였다.

그러나 옥토는 지능이 높아도 전투 능력은 별로여서 그리셀다의 성에 차지 않았다.

다른 강한 마물을 조종하면 똑같이 강해질 수 있지만, 그렇다면 그냥 그 마물을 부리면 될 일이다.

인간의 요직에 있는 자를 조종하면 도움이 될 일도 있겠지만⋯⋯ 당시 그리셀다의 세력은 그럴 필요를 느끼지 않을 만큼 압도적이었다.

그것도 다 원래라면 그리셀다를 토벌해야 하는 성녀 릴리아가 알아서 죽었기 때문이다.

따라서 그리셀다의 마녀 존속 기간은 다른 마녀보다도 길고, 그만큼 전력을 늘려서 세력 판도를 덧칠할 수 있었다.

그래서 그리셀다는 자신의 우위성을 의심하지 않았고, 성녀도 두려워하지 않았다.

결국 그 자만심 때문에 알렉시아를 상대로 별다른 대책도 취하지 않다가 패배한 진짜 바보지만, 아무튼 그리셀다는 옥토에게 관심을 보이지 않았다.

마물로 바꾸기만 하고 방류해 버렸다.

마물이 된 옥토는 마물의 본능에 따라서 의문을 느끼지 않고 인류를 공격하기 시작했다.

그러나 원래부터 약한 퍼펫 옥토퍼스다.

당시에 처음 본 인간이 얼마나 강한지도 몰라서, 자기보다 크니까 강하다고 착각해 근처를 지나가던 어부를 조종해 근처 마을을 습격하고…… 곧바로 달려온 병사들에게 붙들렸다.

인간에게도 강약이 있고, 그가 조종한 인간은 예상보다 훨씬 약했다.

하다못해 곰이나 호랑이를 조종했다면 달랐을지도 모르지만, 전부 뒤늦은 후회다.

그대로 국왕—— 아이즈 앤드 아이 빌베리 13세 앞에 끌려간 그는 성녀의 성 지하로 보내졌다.

언젠가 마녀를 토벌하고 귀환할 알렉시아를 죽이기 위해서, 지하에는 수많은 마물이 서식하고 있었다.

거기서 옥토는 바닷물을 대충 채운 병에 갇혔다……. 하지만 그는 감시하는 인간이 잠든 틈에 촉수를 잘 써서 병뚜껑을 열어 탈주하고, 그 인간에게서 열쇠를 빼앗았다.

그대로 물렁물렁한 몸을 활용해 우리 안으로 들어가 갇힌 마물을 인형으로 삼고, 막 손에 넣은 열쇠로 우리 문을 열었다.

그리고 다른 우리를 열어서 옥토가 조종하는 마물과 다른 마물을 죽도록 싸우게 하고…… 힘이 빠진 마물을 양쪽 모두 옥토가 먹었다.

그는 본능적으로 마물끼리 서로 죽이고, 포식함으로써 강해지는 걸 알았다.

만약 그때 잠에서 깬 감시병이 마물이 줄어든 것을 상부에 보고했다면 옥토의 쾌진격은 끝났을 것이다.

잠에서 깼더니 마물끼리 사투를 벌인 흔적이 있고, 숫자가 줄어들었다.

이걸 눈치채지 못할 리가 없다. 옥토는 거기까지 생각이 미치지 않았다.

하지만 감시병은 이를 보고하지 않았다.

자신이 잠든 사이에 마물이 줄어들었다고 보고하면 질책을 면할수 없다. 어쩌면 말 그대로 목이 날아갈 가능성도 있다.

그래서 그는 거짓으로 보고하고, 그 문제는 아무에게도 전해지지않았다.

이 감시병의 보신과 무능함이 옥토를 살렸다.

그리고 옥토는 어느 날, 운명적인 만남을 경험했다.

마녀 그리셀다를 토벌한 알렉시아가 새로운 마녀로서 성 지하에투옥된 것이다.

알렉시아를 말살하고자 옥토를 비롯한 마물들이 풀려났다.

그러나 옥토는 알렉시아를 공격하지 않았다.

본능적으로 섬겨야 할 상대임을 이해했기 때문이다.

그래서 옥토는 반대로 알렉시아의 편을 들고, 다른 마물을 선동해서 탈출을 꾀했다.

당시 이미 어지간한 마물을 훨씬 초월하는 힘을 지녔던 옥토는 그자리에 있던 마물들의 리더가 되어 거역하는 자가 없었다.

무사히 알렉시아를 탈출시키는 데 성공한 옥토는, 그때부터 알렉시아의 제일가는 측근으로서 대우받게 되었다.

시련도 훌륭히 돌파해 대마가 된 옥토는 인간과 동등한 지능도 손에 넣고, 습득한 마법으로 항시 심해와 똑같은 환경을 자기 주위에유지함으로써 지상에서도 문제없이 장시간 활동할 수 있게 되었다.

옥토는 주인을 지키고자 학원을 조용히 이동하고 있었다.

지금 주인이 가장 두려워하는 건 당대 성녀 엘리제다.

그렇다면 이를 죽이거나 조종하면 위협이 사라지지만, 옥토도 그것이 불가능함을 잘 알았다.

애초에 엘리제에게 접촉할 수도 없을 것이다.

성녀의 힘을 빼더라도, 그 여자는 차원이 다른 괴물이다.

옥토가 달라붙으려고 해도, 먼저 마력으로 차단당해 튕겨 나간다.

어쩌다가 잘 달라붙어도, 독이 돌기 전에 마력으로 날아갈 게 뻔하다. 그 이전에 독이 통할지도 의심스럽다.

취침 중이라면 빈틈이 있을지도 모르지만, 5층에는 근위기사 레일라가 있고, 나아가 엘리제는 취침 중 자기 방에 배리어를 쳐서 아무도 못 들어간다는 것을 디아스의 보고를 통해서 알았다.

그렇다. 취침 중을 노린 기습이나 흉계도 충분히 경계하는 셈이다.

결코 뛰어난 능력으로 자만하는 게 아니다. 가장 처리하기 어려운 상대다.

그래서 옥토는 엘리제를 노리지 않고, 그 눈을 학원에서 떼어놓는 것을 택했다.

엘리제가 현재 학원에 있는 건 이곳에 알렉시아가 있을 것으로 예상했기 때문이다. 그러니까 그 전제를 바꾼다.

다른 곳에 마녀가 나타나면 엘리제도 여기를 떠날 수밖에 없으리라.

하지만 당연히 알렉시아를 다른 장소로 이동시키는 건 아니다.

솔직히 알렉시아가 텔레포트를 써서 얼른 도망치고 숨는 것이 제일 좋지만, 주인이 그것을 꺼리니까 어쩔 수 없다.

옥토의 목적은 알렉시아 말고 다른 마녀를 …… 즉, 대역을 세워서 날뛰게 하고, 학원 밖으로 도망치게 하는 것이었다.

그러기 위해서 어둠에 숨은 채 마녀의 역할을 시켜도 이상하지 않은 생도를 찾는다.

그리셀다처럼 거만하고, 오만하고, 주위 사람들이 미워하는 녀석이 좋다.

주위에서 좋아하는 녀석은 안 된다.

'그 사람은 절대로 아니야!'라고 누군가 의심하면 이 계획에 흠집이 생긴다.

누가 봐도 '그 녀석이라면 마녀라도 이상하지 않아'라고 여길 정도의 사람을 찾아야 한다.

한동안 생도를 관찰하다가, 옥토는 한 생도를 찾았다.

눈물을 흘리며 뛰는 그 생도는 분명…… 그렇다. 그 예쁜 은발은 에테르나다.

엘리제와도 교류가 있는 생도로, 한때는 파라에게 인질로 잡힌 적도 있다고 디아스에게 보고받았다.

물론 이번 작전에는 전혀 적합하지 않다.

무엇보다 엘리제가 '그 사람은 마녀가 아니야'라고 의심하면 본전도 못 찾는다.

하지만 엘리제를 밖으로 꾀어낼 때는 도움이 될 것 같다.

마녀의 대역은 다른 사람으로 찾고…… 그 계집도 확보해 둘까.

그렇게 생각하고, 옥토는 천천히 에테르나에게 다가갔다.

◇

베르네르 일행에게 무기를 주고 하루가 지났다.

오늘 수업이 끝나고 5층에 올지 말지로 향후 작전이 정해진다.

만약 아무도 안 오면 어쩐다? 그런 생각도 들지만…… 뭐, 이것만큼은 본인의 의지에 맡길 수밖에 없다.

솔직히 싫은데 억지로 참가하는 녀석은 마녀와의 싸움에서 살아남을 것 같으니까, 그렇다면 차라리 안 오는 게 낫겠지.

하지만 만약 안 오면, 그 녀석들을 지하에 돌입시키는 방향으로 작전을 짜야 한다.

전부 알렉시아 탓이다.

최종 보스답게 당당히 굴면 내가 잽싸게 가서 끝낼 텐데, 내가 접근하면 도망친다니, 어설프게 강한 적보다 더 벅차다.

만약 베르네르 일행이 돌입한다면…… 역시 고전을 면하지 않겠지.

게임대로 가면 지하에 대마급 부하가 있을 거고, 전초전 보스로서 대마가 하나 더 있다.

이름은 『옥토』로, 마녀에게는 『그림자』로 불린다.

어둠 마법으로 항시 빛을 막아서 칠흑 같은 어둠을 두르니까 움직이는 그림자처럼 보이는, 징그러운 적이다.

마녀의 측근으로, 마녀도 절대적으로 믿고 의지한다.

그리고 사실 나는 과거에 이 녀석과 한 번 마주친 적이 있다.

그 뭐냐, 3년 전에 베르네르를 납치하러 온 검은 그림자가 있잖아? 그게 이 녀석이다.

이 녀석은 다른 생물을 조종하는 능력이 있어서, 베르네르를 자신의 우수한 숙주로 삼으려고 했다.

그 정체는 대마가 된 문어이며, 어둠을 두르는 것도 원래 심해에서 생활하는 문어 종류이기 때문이다.

그래서 사실은 어둠 마법 속에서 물 마법도 쓰고, 물 구슬에 들어가 있다.

문어는 대마가 될 정도로 똑똑하냐고 생각할지도 모르지만, 이게 의외로 똑똑하다고 한다.

병에 가둬도 뚜껑을 돌리는 걸 학습한다나.

뇌는 작지만, 놀랍게도 다리 여덟 개를 움직이기 위해서 뇌가 아홉 개나 있다. 심장은 세 개.

다리 하나의 빨판은 200개가 넘고, 전체로 보면 1600개. 그 빨판 하나하나가 단순한 감각기관이 아니라 냄새까지 감지할 수 있다고 한다.

더군다나 다리 하나하나가 뇌의 명령이 없어도 독자적으로 의사결정을 한다던가.

이건 잡설이지만…… 일부 과학자는 문어가 오래 사는 동물이라면 지구를 지배할 정도의 지성체가 될 것으로 믿는다고 한다.

즉, 문어란 맛있고 재주가 좋고 똑똑하고 터프하고 맛있는, 대단한 동물이라는 말이다.

타코야키 먹고 싶네.

나라면 까놓고 말해서, 그런 것들은 잔챙이다.

한꺼번에 처리하고, 문어는 구워서 먹을 수 있다.

하지만 베르네르 일행에겐 벅찬 상대가 되겠지.

게임에서는 문어와의 전투가 끝나고 나서 마녀와 싸우기 시작하지만, 그건 마녀가 여유를 부려서 그런 거니까 이 세계에서는 처음부터 같이 덤빌 가능성이 크다.

그렇게 됐을 때 베르네르 일행 여덟 명으로 싸우는 건 매우 힘들겠지.

일단 무기를 줬지만…… 돌입 전에 버프를 거는 게 좋겠군.

그렇게 생각하고 있을 때 약속 시간이 되고, 문을 두드리는 소리가 났다.

"들어오세요."

입실 허가를 내린다.

그러자 들어오는 사람은 베르네르, 엑스트라 A(본명 : 존), 피오라, 마리, 아이나, 변태안경남과…… 어어, 마지막 사람은 누구더라?

뭔가 멍멍이 같은 이름으로 기억하는데…….

전투력 측정 멍멍이…… 아니 크런치바이트 독맨이었던가? 뭐가 맞지?

아무렴 어때. 그것보다도 에테르나가 없는 게 신경 쓰인다.

역시 오지 않았나. 그러나 그것도 당연하다. 에테르나 시점에서 보면 애초에 내 부탁에 목검을 걸 의리는 없다.

에테르나는 베르네르를 걱정해서 학원으로 따라왔을 뿐, 애초에 기사를 지망하지 않는다.

그러니 이건 당연한 일이다.

지금은 반대로 일곱 명이나 온 것을 기뻐하자.

"저기, 엘리제 님…… 에테르나를 못 보셨나요?"

일단 와 줘서 고맙다고 내가 말하려는 참에 베르네르가 먼저 입을 열었다.

에테르나를 못 봤냐고 하는데, 적어도 나는 못 봤다.

그러고 보니 오늘은 수업에도 없었던 것 같다.

오늘은 이것저것 생각하느라 주위를 잘 살피지 않았고, 일과인 미소녀 관찰도 하지 않았으니까, 자신 있게 말할 순 없지만, 아마도 만나진 않았을 것이다.

감기에 걸렸나……? 그렇다면 당장에라도 방에 찾아가서 치료해 줄 건데.

"에테르나와 같은 방을 쓰는 생도에게도 물어봤는데, 어제부터 돌아오지 않았다고 합니다."

그건 같은 방 아이가 이상하게 여기지 않은 걸까?

그렇게 느꼈지만, 잘 생각해 보면 의심하지 않아도 별로 이상하지 않다.

마법기사 학원 생도가 밤늦도록 방에 돌아오지 않은 일은 딱히 특이한 일이 아니다.

도서실에서 밤늦게 공부하는 걸지도 모르고, 훈련실에서 밤늦게 훈련하는 걸지도 모른다.

그러므로 같은 방 아이에겐 전혀 이상한 일이 아니고, 먼저 잠들 수도 있겠지.

그리고 아침에 일어났을 때도, 이번에는 새벽 훈련에 나갔다고 생각할 것이다.

그 아이도 수업에 출석하지 않은 것을 보고서야 이상하게 느꼈을 것이다.

"어딜 갔을지 짐작되는 곳이 있나요?"

"전부 찾아봤지만…… 어디에도 없었습니다."

내 질문에 베르네르가 기운 없이 말했다.

베르네르에게 에테르나는 가족 같은 존재다.

그런 사람이 행방을 감추면 당연히 걱정하겠지.

"오늘 여기에 오지 않는 것이 켕겨서 숨었을 가능성은?"

"그렇진 않을…… 겁니다."

레일라가 한 말은 생각해 볼 가능성 중 하나다.

에테르나는 어제 시점에서 여기 오지 않기로 했지만, 마음이 찜찜해서 숨어 버렸다……고 생각하는 것도 이상하진 않다

혹은 절대로 부탁을 듣지 않겠다는 의사 표명일 가능성도 있다.

『나를 끌어들이지 마. 위험한 일은 멋대로 혼자 해! 만에 하나라도 말려들기 싫으니까 오늘은 숨겠어! 내 근처로 오지 마!』 같은.

만약 그렇다면 딱히 문제없다. 부족한 내 인덕이 문제다.

하지만 만에 하나라도 뭔가 성가신 일에 휘말린 거라면 조금 골치 아픈걸.

하는 수 없지. 예정을 변경하자.

에테르나의 안부를 먼저 확인하지 않으면 차분하게 이야기할 수도 없다.

"찾아봐요. 괜한 걱정이면 제일 좋겠지만, 만약의 가능성도 생각해야만 해요."

그런고로 에테르나 수색을 시작한다.

아무 일도 없을 것 같지만, 혹시 모르니까 말이야.

제49화 어설픈 흉내

에테르나 수색을 시작하자마자 찾아왔습니다. 학원 뒤에 있는 연못입니다.

까놓고 말해서 귀찮게 교내를 일일이 찾는 것보다 훨씬 편리한 방법이 있으니까.

내가 연못에 다가가도 아무 일이 안 생기지만, 연못에 손을 대고 살짝 마력을 흘려 넣는다.

그러자 수면이 치솟고 거북이가 얼굴을 내밀었다.

"어라, 날 찾았나? 엘리제."

"그래요. 당신 힘을 조금 빌리고 싶어서요."

"무슨 일이 생겼나 보군?"

이 거북이라면 이 세상에서 일어난 일을 볼 수 있다.

그러나 당연히 뇌는 하나고, 정보 처리에 한계가 있어서 엄밀하게는 삼라만상을 아는 게 아니다.

이 거북이는 어디까지나 그때 보는 것밖에 볼 수 없다.

예를 들어 지구로 비유하자면, 미국 뉴욕을 거북이의 능력으로 보고 있을 때, 같은 시각에 일본에서 일어난 일은 파악할 수 없다.

TV 채널과 똑같다.

어느 채널을 보든 시청자의 자유지만, 방송 하나를 보면 다른 방송의 내용을 모를 것이다.

연말 특별 방송에서 스포츠 방송을 보면 같은 시간대에 하는 드라마를 볼 수 없다. 그것과 똑같다.

그래서 마녀가 텔레포트를 쓰는 건 거북이가 봐도 별로 좋은 일이 아니다.

만약에 마녀가 배리어로 원거리 투시를 막더라도, 이 거북이라면 '관측할 수 없는 장소'를 찾아내서 마녀의 위치를 특정할 수 있을 것이다.

마녀가 어디로 텔레포트를 썼는지도, 이 거북이라면 예측할 수 있다.

하지만 예측은 어디까지나 예측이지, 예지가 아니다. 이 녀석이 자기 입으로 한 말이지만, 빗나갈 때도 있다.

그래서 만에 하나라도 마녀가 거북이가 예측할 수 없는 곳으로 텔레포트를 쓰면…… 거북이는 이 넓은 피오리 전체에서 '관측할 수 없는 곳'을 열심히 찾아야 한다.

즉, 이 거북이의 능력은 편리해도 만능은 아니고, 언제나 전부 아는 건 아니라는 뜻이다.

그리고 아무래도 이 녀석은 지금 학원이 아닌 곳을 보고 있었던 것 같다.

안 그렇다면 '무슨 일이 생겼나 보군?' 같은 소리를 하지 않는다.

"그래요. 이 학원에서 한 사람이 행방불명됐어요."

"그렇군. 거돌이와 거순이의 부부싸움을 볼 때가 아니었나."

이 녀석은 뭘 보는 거야.

정말로 그런 걸 볼 때가 아니라고.

그나저나 다른 사람…… 아니, 다른 거북이의 부부싸움을 보다니 취미가 고약한걸.

아무튼 이 녀석의 취미는 아무래도 좋다.

지금 필요한 건, 이 녀석의 천리안이다.

"에테르나 양은 당연히 알겠죠? 지금 어디 있는지 찾아주길 원해요."

"그렇군."

에테르나가 누군지 설명할 필요는 없겠지.

이 거북이는 내가 가짜 성녀임을 진즉에 알고 있다.

그렇다면 진짜 성녀인 에테르나를 모를 리가 없다. 이것만으로도 말이 통한다.

거북이는 눈을 감고 한동안 무언가를 '본' 다음에 입을 열었다.

"찾았다. 그런데 뭔가 이상한 일이 벌어졌는걸."

"이상한 일?"

"그래. 학원에 있는데…… 뭔가 이상한 곳에 갇혔군."

이상한 곳이라. 사물함에 갇히기라도 한 걸까?

그렇게 생각하면서, 좌우지간 거북이의 이야기를 듣는다.

"비밀 통로……로군, 이건. 학원 벽 너머에 의도적으로 만든 공동이야. 거기에 에테르나가 갇혔다. 하지만…… 에테르나만이 아니군. 다른 생도도 몇 사람이 잡혔는걸."

오호. 비밀 통로? 이 학원에 그런 게 있었어?

보나 마나 디아스 언저리가 교장 권한으로 몰래 만들었겠지만.

그러나 에테르나만 있는 줄 알았더니, 다른 행방불명자도 있었나.

뭘 하려고 납치했는지는 모르겠지만, 그런 건 범인을 붙잡은 다음에 캐내면 될 일이다.

최악의 경우 목적은 몰라도 아무튼 붙잡힌 사람들을 구출해야겠어.

"범인은 알 수 있나요?"

"오냐⋯⋯. 근처에 뭔가 어둠 같은 것을 두른 여자가 있군. 분명이 녀석이 범인이겠지."

"알렉시아인가요?"

"아니야. 알렉시아는 지하에 있어."

어둠을 두른 여자. 그렇다면 역시 가장 먼저 떠오르는 후보는 마녀다.

만약 거북이가 없었다면 나는 이번 범인을 알렉시아로 착각했을지도 모른다.

나는 알렉시아를 실제로 본 적이 없으니까.

게임 화면으로 본 적은 있지만, 화면 속 그림과 현실은 여러모로 다르니까. 머리 색과 체격이 비슷하면 착각할 수도 있다.

실제로 나 자신은 처음에 이 세계에서 내 모습을 봤을 때 머리 색이 다른데도 내가 에테르나가 아닌지 생각했었다.

"음. 움직이기 시작했다. 비밀 통로를 써서 옥상으로 가고 있군. 더군다나 다른 생도들을 어둠에서 나온 촉수로 붙잡고⋯⋯ 끌고 가려는 것 같은걸."

음. 뭘 하려는 건지 도무지 모르겠지만, 보아하니 범인은 옥상이라고 하는 알기 쉬운 위치로 이동해 주는 듯하다.

그렇다면 잘됐다. 나도 곧장 거기로 가서 범인을 잡아주자.

아무튼 먼저 가서 빛의 굴절로 모습을 감출까.

"고마워요, 프로페타."

"갈 거냐. 너한테는 필요 없는 말일지도 모르지만, 조심해라."

거북이에게 격려받고, 나는 옥상으로 날아갔다.

자, 사건을 일으킨 직후라서 미안하지만, 후다닥 해결해 보실까.

◇

한 여생도가 옥토에게 조종당해 옥상으로 이어지는 비밀 통로를 걷고 있었다.

엘리자벳 이블리스. 그것이 옥토가 마녀의 대역으로 택한 여생도의 이름이었다.

그 외모는 좋게 말해도 아름답다고 할 수 없다.

나쁘진 않지만, 좋지도 않다. 평범하다는 말이 잘 어울린다.

외꺼풀 눈. 높지도 낮지도 않은 콧등.

얼굴도 좌우 비대칭으로, 치열도 고르지 않고 누렇다.

갈색 머리는 허리까지 길렀고, 엘리제가 하는 것과 비슷한(그리고 자세히 보면 시들시들한) 자작 꽃장식을 달았다.

엘리자벳은 엘리제를 동경했다.

그리고 질투하고, 얄밉게 여겼다.

처음에는 단순한 선망이었다.

귀족 집안에서 태어난 엘리자벳은 열한 살 때 무도회에서 본 성녀를 동경했다.

자신도 저렇게 되고 싶다고 염원했다.

그래서 엘리제를 따라서 비슷한 꽃장식을 달고, 마치 자기가 엘리제가 된 것처럼 말투도 흉내 냈다. 머리 길이도 비슷하게 했다.

그렇다. 처음에는 그냥 풋풋한 엘리제 흉내였다.

동경하는 것을 흉내 낸다. 모양새부터 맞추려고 한다······. 그것은 결코 이상한 일이 아니다.

하지만 성장하면서 원래는 금발이었던 머리가 갈색으로 변하고, 거울에 비친 자기 모습은 아무리 봐도 엘리제가 아니었다.

당연하다. 애초에 엘리자벳은 엘리제가 아니다.

다른 사람과 다르게 생긴 것은 지극한 당연한 일로, 전혀 이상한 일이 아니리라.

보통은 이쯤에서 현실을 인식하고, 자기는 다르다고 타협해야 할지도 모른다.

하지만 엘리자벳의 동경은 삐뚤어졌다.

처음에는 '나도 저렇게 되고 싶다' 였다.

다음은 '나도 저랬으면 얼마나 좋을까' 로 변했다.

그 마음은 동경하는 자에게 조금이라도 다가가려고 마법학원에 입학한 뒤로 더더욱 강해졌고, 엘리제의 모습을 볼 때마다 엘리자벳의 마음을 잠식했다.

어느새 엘리자벳의 마음속 동경은 '왜 내가 엘리제가 아니지?'

가 되었고, 자신을 달래기 위해서 '잘만 태어났으면 내가 엘리제였을지도 모른다'는, 영문 모를 자기 긍정으로 진입했다.

잘만 태어났으면 내가 성녀 엘리제였을지도 모른다.

자신이 저 미모를 얻었을지도 모른다.

아니다. 얻었을 것이다. 분명 그랬을 것이다.

그리하여 엘리자벳은 자기 마음을 달래고자 현실을 외면하고 망상으로 도피했다.

자신이 엘리제로 태어난 세계를 꿈꾸고, 성녀가 받는 갈채와 동경, 영예와 명성이 전부 자신에게 오는 것으로 몽상하고, 행복한 공상에 빠졌다.

그렇게 폭주한 동경은 갈 곳을 잃고, 급기야 마음속에서 사실과 망상이 역전했다.

——내가 진짜 엘리제인데, 왜 저게 성녀로서 추앙받는 걸까.

——저게 내 영광을, 내가 받을 명성을 가로챘어! 더러운 것!

——내가 진짜야. 저건 나를 흉내 내는 거야!

어이없게도, 어느새 엘리자벳은 그렇게 생각하게 되었다.

도무지 이해할 수 없는 사고방식이다. 논리적이지 않다.

현실과 자신의 망상을 구별할 수 없게 된 엘리자벳은 마치 자기가 성녀인 것처럼 행세했고, 머릿속에서 자기 모습을 편리하게 엘리제로 바꾸고, 진짜 엘리제가 가짜인 것처럼 헐뜯었다.

자애로운 미소(라고 본인은 생각한다)로 급우를 대하고, 내가 세계를 지키겠노라고 선언했다.

물론 더 말할 나위도 없이, 다른 사람이 보면 그저 불경하고 우스꽝스러운 흉내에 불과하다.

본인이 자애로운 미소로 여기는 웃음은, 실제로는 허영심과 자기만족과 자기도취로 물들어 징그러웠고, 무리해서 엘리제의 흉내 낸 말투도 어울리지 않았다.

그런 엘리자벳과 친해지고 싶은 사람이 있을 리가 없어서…… 애초에 여기는 성녀를 섬기는 기사를 육성하는 기관이다. 그곳에서 하필이면 성녀를 모욕하고 자기가 진짜인 것처럼 행동하는 바보에겐 아무도 접근하고 싶지 않다.

엘리자벳은 순식간에 고립하고, 모두가 멀리하는 사람으로 전락했다.

그것도 모자라 엘리자벳의 발언은 그 부모의 귀에도 들어갔고, 부모는 몹시 창피하게 여기며 학원에 사죄하고 엘리자벳의 퇴학을 신청했다.

학원에선 이를 주저하지 않고 받아들여 엘리자벳은 이번 달을 마지막으로 퇴학이 정해졌다.

그 아버지가 엘리자벳에게 보낸 편지에는 딸을 몹시 창피하게 여기는 내용과 비난이 있어서, 엘리자벳을 더욱 뒤틀리게 했다.

아아, 왜 다들 몰라주는 걸까.

내가 엘리제인데. 나는 이토록 모두와 세계를 사랑하는데.

그렇게 생각하고, 모든 것을 증오했다.

사랑한다고 하면서 증오하는데, 모순은 없다.

왜냐면 엘리자벳은 결국 모두와 세계를 사랑한다고 착각하는 자신에게 취했을 뿐이니까.

사실은 사랑하지도 않고, 세계도 전혀 안중에 없다.

그저 엘리제라면 그럴 거라고 착각해서 연기하는 것에 불과하다.

아아, 밉다. 엘리제가 없으면 내가 엘리제였는데.

그것만 없으면 내가 그 영광과 명성을 전부 가졌는데.

그렇듯 이미 전제부터 파탄이 난 영문 모를 사고방식으로, 엘리자벳은 엘리제를 증오했다.

이것도 더 말할 나위가 없지만, 엘리제가 있든 말든 엘리자벳에게는 아무런 영광이나 명성이 굴러들지 않는다.

왜냐면 애초에 다른 사람이니까. 엘리자벳 이블리스는 엘리제가 아니니까.

만약…… 정말 만약에.

만약 이 파탄의 전제대로 엘리자벳이 엘리제로 태어났다면, 본인이 바라 마지않던 영광과 명성을 얻었을까?

'후도 니토'라고 하는 이상한 영혼이 다른 세계에서 흘러들지 않고, 엘리자벳이 아니라 엘리제로 태어났다면, 지금 엘리제가 받는 존경과 친애를 가질 수 있었을까?

대답은 물론, '아니오'다.

만약 엘리자벳이 엘리제였다면, 분명 권력에 취했으리라.

고집을 부리면 뭐든 들어주고, 성녀라는 이유만으로 모두가 오냐오냐해 준다.

그런 환경 속에서 삐뚤어지고, 오만해지고, 역대 최악의 성녀가 되어 역대 성녀가 쌓은 신뢰를 모두 뒤집어서 민중의 분노와 증오를 얻었으리라.

기껏 타고난 미모도, 사치를 부리면서 자기가 망쳤으리라.

마침내 측근에게 버림받고, 베르네르와 에테르나에게 타도당해…… 그리고 마지막에는 길바닥에서 죽었으리라.

하지만 엘리자벳은 그런 자기평가도 할 수 없다.

현실과 망상도 구별할 수 없을 만큼 삐뚤어진 사고방식.

주위의 평가

그리고 어차피 학원에서 사라질 존재라는 편리한 위치.

옥토가 그 점에 눈독을 들였다.

이 녀석이다. 이 녀석이라면 마녀의 대역으로 삼아도 이상하게 여길 사람이 없다.

너무 애송이 같기도 하지만, 그 부분은 옥토가 잘 꾸미면 된다.

아무에게도 사랑받지 못한다는 점이 중요하다. 모두가 미워한다는 점이 중요하다.

가장 좋은 점은, 이 녀석이 평소 성녀를 헐뜯었다는 것이다.

성녀에게 불경한 발언을 거듭한 시점에서, 이 녀석은 모두가 없어지길 바라는 존재가 됐다.

그리고 다른 자들은 생각하겠지. '차라리 이 녀석이 마녀의 부하라면 지금 당장 벨 텐데.' 라고.

그러한 생각은 금방 '마녀의 부하나 마녀이면 좋을 텐데.' 에서 '마녀의 부하나 마녀여라.' 로 변한다.

인간이란 자신의 희망이 뒷받침하면 신기하게도 의심하는 마음이 약해지는 법이다.

사실은 머릿속으로 뭔가 이상하다고 느끼면서도, 그렇기를 바라는 마음에 생각하길 그만둔다.

그리고 생도들은…… 아니, 이 학원의 모두가 생각하리라.

'아, 역시 그럴 줄 알았어.' 라고.

옥토의 계획은 대다수가 그렇게 생각하게끔 하는 것이다.

인간이란 기묘해서, 설령 이상하게 느끼거나 그게 아니라고 생각하더라도 다수의 의견에 떠밀려 '그럴지도 모른다' 로 의견을 바꾼다.

엘리제 자신은 총명하겠지.

이런 애송이가 마녀일 리가 없다고 생각할지도 모른다.

그러나 대다수의 목소리로 밀어붙이면 어떻게 될까?

다른 모두가 '저건 마녀다.' 라고 말하면 엘리제도 차마 무시할 수 없다.

그리고 마침내 다수파의 의견은 엘리제의 생각도 바꿀 가능성이 있다.

바보 100명은 현자를 혼란에 빠뜨린다.

그래서 옥토는 사람들 앞에서 성대하게 마녀가 등장하는 무대를 만들 작정이었다.

옥상에서 엘리자벳을 조종해 자기가 마녀임을 선언하고, 어둠의 힘을 드러내서 옥토의 촉수에 사로잡힌 불쌍한 생도들을 선보인다.

뭐하면 한두 명 정도는 죽여도 된다.

그렇게 목격자 모두의 분노와 증오를 끌어내고, 엘리제가 달려오기 전에 도망친다.

그렇게 하면 '마녀 엘리자벳을 죽여라.' 라고 하는 대다수의 목소리가 커지고, 엘리제도 움직일 수밖에 없어진다.

그 첫걸음으로써 옥상에 올라가 마력을 방출했다.

우선 최대한 요란하게 날뛰어서 대다수 생도가 목격해야 한다.

그러기 위한 첫걸음으로써, 먼저 운동장에서 훈련 중인 생도를 향해 마법을 발사했다.

제50화 가짜 마녀

레일라와 함께 몸을 숨기며 옥상에서 대기하고 있을 때, 에테르나와 다른 생도들을 붙잡은 범인이 태평하게 나타났다.

거북이에게 들은 대로 여생도인데, 등에 뭔가 이상한 어둠 같은 것을 짊어지고 있다.

그 어둠에서 촉수가 나와서 에테르나를 비롯한 생도들을 기절시켜서 구속했다.

오호, 에테르나의 촉수 플레이인가.

좋은걸……!

아차, 너무 일찍 왔을지도 모른다.

앞으로 5분…… 아니, 10분만 늦게 와야 했다.

그리고 중요한 범인 여생도는…… 응. 뭐랄까. 평범하네.

미소녀 게임 세계의 여자애는 모두 아이돌을 뛰어넘는 미소녀라고 생각했던 시기가 내게도 있었습니다.

뭐, 실제로는 그렇지 않고, 오히려 미인 비율은 현대 지구가 더 높을 정도다.

당연하지. 이 세계는 식량 사정이 나쁘니까 영양 균형이 맞지 않고, 어느 성분이 피부에 좋다거나 미용에 효과적이라거나 하는 연

구나 데이터도 없다.

서플리먼트(보조식품)도 없고, 화장품도 없다. 서플리 먼트라고 하는 변태는 있지만.

고운 피부를 만드는 세안 크림이나 보습 크림을 이것저것 인터넷에서 조금만 찾아보면 누구나 이해할 수 있고, 금방 주문해서 받을 수 있는 현대와 비교하면 뒤떨어지는 게 당연하다.

다만 이 피오리란 세계는 외모 편차가 극단적이라서, 미소녀와 미녀는 그러한 화장과 미용 크림 같은 것이 전혀 필요 없을 정도로 용모가 좋다.

레일라나 에테르나도 그렇듯 극단적인 미형이다.

일단 나……라고 할까, 엘리제도 그쪽으로, 나아가 나는 마법으로 현대 이상의 사기를 치고, 피부와 머리카락을 곱게 만든 데다가, 일상에서 몇 배는 예쁘게 보이는 꼼수를 쓴 외형을 만들었다.

내용물이 쓰레기니까, 외형에는 타협하지 않는다.

오로지 금칠&금박을 하고, 그 위에서 금 코팅을 더한다.

한두 겹 정도가 벗겨져도 들키지 않게끔, 철저히 한 것이다.

성녀 연기도 편하지 않다.

자, 그런 엑스트라 여자애인데…… 역시 등에 있는 어둠이 신경 쓰이는걸.

얼핏 보면 어둠의 마력을 짊어진 것 같지만, 저건 뭔가 다른 기분이 든다.

어둠에 가려서 잘 보이지 않지만, 저건 실체가 있는 거겠지?

좌우지간 먼저 저 어둠을 벗겨내 보실까.

……그렇게 생각했더니, 엑스트라 여자애가 갑자기 운동장에 마법을 갈겼다.

뭐 하는 거야, 이 녀석은.

아무튼 나도 잽싸게 빛의 마법을 발사해 먼저 날아간 어둠을 따라잡아 부메랑처럼 궤도를 틀어서 엑스트라 여자애의 마법을 쳐냈다.

"?! 누구냐!"

엑스트라 여자애가 살벌한 얼굴로 내가 있는 곳을 보지만, 공교롭게도 스텔스 상태라서 보이지 않을 것이다.

하지만 여기에 누가 있다는 건 눈치챘겠지.

상관없다. 어차피 관찰보다 체포의 우선도가 더 높다.

이젠 숨을 필요도 없어서 스텔스 상태를 풀고, 한 걸음 나아간다.

"성녀……엘리제……! 이럴 수가. 왜 여기에……."

엑스트라 여자애는 한 걸음 물러나 경계했다.

등에 있는 어둠이 일렁거리고, 촉수가 요동치고 있다.

오, 뭐야? 그래서 이제는 나한테 촉수 플레이를 하려고?

관둬……. 그건 아무도 좋아하지 않아. 아니, 진짜로.

"당신이야말로 이런 데서 뭘 하려고 하는 거죠?"

아무튼 질문에 질문으로 반격한다.

왜 여기에 있냐면, 거북이가 정보를 알려줘서 그런 건데, 그걸 가르쳐 줄 필요는 없다.

거북이의 치트 천리안은 우리에게 유용한 무기다.

괜히 알려줘서 거북이가 죽기라도 하면 안 된다.

"당연한 소릴……! 마녀의 공포를 잊은 이 세계에 다시 내 공포를 알리는 것이 목적이다!"

뭔가 이상한 소리를 하네…….

마녀의 공포를 알리다니, 얘는 마녀의 신자일까?

아니, 하지만 내 공포라고 했잖아. 영문을 모르겠네.

"마치 자신이 마녀인 것처럼 말하는군요."

"그 말이 옳다. 내가 바로 네가 학원에서 찾으려고 하는 마녀, 엘리자벳이다!"

………….

…………………?

얘는 뭔 소리를 하는 거래?

마녀는 알렉시아라고. 마녀를 자칭하려면 하다못해 알렉시아의 이름을 대. 바보야?

솔직히 한숨을 쉬고 놀리고 싶은 마음이 굴뚝같지만, 그건 겨우 참았다.

성녀 연기, 중요해.

"흥. 성녀 흉내 다음은 마녀 흉내인가. 정말이지 불경하고 구제할 길이 없군."

레일라가 분개한 듯이 검에 손을 댄다.

스테이, 스테이. 빠콧 스테이.

무슨 말인지 전혀 알 수 있으니까, 조금만 더 들어보자고.

그리고 저 엑스트라 여자애를 알면 나한테도 알려줍쇼.

"레일라, 아는 분인가요?"

"엘리제 님께서 들으실 가치도 없는 바보입니다. 지금 여기서 벱시다."

"안다면 가르쳐 주길 바라는데요……."

"엘리자벳 이블리스. 2학년입니다. 이블리스 백작가의 차녀이며, 이번 달을 마지막으로 퇴학이 정해졌습니다."

보아하니 레일라는 이 엑스트라 여자애가 싫은가 보다.

보통 생도가 레일라에게 이토록 찍히는 건 신기한 일이다.

뭐지? 레일라의 팬티라도 훔쳤나?

만약 그렇다면 내게 주면 정말 좋겠다.

아, 하지만 종자의 팬티를 챙기면 성녀 연기가 말짱 꽝이 되니까.

"성녀 흉내가 뭐죠?"

"들으실 가치도……."

"레일라."

"이 바보는 마치 자기가 진짜 성녀인 것처럼 엘리제 님을 흉내 내서, 나쁜 의미로 교내에서 유명합니다. 저 조잡한 장식도 엘리제 님을 흉내 낸 거겠죠. 그것만이라면 괜찮겠지만, 엘리제 님의 위업을 자기가 한 것처럼 꾸미고, 엘리제 님이 자기 공로를 빼앗은 것처럼 떠드는 판국이라…… 백작가의 여식만 아니었으면 진즉에 제가 참했을 만큼, 추악하고 불경한 자입니다."

아하. 흉내쟁이란 거구나.

딱히 상관없잖아? 동경하는 것을 모방하는 행위는 의외로 평범하다고.

요컨대 그건 유명 운동선수의 머리 모양을 따라 하거나, 육상선수의 승리 포즈를 흉내 내는 것과 똑같은 거잖아.

오히려 흉내 낼 정도로 동경해 주는 건 기분이 나쁘지 않다.

망상은…… 응. 나도 옛날에 했었지.

TV에서 야구선수의 활약을 보고 자기가 구장에 서서 똑같이 활약해 박수갈채를 받는 모습을 망상했었다.

머리의 꽃장식은…… 아, 정말로 뭔가 비슷한 하얀 꽃으로 장식했네. 하지만 조금 시들었다.

여담으로 내가 평소 머리에 하는 꽃장식은, 이쪽도 진짜 꽃이다.

마법으로 이래저래 손을 써서 시들지 않게 세공한, 이 세계에서 유일한 '지지 않는 꽃'이다.

뭐, 부적 같은 거지. 왜 있잖아. 이 세계는 『영원의 산화』(영원히 지는 꽃)이니까 그 카운터 같은 의미로.

그리고 사실은 단순한 장식이 아니라 예비 마력 탱크이기도 하다.

이 꽃의 이름은 안젤로인데, 꽃잎에 마력을 많이 저장하는 성질이 있다.

MP로 치면 꽃잎 하나에 100 정도일까. 다 합쳐서 일곱 장이니까 최대 700의 MP를 저장할 수 있다.

기본적으로는 내게 필요 없는 물건이지만, 유비무환이랬다.

여담으로 지구에 있는 이름이 같은 꽃과는 전혀 다르게 생겼다.

모양은 하얀 꽃잎이 마치 칠망성을 그리는 것처럼 퍼졌고, 그 신비로운 겉모습으로 인기가 많은 한편, 꽃이 피고 질 때까지의 기간이 짧다는 특징도 있다.

이 세계에서는 칠망성에 재앙을 막는 효과가 있다고 믿어서, 7은

행운의 숫자로 여겨진다.

7은 이 세계의 마법 속성인 불, 물, 땅, 바람, 번개, 얼음, 빛, 어둠의 8개 속성 중에서 하나…… 즉, 어둠을 뺀 숫자이기 때문이다.

그리고 엑스트라 여자애가 머리에 단 꽃은…… 안젤로가 아니네.

'루치페로'라고 하는, 안젤로와 비슷하게 생긴 다른 꽃이다.

구분하긴 어렵지만, 꽃잎이 여덟 장으로, 이쪽은 재수가 없다고 본다.

마력을 저장하는 성질은 없고, 그 대신 꽃가루에 독이 있다.

사람이 죽는 독은 아니지만, 도취감을 동반하는 환각을 보거나 현실과 공상을 구별하지 못하게 되는 등, 위험한 독이다.

사실 이 세계의 일부 나라에서는 마약의 재료로 쓰인다고 한다.

안젤로와 다르게 잘 시들지 않고, 질기게 오래 사는 꽃이다.

그런 걸 머리에 장식해서 이상해진 게 아닐까?

뭐, 꽃가루를 흡입하지만 않으면 해롭진 않을 테지만…….

"그리고 이번엔 마녀 흉내라니…… 참으로 어리석구나."

레일라 씨 신랄해!

내 흉내 정도는 용서해 줘.

딱히 그걸로 돈 버는 건 아니니까.

하지만 마녀 흉내는 못 쓰겠는걸.

특히 기사 앞에서는 절대로 하면 안 된다.

그 행위가 얼마나 어리석은지를 예로 들자면, 경찰서에 가서 총을 소지한 경찰관 앞에 진짜처럼 생긴 장난감 칼과 총을 두고 '나는 사람을 죽이고 왔다. 다음은 네 차례다.'라고 말하는 수준일까.

농담이나 장난으론 절대로 넘어갈 수 없다.

"흥……. 믿기지 않는가. 그렇다면 보아라. 내 마녀의 힘을!"

엑스트라 여자애가 손을 펼치자, 촉수 몇 개가 이쪽으로 날아들었다.

촉수 플레이를 희망하는가……. 레일라의 촉수 플레이는 보고 싶지만, 내가 대상이 되는 건 싫다.

나는 보는 전문이라고.

그래서 마법으로 한 방에 날려 주려고 손을 뻗는데…….

"엘리제 님에겐 손댈 수 없다!"

레일라가 내 앞에 나서서 촉수를 검으로 쳐냈다.

야, 빡콧. 방해돼!

추가로 촉수가 꿈틀거리고, 레일라를 검과 함께 날려 버렸다.

이어서 내 쪽으로 촉수가 날아들지만, 이건 빛의 검으로 가볍게 베었다.

그러자 확실한 감촉이 손에 남고, 바닥에 무언가가 떨어진다.

절단하면서 어둠이 걷혀 모습을 드러낸 그것은…… 맛있어 보이는 문어 다리였다.

아하……. 대충 알겠어.

"그런 거였군요. 당신의 정체는 이미 알았어요."

전부 다 훤히 보인다!

정체를 간파한 사실을 들이대고, 빛 마법으로 어둠을 걷어낸다.

그러자 엑스트라 여자애에게 달라붙은 인간 크기의 문어가 나타났다.

이건 그거다. 원래라면 마녀와 싸우기 전에 나오는 보스 문어.

3년 전에는 베르네르를 납치하려고 한 녀석이다.

그것이 엑스트라 여자애를 조종해서 마녀를 자칭하게 한 것이 이번 사건의 진상이리라.

내가 절단한 다리는 벌써 재생하기 시작했는데, 정말이지 친환경이다.

이 녀석을 타코야키 재료로 쓰면 무한정 먹을 수 있겠네.

"마물……!"

"아뇨. 대마예요. 그리고 이번 행동의 의도도 파악했어요. 저 엘리자벳 양을 써서 마녀를 자칭하게 하고, 우리의 주목을 학원 밖으로 돌리고 싶었던 거겠죠."

마녀의 정체는 알렉시아다.

따라서 알렉시아가 아닌 다른 마녀를 사칭해도 아무 효과가 없다.

사칭하라면 하다못해 알렉시아의 이름을 대야 의미가 있다.

하지만 그건 이미 알렉시아=마녀임을 아는 우리 시점에서 하는 말이다.

이 녀석은 우리가 아는 사실을 모른다.

그래서 다른 사람이 사칭하게 하는, 한심한 짓을 저지른 것이다.

문어의 시점에서 생각하면 아직 들키지 않은 알렉시아의 정보를 굳이 밝힐 의미가 없으니까.

하지만 그것이 이렇게 뻔히 보이는 파탄 계획을 낳았다.

"무슨 소릴 …… 대마를 부리는 내가 마녀가 아니면 뭐라고……."

엑스트라 여자애…… 아니, 엑스트라 여자애의 입을 쓰는 문어가 미련을 못 버리고 엑스트라 여자애=마녀 설정을 믿게 하려고 한다.

하지만 알렉시아=마녀임을 이미 아는 우리는 그 설정에 믿을 만한 요소가 하나도 없다.

그건 그렇고, 보아하니 상대는 우리가 아는 사실을 모르는 눈치.

여기서 쓸데없이 '이미 마녀의 정체가 알렉시아인 걸 알거든☆'이라고 말하긴 쉽지만, 그건 섣부른 짓이리라.

어디서 정보가 유출될지 모르고, 도청기 같은 게 없다고 단언할 수 없다.

나처럼 마법을 응용해서 소리를 들을 가능성은…… 그건 내가 눈치채겠지만, 없다고 단언할 수는 없다.

만화 같은 데서도 그렇지만, 승리를 확신했을 때의 수다는 엄청난 패배 복선이다.

'저승길 선물 삼아서 말해주마.'라고 상대의 유도에 걸려 괜히 정보를 실토한다든가.

나는 되도록 그런 짓을 하고 싶지 않다.

그래서 지금은 그럴싸한 소리로 얼버무리자.

"당신에게는 들리지 않나 보군요……. 도움을 청하는 그 아이의 목소리가."

나한테도 안 들리지만!

네. 뭐, 자주 쓰는 수법입니다. 할 말이 없으면 좌우지만 누군가의 목소리가 들렸다고 한다.

나는 게임 지식으로 '원래라면 알 수 없는 사실'을 제법 알거나, 돌발적인 행동에서 남들이 이상하게 여길 때도 많으니까, 그럴 때는 이걸로 잘 넘어가고 있다.

　이번에도 이걸로 되겠지. 그렇게 생각해서 알렉시아 아기는 일절 하지 않고 엑스트라 여자애 탓으로 했다.

　내가 진실에 도달한 것은 마녀의 정보를 미리 쥐고 있어서가 아니 다.

　도움을 청하는 엑스트라 여자애의 목소리가 들렸기 때문이다!

　그렇게 말했더니 엑스트라 여자애의 눈에 눈물이 흘렀다. 웃기네.

제51화 오물

자, 이런 잔챙이를 상대로 시간을 너무 들이긴 뭐하니까, 후딱 끝내 보실까.

문어야. 너는 고작해야 알렉시아의 전전전 여흥에 불과해.

송송 썰고, 구워서, 타코야키로 만들어서 먹어 주마!

하지만 이 세계에서는 타코야키가 어려울 것 같네.

지구라면 마트에서 편리한 타코야키 믹스를 살 수 있지만, 여기서는 박력분부터 직접 만들어야 할 테고…… 애초에 박력분 자체가 쉽게 구할 수 있는 물건이 아니다.

뭐, 그건 됐다. 아무튼 때려눕힌다!

"치잇!"

내게서 싸울 의지를 느꼈는지 문어가 엑스트라 여자애의 등 뒤에 숨었다.

나아가 촉수로 붙잡은 에테르나와 다른 생도들을 앞으로 내밀어 방패로 삼는다. 야, 그건 치사하잖아.

더군다나 앞만이 아니다.

문어는 현재 여덟 개의 다리 중 여섯 개로 에테르나를 포함한 총 여섯 명의 생도를 붙잡고 있었다. 나머지 두 다리는 자유롭다.

그리고 붙잡은 생도 다섯 명과 엑스트라 여자애로 자기를 360도 지키도록 원진을 짰다.

나아가 위쪽도 마지막 한 명으로 막아서 단단히 방어했다.

인간 방패라…… 골치 아픈 짓을 하네.

하지만 소용없어. 대책은 얼마든지 있다고.

"움직이지 말아라, 엘리제……. 움직이면 이 녀석들의 목숨은 없다. 우선 팔을 뒤로 모아주실까."

전형적인 협박성 멘트를 말하는 문어가 보는 앞에서, 나는 문어의 뒤로 걸어갔다.

예전에 기사들의 눈을 피할 때 빛의 굴절로 만든 환영+스텔스다.

저 녀석의 눈은 지금 인질을 앞세우는 바람에 아무것도 못 하고 시키는 대로 팔을 뒤로 돌리는 나를 보고 있을 것이다.

그리고 인질 방패에도 빈틈이 없는 건 아니다.

인질 틈새로 얼음 마법을 발사.

이 문어는 지상에서도 활동하기 위해 자기 주위에 항상 마법으로 물 구슬을 만들고, 그 안에 들어가 있다.

그 물을 얼리면 결판이 난다.

문어가 한순간에 얼어붙고, 인질이 모두 풀려났다.

그러고 나서 환영을 지우고, 스텔스 상태를 해제하는데…… 레일라가 보면 순간이동한 것 같았겠지.

"에, 엘리제 님…… 대체 무슨 일이……."

"인질이 잡히면 불편해지니까, 조금 꾀를 부렸어요."

내 카드는 되도록 덮어두고 싶으니까, 자세한 건 레일라에게도 알려주지 않는다.

비장의 카드는 감추는 게 제일이라고.

그나저나 문어가 태평하게 나타나 줘서 다행이다.

이걸로 베르네르 일행을 돌입시킬 때 불안 요소가 하나 사라진 것은 반가운 오산이다.

여기서 최종 보스의 전초전 보스를 먼저 처리한 건 아주 좋다.

아무튼 조종당했던 엑스트라 여자애…… 어, 엘리자베스라고 했던가? 아니, 엘리자벳이었나.

뭐든 상관없어.

주저앉아서 멍하니 있어서, 손을 내밀어 준다.

"고생했군요……. 괜찮아요?"

얼굴은 취향이 아니지만, 내 흉내를 낼 정도의 팬이라고 하니까, 팬은 소중히 여겨야지.

그러자 엑스트라 여자애는 내 손을 두 손으로 잡고, 빤히 본 다음에 어루만지기 시작했다.

응? 뭔데? 아무것도 없어.

"하아…… 하얗고, 매끄럽고, 보드라워…… 손끝까지 이토록 예쁘다니……."

뭔가 헉헉대면서 내 손을 어루만지더니, 느닷없이 끌어안았다.

그리고 머리카락이나 허리에 거침없이 손을 뻗는다.

"아아, 고마워. 고마워.…… 난 쭉 도움을 원하고 있었어. 하지만 목소리가 나오질 않았어. 그렇잖아? 성녀인 내가 마녀라고 하다니, 있어서는 안 될 일이니까."

……?

얘는 무슨 소리를 하는 거래.

아니, 이게 레일라가 말했던 성녀 흉내인가?

조종당하다가 겨우 살아난 직후인데 성녀 흉내를 내다니, 어떻게 보면 거물일지도 모른다.

"머릿결도 부드럽고…… 허리도 가늘고…… 하아…… 이게 성녀구나……. 아아, 어째서…… 어째서 나는 네가 아닌 거야……. 이 머리카락도, 얼굴도, 몸도, 내가 가지고 태어나야 했는데, 왜 너인 거야……. 저기, 내 목소리가 들렸지? 그렇다면 내가 진짜 성녀인 것도 알겠지?"

음…… 이건 지금까지 좀처럼 없었던 유형인걸.

아무튼 이해한 사실이 있다. 보아하니 이 녀석은 몹시 위험한 사람 같다.

이건 안 구하는 게 나았나…….

'목소리가 들렸습니다! 으쓱!' 패턴에 너무 의존한 거려나.

세상에는 이렇게 상대의 발언을 이해할 수 없는 해석으로 받아들이는 사람도 있다는 걸까.

앞으로는 조금만 더 생각하고 나서 말하자.

"저기, 내게 줘……. 이 머리카락도, 손톱도, 얼굴도, 몸도, 내게 줘……. 나도 성녀가 좋아. 줘도 되잖아? 그렇지? 응? 되지? 맞아. 내가 성녀니까……."

"그만해라, 해충."

나를 더듬더듬 만지는 위험한 엑스트라 여자애를 어떻게 할지 생각했을 때, 어느새 가까이 다가온 레일라가 엑스트라 여자애의 머리를 붙잡고 내게서 떼어놓더니, 마치 쓰레기를 버리는 것처럼 내팽개쳤다.

야, 빠콧. 너무 심한 거 아니야?

이름으로 봐선 귀족이잖아?

아, 아니지. 그러고 보니 빠콧은 후작가 영애다. 집안이 더 위라서 무마할 수 있나?

아니다……. 그런 문제가 아니야.

"엘리제 님에 대한 행패, 불경한 행위들, 더는 참을 수 없다. 불경죄로 당장 그 더러운 목을 쳐주마."

무슨 일이 일어났는지 몰라서 주저앉은 엑스트라 여자애 앞에서 레일라가 검을 들이댔다.

그러자 엑스트라 여자애는 뒤로 물러나며 말한다.

"머, 멈춰……. 지, 진정해…… 주세요, 레일라. 그, 그래, 내 기사! 당신은 근위기사! 그렇다면 이래선 아니되어요! 떠올려 주세요……. 나와 함께 전장을 누비며, 무력한 사람들을 수없이 구한 그날을……."

지금껏 반말이었던 것이 갑자기 존댓말로 바뀌었다.

아마도 저게 내 흉내인 거겠지.

하지만 나는 한 번도 '아니되어요'라는 귀족 아가씨 말투를 쓴 적이 없는데.

애초에 내가 존댓말을 쓰는 건 여자 말투는 못 쓰지만 남자 말투였다간 이상하게 볼 테니까, 그렇다면 업무로 익숙해진 존댓말로 고정하자는, 이른바 타협한 말투인데.

"닥쳐……."

"히익!"

와, 레일라가 지금껏 본 적이 없는 표정을 지었어.

마치 길가에서 뒤집혀 다리를 버둥거리는 거대한 바퀴벌레를 보고 생리적인 혐오를 느끼는 듯한, 그러면서 격렬한 분노와 이를 뛰어넘는 절대영도의 눈빛이 맞물린, 차마 말로 표현할 수 없는 얼굴이다.

싸늘하다 못해 화상을 입어서, 뜨거운 것과 구분하기 어려운 느낌의.

인간은 저런 표정도 지을 수 있구나.

"이젠 됐다……. 그래, 이젠 됐어. 목소리만 들어도 불쾌하다. 지금 당장 목을 쳐주마."

아, 야단났다.

레일라가 진짜 폭발했어.

이대로 레일라가 엑스트라 여자애를 죽이면 어떤 이유로든 법의 심판 없이 독단으로 귀족을 살해했다는 문제가 생긴다.

그건 레일라가 후작 영애라도 달라지지 않는다.

그래서 나는 레일라의 등을 살짝 두드려 진정하게 했다.

빡콧, 스테이. 진정해. 워워워.

"레일라, 진정해 주세요."

"말리지 마십시오, 엘리제 님. 이건 여기서 처분해야 합니다."

이제는 '이것' 으로 부르게 되었다.

레일라가 이토록 폭발한 건 처음일지도 모른다.

게임에서는 엘리제(진짜)에게 이 정도로 폭발하지만, 이 세계에서는 처음 봤다.

어떻게 진정시켜야 할까…….

아무튼 지금 정말로 죽였다간 레일라의 지위도 조금 위험해진다.

그러므로 말리는 건 확정으로 치고…… 레일라가 내팽개칠 때 생긴 것으로 보이는 상처도 치료하는 게 좋겠군. 일단 저 아이도 백작 영애라고 하니까.

그런고로 치유 마법을 걸려고 했는데, 에테르나가 있는 곳이 빛나기 시작했다.

어라? 난 그쪽에 회복 마법을 안 썼는데?

그나저나 큰일인걸. 에테르나를 중심으로 마력이 커지고 있어.

이대로 가다간 옥상에 있는 사람이 마력 가드가 되는 나 말고 전부 날아가겠는걸.

그런고로 실드 한 방. 에테르나가 발산하는 마력을 막고, 무슨 일이 일어났는지 관찰한다.

"…………."

빛 속에서 에테르나가 천천히 일어나 이쪽을 본다.

온몸을 하얀 마력 입자가 감싸고, 바람도 없는데 머리카락이 물결치고 있다.

마력의 여파만으로 문어가 소멸해서 흔적도 남지 않았다.

아아…… 타코야키를 만들어 먹으려고 했는데…….

아무튼 이건 확실하겠는걸.

까놓고 말해서 왜 갑자기 이런 일이 일어났는지 전혀 모르겠지만, 내 600분의 1 수준에 필적하는 이 마력은 평범한 인간이 낼 수 없다.

응……. 이거, 성녀로 각성했네.

왜 갑자기 각성했지? 영문을 모르겠는걸…….

좌우지간 내가 가짜 성녀로 판명되는 미래도 머지않은 것 같으니까, 변명거리를 생각해 보실까.

◇

도움을 청하는 자들 모두가 고마움을 느낀다고는 보장할 순 없다.

자기가 위험할 때는 필사적으로 도움을 청해도, 위기가 사라지면 쉽사리 잊는…… 그런 인간도 이 세상에는 있다.

레일라는 눈앞에 있는 오물을 내려다보며, 진심으로 그렇게 생각했다.

엘리제는 엘리자벳이 도움을 청하는 목소리를 들었다고 했다.

그건 사실이리라.

과거에 아이즈 국왕이 도움을 청했을 때도, 엘리제는 당연한 것처럼 구하러 왔다.

역대 성녀에게는 그런 힘이 없었을 테지만, 엘리제는 역대 최고의 성녀다. 뭐든 가능해도 이상하지 않다.

하지만 구원받은 자 모두가 아이즈 국왕처럼 은혜를 느끼고 개심

한다고 보장할 순 없다.

　뿌리까지 썩은 마음에는 감사한다는 개념 자체가 없겠지.

　그래도 엘리제는 변함없이 손을 내민다.

　누군가를 구한다는 그 마음에는 타산이 없고, 몇 번을 짓밟혀도 웃으며 손을 내민다.

　배신당하지 않는다……고 생각하는 것도 아니리라.

　배신당하고, 모욕당해도 상관없다……. 엘리제는 그렇게 생각할 것이다.

　그 자세는 한없이 존엄하고, 순수하고…… 그렇기에 이 오물을 더더욱 용서할 수 없었다.

　이런 오물이 엘리제를 모욕하는 일이 있어서는 안 된다.

　그러니까 이번만큼은 엘리제의 뜻을 저버리는 한이 있더라도 목을 치고자 검을 쳐들었다.

　하지만 레일라의 등을 엘리제가 가볍게 토닥여서 달랜다.

　"레일라, 진정해 주세요."

　"말리지 마십시오, 엘리제 님. 이건 여기서 처분해야 합니다."

　레일라의 분노에 엘리제는 조용히 고개를 가로저었다.

　당신께서 모욕당한 것에 대한 분노는 일절 느껴지지 않는다.

　엘리제는 어떤 사람이든 사랑하고, 지키려고 한다.

　그러니까 이번에도 똑같이, 망설임 없이 엘리자벳에게 회복 마법을 걸려고 손을 뻗었다.

　(아아…… 이분은 정말이지…….)

　레일라는 아직도 끓는 마음을 가까스로 억누르고 검을 거뒀다.

실력이란 점에서, 엘리제에게 호위는 필요 없다.

엘리제는 혼자서 본인만이 아니라 모두를 지킬 수 있다. 하지만 자기 자신을 지키려고 하지 않는다.

그렇기에 무슨 일이 있어도 지키겠노라고, 다시금 속으로 맹세한다.

엘리제는 한차례 배신한 자신을 용서하고, 무기도 내렸다.

그 은혜에 보답하기 위해서라도, 하다못해 이러한 악의에서 지키는 방패가 되고자 한다.

하지만 검을 거두긴 아직 일렀던 듯하다.

대마가 얼음이 되고, 바보는 얌전해졌다.

이제는 인질로 잡혔던 생도들을 보호하면 끝……이라고 생각했었다.

하지만 보호해야 하는 인물 중 하나인 에테르나에게서 갑자기 빛이 뿜어져 나오고, 엘리제가 잽싸게 실드로 막았다.

엘리제가 지킨 일부를 제외한 옥상 전체를 빛이 유린하고, 얼어붙은 대마를 일격에 소멸한다.

옥상 바닥이 파이고, 그 위력을 본 레일라는 전율했다.

있을 수 없는 일이다.

대마를 일격에 소멸하는 위력을 지닌 마법을, 생도가 쓸 수 있을 리가 없다.

레일라도 그런 건 불가능하다.

그렇게 인지를 초월한 행위가 가능하다면, 성녀 말고는 있을 수 없다.

하지만 그 성녀는 엘리제다.

사실 엘리제는 여태까지 성녀가 아니면 불가능한 위업을…… 아니, 역대 성녀 모두가 모여도 불가능할 위업을 달성해 왔다.

그러나 빛 속에서 천천히 일어나는 에테르나도 신성하게 빛나서, 그 모습은 성녀를 방불케 했다.

성녀가 같은 시대에 두 명 나타난 일은 여태까지 한 번도 없다.

하지만 그 예외가 레일라의 눈앞에서 나타났다.

제52화 각성

게임에서 에테르나가 성녀로 각성하는 타이밍은 다소 차이가 있지만, 큰 이벤트는 공통이다.

에테르나가 성녀의 힘에 처음으로 눈뜨는 건 에테르나 루트에서 파라 선생과 싸울 때인데, 본격적으로 각성하는 건 3부의 학원 습격전이다.

대마 『원귀』가 이끄는 마물 군단이 쳐들어와서 점차 생도와 교사가 희생되는 가운데 마침내 에테르나가 각성하는 이벤트인데, 이쪽 세계에서는 내가 먼저 해치우는 바람에 발생하지 않는다.

그러나 보아하니 다른 이유로 각성한 듯하다.

나아가 첫 각성으로 힘에 먹혔는지, 의식이 날아간 것처럼 보인다.

게임에서도 첫 각성은 이렇다.

성녀의 힘에 먹히고, 성녀의 사명인지 뭔지에 휘둘려서 자동으로 행동한다.

뭐, 그 폭주는 베르네르를 비롯한 동료들이 에테르나를 불러서 금방 끝나지만…… 성녀로 막 각성한 에테르나는 근처 마물과 사명을 방해하는 자를 막무가내로 제거하려고 든다.

보통은 폭주 때라도 인간을 공격하려고 하진 않지만…….

"싫어……. 베르네르를 …… 빼앗지 마……. 더는…… 죽게 하지 마……. 싫어…… 싫어……. 해치워야 해…… 마물을 전부, 해치워야 해……."

중얼중얼. 생기가 없는 눈으로 뭔가 중얼거리고 있다.

더군다나 내용으로 봐선, 내가 마물로 보이는 듯하다.

이러면 공격당하겠는걸.

에테르나는 내가 준 지팡이로 우리를 겨누고 마력을 끌어올렸다 "에테르나 양, 무슨 짓을……?! 엘리제 님을 해치려고 하면 잠자코 볼 수 없습니다!"

레일라가 칼자루에 손을 대고 에테르나에게 반격하려고 한다.

하지만 나는 레일라의 어깨를 붙잡아 제지하고, 앞으로 나섰다.

"보아하니 에테르나 씨는 우리가 마물로 보이는 것 같네요."

"마물로……?"

"원인은…… 에테르나 씨 근처에 떨어진 루치페로 꽃이군요. 저 꽃의 꽃가루는 환각을 보게 하거나, 현실감을 잃게 하는 효과가 있으니까요."

루치페로의 꽃가루는, 부작용은 없어도 마약 같은 거다.

최근에는 쓰는 사람도 확 줄었지만, 예전에는 현실에서 도피하는 손쉬운 수단으로 인기가 있었다.

아마도 레일라가 엑스트라 여자애를 내팽개칠 때 떨어지고, 에테르나의 얼굴 근처에 닿은 거겠지.

성녀에게 그런 게 통하냐고 생각할지도 모르지만…… 상황이 안 좋았다.

아까만 해도 루치페로를 장식했던 엑스트라 여자애는 문어의 어둠 파워를 몸에 단단히 두르고 있어서…… 아마도 그 힘이 조금 루치페로에 들어간 거겠지.

나아가 에테르나 본인은 기절 중이었다.

그래서 원래라면 성녀에게 통할 리가 없는 루치페로의 독이 효과를 낸 거겠지.

그런 걸 생각하고 있을 때, 에테르나가 마법을 발사했다.

상당히 큰 위력이 담긴 것을 알 수 있는 빛의 구슬로, 크기는 짐볼 정도일까.

레일라도 한눈에 범상치 않은 위력임을 알아본 듯, 깜짝 놀랐다.

"엘리제 님, 피하십……."

"그러지 않아도 돼요."

날아드는 빛의 구슬을 한 손으로 쳐서 흩어지게 했다. 막 각성한 성녀의 공격이 통할까 보냐.

그렇다고 할까…… 사실은 저 지팡이를 쓰는 한, 에테르나의 공격 마법은 상대에게 치명상을 입힐 수 없다.

저 지팡이에 달린 보석에는 사실 내 마법이 담겨 있어서, 미약한 회복 마법도 같이 발사하게 된다.

알아듣기 쉽게 말하자면 저 지팡이로 적에게 치명상을 입혀도 그 직후에 상대의 HP가 1로 회복하는 시스템이다.

그러므로 에테르나는 저 지팡이를 쓰는 한, 아무도 죽일 수 없다.

왜 그런 장난을 쳤냐면, 에테르나가 알렉시아를 죽이지 못하게 하려고.

에테르나는 마녀를 상대로 유효한 전력이지만, 실수로 에테르나가 알렉시아를 해치우면 말짱 꽝이다.

그렇다고 해서 8강에 오른 에테르나를 빼는 건 이상하고, 빼더라도 에테르나는 베르네르를 걱정해서 멋대로 잠입할 것이다.

그렇다면 멋대로 행동하지 않게끔 멤버에 넣는 게 낫다.

게다가 실제로 에테르나를 멤버로 넣으면 베르네르 일행의 사망 확률이 내려간다.

그러므로 나는 에테르나를 참가하게 하면서도 에테르나가 마녀를 해치우지 않게끔 수작을 부리기로 했다.

그것이 저 지팡이다. 저걸 쓰는 한 에테르나가 누군가의 숨통을 끊을 수는 없다.

다만…… 문어가 소멸한 것으로 알 수 있듯이, '지팡이를 거치지 않은' 공격이라면 평범하게 상대를 해치울 수 있다.

"엘리제 님…… 에테르나 양의 저 힘은 대체? 저건 혹시 성녀의 힘 아닙니까……?"

아, 응. 역시 알아보겠지?

자, 이걸 어쩐다.

내가 가짜라고 들키는 건 딱히 상관없다. 최종적으로도 커밍아웃해서 성녀의 자리를 에테르나에게 돌려줄 작정이니까, 오히려 당연한 결말이기도 하다.

하지만 아직 마녀를 해치우지 않았다.

내가 들켜서 추방당하는 건 상관없다. 하지만 지금은 타이밍이 나쁘다.

지금부터 마녀를 몰아넣으려는 타이밍에 내가 퇴장하면 결국 게임 전개와 똑같아진다.

그런고로 에테르나에게는 미안하지만, 조금만 더 거짓말로 땜질해 보자.

"저건 에테르나 씨가 지닌…… 예전에 스스로 마녀라고 오해했던 힘이겠죠. 베르네르 씨가 마녀와 비슷한 힘을 지닌 것처럼, 저 힘은 성녀에게 가까운 힘인 것 같아요."

"그럴 수가 있습니까……? 성녀도 아닌 자가 성녀의 힘을 지니다니, 전례가 없습니다."

"뭐든지 처음에는 '전례가 없는' 일이에요. 최초의 마녀가 나타난 때와 초대 성녀 알프레아 님이 나타나셨을 때도, 당시에는 '전례가 없는' 일이었겠죠. 성녀와 마녀를 둘러싼 세계의 시스템이 이번 대에서 뭔가 이상해진 걸지도 몰라요."

레일라의 질문에 엉터리 설명을 늘어놓는다.

이렇게 술술 대충 떠들 수 있는 내 재능이 무섭다.

의외로 내 천직은 사기꾼일지도 모르겠는걸.

여보세요. 엄마. 나야, 나. 나라고. 그래, 나.

잠시 교통사고가 나서, 불운과 한바탕 춤췄거든. 배상이니 뭐니 해서 내일까지 돈이 필요하니까 마련해 줘.

어……? 지금 전화를 받은 건 엄마가 아니라 여장 버릇이 있는 아빠……?

이런 느낌이다.

"아무튼…… 일단 진정시키는 게 급선무군요."

나는 배리어를 레일라와 엑스트라 여자애 주위에 치고 밖으로 나갔다.

그러자 에테르나가 무표정하게 손을 흔들어 마법을 쏜다.

은색 구체가 스파크를 튀기며 직진하지만, 나는 그걸 손으로 잡아 뭉갰다.

크기를 줄여서 위력을 압축한 것 같지만, 소용없다.

뭐지……? 이건……?

성녀의 파워를 아무리 끌어올려도, 나를 넘어설 순 없다!

"오지 마……."

계속해서 연사. 이번에는 빔을 동시에 일곱 발 발사했다.

성녀의 힘으로 은빛 섬광이 꺾이고, 상하좌우에서 일제히 나를 향해 쇄도한다.

이 형상을 비유하자면…… 그래, 거품기다.

빔이 나를 생크림으로 만들고자 덮쳐든다.

그러나 이것도 소용없다! 나를 중심으로 빛 마법을 확산해서 전부 지웠다.

제아무리 진짜 성녀라도, 기껏해야 막 각성한 병아리다.

부조리한 마물 괴롭힘 수준으로 레벨을 마구 올린 내게는 순한 맛이다.

그 차이는 마치 새 장비를 구한 초보 플레이어 앞에 만렙으로 몇 번이고 환생한 폐과금 플레이어가 와서 자랑하는 느낌!

"싫어…… 싫어어어!"

이성을 잃은 에테르나가 지팡이를 버리고 손을 쳐들었다. 저기…… 버리지 마.

그리고 거대한 빛의 구슬을 생성해 마력을 한껏 주입한다.

오…… 저건 조금 위험하네.

싸움의 기본도 모르는 각성 초기라서 가능한, 뒷일을 전혀 고려하지 않는 MP 올인 공격이다.

에테르나의 나머지 MP는 레벨 부족도 고려해서 대체로 1천 전후겠지.

그것을 전부 담고, 나아가 성녀의 힘도 실었으니까 파괴력도 엄청나다.

뭐…… 이 건물을 날려 버리고 직격 코스에 있는 생도들을 여유롭게 몰살할 수 있을 것이다.

나라면 막기 쉽지만, 이대로 들이댔다간 나는 무사해도 학원에 있는 생도들이 말려들겠는걸.

"엘리제 님! 안 됩니다!"

레일라가 뭔가 말하지만, 무시하고 하늘로 올라갔다.

이렇게 하면 나한테만 날아오니까 피해가 발생하지 않겠지.

에테르나도 나를 조준하고 빛의 구슬을 겨눈다.

좋아. 착한 아이야. 언제든지 쏴.

"그만해, 에테르나!"

그러나 그때 옥상 문을 열고 베르네르가 뛰어들었다.

야, 참 끔찍한 타이밍에 왔잖아.

그러나 봐서는 베르네르의 등장이 에테르나에게 효과가 있었는지, 어깨를 흠칫 떨었다.

"베, 베르……네르……?"

"그만해, 에테르나. 너는 그런 걸로 사람을 공격할 사람이 아니야. 부탁이야! 정신을 차려!"

베르네르가 등장해서 에테르나의 눈에 이성의 빛이 돌아오고, 힘이 약해진다.

흠. 아무래도 이걸로 하나 해결한 것 같군.

이제는 베르네르가 닭살 돋는 대사로 에테르나를 달래서 호감도를 올리고, 여기서 궤도를 수정 대역전으로 에테르나 루트에 진입하면 해피 엔딩…….

아니지. 잠깐만. 큰일 났네. 지금 제정신을 차리면 위험해!

"에테르나…… 평소의 너로 돌아와 줘."

"그러지 말아요, 베르네르 군! 지금 원래대로 돌리면 안 돼요!"

베르네르, 이 바보 자식! 저렇게 큰 빛의 구슬을 위에 띄운 상태에서 제정신으로 돌리지 마. 바보라고 하는 나도 도중에는 눈치채지 못했지만!

에테르나가 저걸 제어할 수 있는 건, 막 성녀로 각성해서 무의식중에 힘을 쓰는 방법을 배웠기 때문이다.

나아가 지금, 에테르나는 환각으로 정신이 몽롱한 상태다.

그건데 그걸 정상으로 돌려서 현실에 끌어내 봐라.

혼란에 빠져서 마법이 폭주할걸!

"베르네르……? 내가, 뭘…… 어? 어라? 어어? 자, 잠깐만. 이게 뭐야. 이게 뭔데?! 저, 저기, 이게 뭐야? 뭐야?! 왜 나한테 이런 게 있어?!"

완전히 제정신을 차린 듯한 에테르나가 어버버버 하고 자신이 만든 빛의 구슬을 보고 혼란스러워하기 시작했다. 그러니까 내가 뭐랬어.

제어를 상실한 빛의 구슬은 그대로 중력에 끌리듯 에테르나를 향해 추락한다. 위험해.

나도 황급히 내려가지만, 내가 공격당할 것을 전제로 피해가 발생하지 않게 하느라 고도를 너무 높였다.

전속력으로 날지만, 제때 될까……? 아니, 제때 된다. 이대로 가면 배드 엔딩이다.

그러나 빛의 구슬은 에테르나에게 쏟아지고…… 아니, 아직 명중하지 않았다.

사이에 끼어든 베르네르가 어둠 파워로 막고 있다.

좋아. 잘했어, 베르네르! 급박한 상황에서 각성하다니, 역시 주인공이야.

까놓고 말해서 너 때문에 이렇게 된 거지만, 그 각성을 봐서 관대하게 넘어가 주마.

나는 곧바로 빛의 구슬 아래에 파고들어 베르네르의 옆에 섰다.

에테르나가 베르네르를 처음 만난 것은 열네 살 때였다.

에테르나가 태어나 자란 테라코타 마을은 역대 최고의 성녀로 불리는 엘리제를 배출한 곳이다 보니 기사를 지망하는 젊은이와 엘리제에게 구원받았다고 하는 사람들이 성지 순례로 많이 방문하는데, 마을 자체만 보면 밭밖에 없는 소박한 곳이었다.

이 마을을 포함한 일대를 다스리는 영주는 이참에 마을을 확장해서 성지로 키우려고 생각하는 듯하지만, 그 예산을 생각하면 아직 먼 훗날이 되리라.

지금은 그저 작은 마을이며, 엘리제가 감자를 전파하기 전에는 아이가 굶어 죽는 일도 허다했다.

그런 마을이라서 젊은이는 대부분 도시로 떠났고, 주민은 대부분 노인과 어린아이다.

에테르나도 또래 친구가 없어서 도시를 동경하고 있었다.

그런 에테르나에게, 첫 또래 친구가 베르네르였다.

처음 만났을 때는 지금도 선명하게 기억하고 있다.

그날, 에테르나는 집에서 키우는 돼지를 데리고 숲에 들어갔다.

바람은 차갑고, 계절은 점점 겨울에 가까워졌다.

에테르나가 사는 마을에서는 겨울이 다가오면 매년 이렇게 돼지를 살찌우고자 숲에 데려가서 도토리를 먹게 한다.

그리고 토실토실 살찐 돼지를 겨울이 되기 전에 식용으로 가공해서 겨울에 대비한다.

하지만 그날은 운이 나빴다.

겨울을 앞두고 살을 찌우려고 먹을 것을 찾아 숲을 배회하던 곰과 딱 마주치고 말았다.

영양이 풍부한 먹을 것을 찾던 곰에게, 에테르나와 돼지는 참 먹음직스럽게 보였겠지.

곰은 으르렁거린 다음 갑자기 에테르나를 공격하고, 예리한 발톱과 이빨로 덮쳐들었다.

일반적으론 죽었을 테지만, 이때 에테르나는 성녀의 특성 덕분에 죽지 않았다.

하지만 이때의 에테르나는 '자기가 다치지 않는다'는 사실을 눈치챌 여유가 없어서, 그저 거대한 곰에게 움츠러들기만 했다.

그런 에테르나를 구출한 것이 베르네르였다.

비명을 듣고 달려온 베르네르는 과감하게 곰에게 덤벼들어 나뭇가지로 눈을 찔렀다.

추가로 자기가 식용인 것도 모르는 돼지는 주인의 위기에 분발해서 튼튼한 코로 곰의 다리에 부딪혀 고통에 몸부림치는 곰을 자빠뜨렸다.

그리고 베르네르는 쓰러진 곰의 나머지 눈도 나뭇가지로 찌르고, 근처에 굴러다니던 커다란 돌로 곰의 머리를 몇 번이고 때렸다.

마침내 곰이 움직이지 않게 되고…… 베르네르도 그것을 지켜본 다음 기절했다.

나중에 안 사실이지만, 베르네르는 집에서 쫓겨나 며칠이나 먹고 마시지 못한 채 숲을 헤매서 체력이 한계에 달했던 것이다.

그 뒤, 베르네르는 에테르나를 구한 일로 집에 초대받고, 사정을 들은 에테르나 일가는 베르네르를 가족으로 받아들였다. 덤으로 돼지는 에테르나를 구한 일로 식용에서 애완용으로 출세했다.

에테르나는 자기를 구해준 베르네르에게 마음이 끌렸지만, 그 눈이 항상 다른 쪽을 보는 것을 알았다.

성녀 엘리제를 동경하고, 그 기사가 되고자 매일 몸을 단련하는 것도 안다.

그 꿈을 응원하고 싶은 마음이 있지만, 한편으로 베르네르가 꿈을 이루지 못하는 것도 몰래 기대했다.

꿈을 이루지 못하면 평범한 마을 사람으로서 자신과 쭉 함께 있어 준다……. 그랬으면 좋겠다고, 부끄러운 줄 알면서도 쭉 그렇게 생각했다.

하지만 에테르나의 생각과 달리 베르네르에게는 재능이 있었다.

마법학원 입학을 달성하고, 입학한 뒤로는 실력을 쑥쑥 키웠다.

같은 학년에서 제일가는 실력자가 되고, 지금은 전교에서 제일가는 실력자다.

점점 멀어지는 베르네르의 등을 보면서, 에테르나는 말로 표현할 수 없는 초조함을 느꼈다.

그것이 특히 강해진 것은 빌베리 왕국을 지키는 싸움 뒤였다.

베르네르는 엘리제를 지키고자 방패가 되고…… 죽었다.

그 직후에 엘리제에 의해 다시 살아나는 기적이 있었지만, 베르네르는 한 번 죽음을 맞이한 것이다.

무서웠다. 공포로 인해 머릿속이 새하얘졌다.

소중한 사람이 다시는 웃지 않게 되는 것이. 호흡이 멎고, 움직이지 않게 되는 것이…… 그것이 어떤 건지 안다고 생각했었다.

결코 가볍게 본 적은 없다.

하지만 현실은 예상보다도 훨씬 무겁고, 베르네르의 죽음을 인식하는 것조차 어려웠다.

아니다. 엘리제가 베르네르를 되살리지 않았다면 지금도 인식하지 못했을 수 있다. 그만큼 충격이 컸다.

그 뒤로는 그저 무섭기만 했다.

다음에는 정말로 베르네르가 죽을지도 모른다는 공포……. 이런 감정을 품는 건 도리가 아님을 아는데도, 베르네르를 멀리 데려갈 것 같은 엘리제가 미웠다.

그리고 마침내 그 엘리제조차 생명의 위험하다고 단언하는 곳에 베르네르를 데려가려고 했다.

싫어. 데려가지 마.

내게서 베르네르를 빼앗지 마. 더는 베르네르를 죽게 하지 마.

눈에 들어오는 것이 전부 베르네르를 죽이려고 하는 무시무시한 마물로 보인다.

그렇다면 해치워야 한다고 생각했다.

그렇다. 마물을 전부 해치워야 한다.

『마물』에게 손을 뻗자, 손에서 빛이 날아갔다.

그러나 『마물』은 빛을 손쉽게 쳐내고, 에테르나에게 다가온다.

에테르나는 그게 무서워서 더 멀어지게끔 손을 흔든다.

그러자 이번에는 여러 개의 빛이 곡선을 그려서 『마물』에게 쇄도하지만, 이것도 전혀 통하지 않고 사라졌다.

『마물』은 왠지 엘리제를 닮아서, 그것이 에테르나를 더욱 무섭게 한다.

베르네르가 죽었을 때의 광경이 뇌리에 되살아나고, 눈앞에 있는 『마물』이 베르네르를 데려가려고 하는 사신으로 보인다.

저 사신을 쫓아내야 한다. 안 그러면 베르네르가 죽는다.

에테르나는 흐릿해진 머릿속으로 사신을 쫓아내고자 손을 쳐들어 마력을 한껏 응축했다.

그러자 사신은 도망치려는지 하늘로 날아오른다.

도망치게 둘까 보냐. 지금 여기서 반드시 해치워 주마.

베르네르를 데려가게 두진 않아.

"그만해, 에테르나!"

좋아하던 가족의 목소리가 들려왔다.

그것이 에테르나의 머릿속을 급속히 식히고, 꿈에서 현실로 끌어올린다.

안개가 낀 듯했던 머릿속에 맑아지고, 물속에 있는 것처럼 뿌옇던 시야가 지상으로 부상한다.

사신인 줄 알았던 것은 엘리제였고, 자신이 있는 곳은 학원 옥상이다.

왜 이런 데 있는 걸까? 왜 나는 엘리제와 싸우는 걸까? 전혀 모르겠다.

대체 어디까지가 꿈이고, 어디부터가 현실에서 한 행동인지 모르겠고…… 왜 자신이 거대한 빛의 구슬을 들고 있는지도 이해할 수 없었다.

"베르네르……? 내가, 뭘…… 어? 어라? 어어? 자, 잠깐만. 이게 뭐야. 이게 뭔데?! 저, 저기, 이게 뭐야? 뭐야?! 왜 나한테 이런 게 있어?!"

그때까지 무의식중에 제어하던 것을, 갑자기 현실로 돌아온 에테르나가 제어할 수 있을 리가 없다.

빛의 구슬은 제어를 상실하고, 사용자인 에테르나를 향해 떨어지기 시작했다.

에테르나는 뭐가 뭔지 몰라서 혼란에 빠지고, 쪼그려 앉아서 본능적으로 머리를 보호한다.

사용자인 에테르나가 그런 형태로 제어를 완전히 포기하면 폭주할 수밖에 없지만, 에테르나를 비난하긴 어려우리라.

본인은 이 빛의 구슬을 만들었다는 자각조차 없으니까.

그러니까 상황을 파악하지도 못한 채, 떨어지는 빛의 구슬 앞에서 에테르나는 눈을 감았다.

하지만 충격은 시간이 지나도 찾아오지 않는다.

이상하게 여겨서 눈을 떠 보니…… 자신을 지키듯이 서서 빛의 구슬을 두 손으로 막는 베르네르의 등이 보였다.

두 손에서 검은 안개 같은 것을 내놓고 필사적으로 에테르나를 지키고 있다.

결코 쉬운 일은 아니리라.

두 팔에는 혈관이 불거지고, 이를 악문 얼굴은 엄청난 표정을 지었다.

손바닥은 그을리면서 불쾌한 소리를 내고, 조금씩 밀리고 있다.

하지만 베르네르가 만든 짧은 시간에 엘리제가 나타나고, 빛의 구슬 아래에 파고들듯이 착지했다.

그리고 팔을 높이 들어 마력을 방출한다.

"밀어내겠어요. 베르네르 군, 맞춰 주세요."

"네!"

엘리제의 손에서 하얀 광채가 넘쳐흐르고, 베르네르의 검은 광채가 터진다.

그리고 두 빛이 섞이고, 나선을 그리며 빛의 구슬을 하늘로 밀어냈다.

제53화 실연

와, 위험했네. 하지만 끝나고 보면 에테르나와 베르네르의 더블 각성과 더불어 문어도 처리할 수 있었으니까 이득이라고 할 수 있다. 잘했군. 잘했어.

문어에게 납치되면서 시작된 에테르나의 폭주도 무사히 진정되고, 결과만 보면 피해가 거의 없이 끝낼 수 있었다.

거의 없다는 말은 피해가 전혀 없다는 말이 아니지만, 다행히 그건 사소한 문제다.

원래는 한 달 뒤 퇴학 예정이었던 엑스트라 여자애가 오늘 급히 퇴학당했을 뿐이다

퇴학시킬 정도의 일인가 싶었지만, 그 아이는 왠지 징그러워서 반대하지 않았다.

게다가 학원에 두었다간 조만간 진짜로 레일라가 죽일지도 모른다.

레일라가 그럴 리 없다고 말하고 싶지만…… 그건 진짜로 죽이려는 눈이었다. 그러므로 엑스트라 여자애의 안전을 위해서라도 학원에서 멀리 떨어뜨리는 게 좋다.

아무튼 나 같은 사람을 동경해서 모방하는 것보다, 자신의 좋은

점을 앞으로 찾아보길 바란다.

그리고 그 전투는 몇몇 생도가 목격했지만, 모의전이라는 말로 넘어갔다.

그리고 밤을 맞이하고, 나는 옥상으로 갔다.

그 전투에서 여기저기 부서졌을 테고, 나중에 변상을 요구해도 곤란하니까, 밤중에 후다닥 고쳐서 시치미를 뚝 떼려는 셈이다.

게다가 학원 옥상은 외톨이……가 아니지. 고고한 생도의 성지다.

나는 안다. 이 학원에서 친구가 극단적으로 적은 녀석이나 한 명도 없는 녀석이 눈치를 보지 않고 밥을 먹을 수 있는 유일한 장소가 이 옥상이라는 사실을.

그 성지가 부서지고, 봉쇄되면 그들은 절망에 잠길 것이다.

같은 외톨이로서, 그들이 그런 고통을 맛보게 할 수는 없다.

그러나 옥상에 다가가자 누군가가 대화하는 소리가 들렸다.

이런 밤늦은 시간에 선객이 있다니…… 누구지?

밤에 노는 것을 좋아하는 커플이 '아잉. 이런 데서 그러면 부끄러워.', '헤헤헤. 소리를 너무 내지 마. 들키잖아.' 라고 말하며 운동하고 있는 걸까.

만약 그렇다면 방해할 수 없다.

그때는 그저 들키지 않게 엿볼 뿐이다.

"믿기지 않아……. 내가 이렇게 파괴했다니……."

들린 목소리는 귀에 익숙했다.

옥상으로 나가는 문을 조금 열고 틈새를 엿보자, 에테르나와 베르네르가 있었다.

오호라. 밤늦게 옥상을 찾은 나쁜 커플은 얘네였나.

『영원의 산화』는 전체이용가 등급 게임이지만, 게임에 따라서는 화면 밖에서 행위를 암시하는 경우도 있다. 유명한 것으로는 '어젯밤엔 참 좋으셨겠군요.' 가 있다.

좋아……. 꼭 행위에 임해 달라고.

부디…… 마음껏 어른의 계단을 올라가 주세요……!

우리는…… 그 모습을 마음속으로…… 응원합니다……!

"그래서? 할 이야기가…… 뭐야?"

베르네르가 에테르나에게 하는 말을 듣고, 나는 감이 딱 왔다.

젊은 남녀가 단둘이서 할 이야기는 하나밖에 없지.

가슴이 뛰는 기분으로, 그러면서도 두 사람을 방해하지 않게끔 세심하게 조심하면서 몸을 숨긴다.

괜찮아. 방해하지도, 방해하게 두지도 않아.

만약 누군가가 다가오면 내가 쫓아내 주마.

"있잖아……. 베르네르가 누구를 보는지는 나도 알아. 나도 슬슬 전진해야 하니까…… 그러니까…… 이걸 안 말하면, 나는 언제까지고 미련이 남을 테니까……."

에테르나가 베르네르와 마주 보고 서서 진지한 표정을 지었다.

뺨은 빨갛고, 분위기는 슬슬 클라이맥스에 도달할 느낌이다.

밤하늘도 두 사람을 축복하는 것처럼 별이 빛나고…… 아니, 이건 언제나 그런가.

기왕이면 이쯤에서 연출 하나라도 넣어주고 싶지만, 그랬다간 내가 있는 게 들킬 테니까 그만두자.

"난…… 너를 좋아했어."

말했다아아아!

오예에에, 만루 대역전 홈런!

아무도 행복해지지 않는 엘리제 루트에서, 기적의 루트 변경!

역시 메인 히로인은 격이 달랐다!

이건 이겼네. 밥 먹고 목욕하고 오마.

『영원의 산화』의 고백 장면은 호감도에 따라서 성공 패턴과 실패 패턴이 있다.

물론 호감도에 따라서는 실패해도 상대의 반응이 나쁘지 않기도 하지만, 아무튼 크게 나누면 두 가지 패턴이다.

그리고 실패 패턴의 공통점은 '베르네르가 고백하고 히로인에게 차인다' 다.

반대로 성공 패턴은 호감도가 높으면 '히로인이 베르네르에게 고백한다' 는 케이스가 많다.

그리고 이 이벤트가 발생한 시점에서 그 히로인 루트로 고정된 셈이니까, 베르네르가 거절할 수는 없다.

즉, 승리 확정…… 승리 확정…… 압도적인 승리 확정……!

천재일우……! 공전절후……! 초절기색……! 기적……! 신들린…… 승리 확정……!

축하해, 베르네르…… 축하해……! 축하해……!

Congratulation! Congratulation!

응? 잠깐만. 좋아했어, 라고?

"아니야. 지금도 베르네르를 좋아해. 하지만 그건 가족이라서 좋아하는 것과 같은 마음이고, 사랑은 아닌 것 같아."

어라? 어랍쇼?

이상하네. 이 대사는 귀에 익숙한걸.

이건 에테르나의 호감도가 부족해서 고백이 실패할 때 대사인걸.

얀마, 베르네르! 역시 호감도가 부족하잖아!

근육 단련만 하니까 그런 거라고 짜샤아아아!

"나는 있지, 쭉 무서웠어. 베르네르는 언제나 먼 곳을 보고, 나를 두고 멀리 뛰어가는 게 아닐까. 그래서 필사적으로 쫓아가서……등만 보는 사이에, 사랑이라고 착각했어. 하지만……."

그렇게 말하고, 에테르나는 손바닥에서 희미한 빛을 냈다.

가짜인 나와는 다른, 진짜 성녀의 힘이다.

보아하니 완전히 다룰 수 있게 된 듯하다.

"이런 힘을 갑자기 얻어서, 지금까지 멀리 있던 네 등을 따라잡았을 때…… 더는 뒤처지지 않는다고 생각했을 때…… 지금껏 사랑이라고 생각했던 게, 확 사라진 걸 깨달았어. 그래서 안 거야. 나는 그저 가족과 멀어지는 게 무서웠던 거라고."

끙. 이러면 안 됩니다.

완전히 호감도 부족 때의 대사입니다.

호감도가 부족하지 않으면 '쫓아가는 동안에 정말로 좋아하게 되었다'고 말하는데, 호감도가 부족하면 이 꼴이 된다.

뭐, 미소녀 게임이니까. 처음 시점에서 갑자기 히로인이 주인공에게 반하는 일은 있을 리가 없다. 게임이 시작되고 나서야 비로소 연애 감정으로 발전하는 거다.

에테르나는 메인 히로인이니까 초기 설정의 호감도가 높지만, 그래도 초기 시점에서는 이성에 대한 호감이 아니다.

그러므로 초기에 호감도를 올리지 않으면 연애 감정이 싹틀 리도 없어서…… 그 감정은 착각이라며 자체적으로 끝내 버린다.

그렇다. 딱 지금처럼.

"하하하. 그게 무슨 소리야. 마치 내가 차인 것 같잖아."

"응. 맞아. 내가 너를 찬 거야."

베르네르가 황당하다는 듯이 웃으며 말하자, 에테르나도 당당하게 웃으며 대답했다.

그 거리감은 남녀가 아니라 완전히 가족 같아서, 서로에게 아무런 부담감이 없다.

아아아아…… 안 돼. 안 된다고.

에테르나 루트가 와르르 무너지는 소리가 들린다.

베르네르와 에테르나는 이미 서로를 이성으로 인식하지 않는다.

"할 말은 다 했어. 아, 후련해."

"너무한걸. 차려고 날 부른 거야?"

고백(?)을 마치고 짐을 덜어내는 얼굴을 한 에테르나에게, 베르네르가 왠지 안도한 듯이 웃는다.

저기, 왜 그런 얼굴을 해? 넌 지금 히로인에게 차인 건데? 알기나 해?

"그나저나 일단 물어보겠는데, 네가 좋아하는 사람은……."

"물론 엘리제 님이야."

뭐어?!

너 진심이냐?!

"예상대로 대답해 줘서 고마워……. 하지만 어려울걸? 엘리제 님은 모두를 사랑하지만, 누군가를 딱 집어서 사랑하는 사람은 아니라고 할까……. 아마도 가장 연애와 거리가 먼 사람일 거야."

"알아. 그래도 좋아. 설령 내 마음이 닿지 않더라도, 좋아하는 건 자유잖아?"

좋지 않아.

지금이라도 늦지 않았으니까 진짜로 다른 히로인을 찾아봐.

에테르나는 이미 연애 감정이 없는 것 같지만, 다른 인연이 아직 있을지도 모르잖아.

"하아…… 진짜. 일편단심이라고 할까, 바보라고 할까……. 난 왜 이런 녀석한테 반했다고 착각한 걸까."

"미안해."

"됐어. 사과하지 마. 뭐, 그렇다면 앞으론 나도 응원할게. 폐를 끼쳤으니까."

그렇게 말하면서 미소를 짓고, 달빛에 비친 에테르나는 그야말로 메인 히로인의 풍격이 넘쳤다.

에테르나 진짜 성녀.

또한, 연애 루트는 완전히 붕괴한 듯.

어쩌다가 이렇게 됐지…….

누구야? 메인 히로인님의 연애 루트를 완전히 파괴한 엘리제란 바보는.

나야, 젠장!

"그러면…… 내일 또 보자."

"그래. 내일 또 봐."

에테르나는 그 말만 하고 시원하게 웃는 얼굴로 그 자리에서 뛰기 시작했다.

나는 부딪히지 않도록 황급히 벽으로 대피하고, 그런 내 앞을 에테르나가 지나친다.

그 순간, 나는 작게 중얼거린 목소리를 놓치지 않았다.

"잘 가. 내 첫사랑……."

베, 베르네르, 지금이라면 아직 늦지 않았어! 뛰어가서 끌어안아!

첫사랑과 작별하면 안 돼!

그리고 '역시 나한테는 너밖에 없어 베이비' 라고 고백해!

빨리 해! 늦어질지도 몰라!

"…………."

그러나 베르네르는 움직이지 않는다.

말없이 멀뚱멀뚱 서 있다.

이 바보 자식!

그렇게 시원하게 웃고 보낼 때냐!

아…… 그건 그렇고, 솔직히 어렴풋이 짐작했었지만, 베르네르가 마음에 둔 상대가 하필이면 나였나…….

뭐, 게임으로 치면 이 세계는 『엘리제 루트』라고 하니까. 아무리 내가 바보라도 알 수 있지만, 진심으로 말하면 조금…….

전생에서 여자와 사귀고도 잘 풀리지 않아서, 연애 초심자 총각이었던 내가 남자에게 호감을 사다니 이게 무슨 벌칙 게임이냐고.

이럴 때 순순히 '정신이 몸에 끌려가고 말았습니다' 라거나 '몇 년이나 여자로 살았으니까 정신도 여자가 되겠지' 라거나 '요즘 시대는 그런 거에 관대하니까 괜찮지 않겠어?' 라거나 '애초에 옛날에는 그런 게 많았어' 식으로 마음을 정리해서 받아들일 수 있는 녀석이라면 이야기가 달라지겠지만…… 공교롭게도 내 성적 취향은 전생 때부터 달라지지 않았다.

애초에 나란 인간의 인격 형성은 전생에서 진즉에 끝났고, 그 지식과 인격으로 이쪽으로 가져와서 환생한 시점에서 더 달라질 수가 없다.

토대는 이미 완성됐다.

인격의 토대는 세 살까지 형성되고, 열 살이 되면 완전히 자기 인격(라이프 스타일)이 확정된다고 한다.

이때까지 부모가 엄격히 대하거나, 친구에게 따돌림당하면, 어른이 되어서도 비굴하고 자신감 없는 성격이 길어진다.

더군다나 나는 저쪽에서 30년 정도 살고, 완전히 '나' 라는 인격을 형성했다.

그런데 몸만 바뀌었다고 해서 내면까지 변화할 리가 없다.

그러니까 내 자의식은 어디까지나 '후도 니토' 이지 '엘리제' 가 아니다.

앞으로 10년을 살든 100년을 살든…… 엘리제로 산 시간이 후도 니토였던 시간보다 길어지든, 그래도 나는 여전히 후도 니토다.

언제까지고 '후도 니토의 기억을 지닌 엘리제' 가 아니라 '엘리제가 된 후도 니토' 라는 의식이 남는다.

즉…… 베르네르에겐 미안하지만, 나를 좋아해도 절대로 보답받을 수 없고, 아무도 행복해지지 않는다.

그야 지금도 내 마음속에선 '여자 말고 다른 사람과 연애한다' 는 개념이 1mm도 없으니까.

그러나 내가 체험해서 안 사실이지만, TS란 당사자에게 육체의 감옥이군.

TS물도 조금은 건드려 봤지만, 내가 하면 이토록 벌칙 게임 느낌일 줄이야…… 거참.

미리 말하지만, 나는 떠받들리는 걸 좋아한다고.

사내자식들이 아름답니 예쁘니 하면서 추앙하는 게 기분 좋다.

나란 놈은 기본적으로 승인 욕구로 똘똘 뭉쳤으니까.

하지만 그건 어디까지나 거리가 머니까 기분이 좋은 거다.

온라인 게임에서 여자 아바타를 쓰고 공주님 대접을 받아서 좋아하는 놈이 있잖아? 그것과 똑같다고.

요컨대 주위에서 존재 가치를 인정받고, 우월감에 빠지고 싶다.

다만 그런 녀석이라도 실제로 화면 너머에 있는 사내자식과 연애하고 싶은 녀석은…… 별로 많지 않겠지.

아무튼 떠받들리는 것만으로 만족하는 것과 진짜로 연애하는 건 전혀 다르다.

게임에서 여자 아바타를 쓰는 건 괜찮다.

그 게임이 팬티까지 정교하게 구현한 CG라면 그것을 노리고 여자 아바타를 선택하고, 의미도 없이 점프를 반복하기도 한다.

그 여자 아바타를 써서 여왕 플레이를 하거나, 게임에서 결혼하는 것도…… 무척 특수한 플레이라고 생각하고, 나 자신은 한 적이 없지만, 아직 괜찮다.

내가 하는 게 아니니까 말이지…… 기껏해야 게임 캐릭터를 움직이는 거다.

TRPG에서 여자 캐릭터를 작성해 히로인을 연기하는 것과 같다.

하지만 캐릭터가 아니라 자기 주관으로 그러는 건, 나는 무리다.

그런 내가 좋아한다, 반했다, 하는 소리를 듣고 응해 줄 수는 없다.

그 이전에 말이야……. 이거 어쩔 거야. 어쩌면 좋냐고, 진짜.

나는 애초에 아무리 발버둥을 쳐도 에테르나가 죽는 엔딩이 싫어서, 그걸 바꾸려는 마음으로 행동했을 뿐이다.

그 결말에는 확실하게 접근했다.

에테르나가 마녀를 해치우게 하지 않는다. 내가 해치워서 연쇄를 막는다.

그렇게 하는 것이 해피 엔딩으로 가는 길이라고 믿었고, 그건 지금도 변함이 없다.

그리고 살아남게 하고, 나아가 베르네르와 맺어지는 것이 가장 좋은 해피 엔딩이라고 생각했는데…… 그게 지금 산산이 부서졌다. 바로 나 때문에.

으에에엑…… 큰일 났다.

에테르나는 납득한 것처럼 보이고, 딱히 베르네르와 맺어지지 않으면 불행해지는 것도 아닐 테니까 내 목적이 완전히 파탄 난 건 아니겠지만…….

까놓고 말해서 베르네르와 에테르나를 맺어지게 하는 건 내 고집
이고 억지니까, 두 사람에게 딱히 맺어져야 하는 의무는 없는 셈이
지만.

따라서 지금 내게 가능한 건 오직 하나…… 하나밖에 없다.

듣지 않은 걸로 치자. 이젠 아무렇게나 되라지.

제54화 훈련 개시

어젯밤, 나는 아무것도 못 봤어. 알겠지?

그런고로 현실 도피에서 시작합니다. 가짜 성녀 롤플레이, 오늘도 기운차게 해봅시다.

어제는 엑스트라 여자애가 문어에게 조종당하고 에테르나가 폭주하는 등 이런저런 일이 있었지만, 아무튼 무사히 해결했으니까 결과적으로 OK.

밤? 몰라. 나는 베르네르가 떠난 뒤에…… 아니, 아무도 없던 옥상을 수리하고 그대로 곧장 돌아왔을 뿐이야. 아무도 없었어(중요한 거니까 두 번 말했습니다).

그리고 다음 날 아침. 베르네르, 에테르나, 마리, 아이나, 엑스트라A, 피오라, 변태안경남인 익숙한 팀 베르네르+α …… 어…… 크런치바이트 뭐시기……!

베르네르 팀 말고 유일하게 8강에 올라간 불끈불끈 근육남이다.

그 녀석들이 내 방에 모여서 내가 말하길 기다리고 있다.

그러나 에테르나는 솔직히 돌아가도 되는데?

필요 없다는 뜻이 아니다. 오히려 마녀와 싸울 때 각성한 에테르나는 큰 전력이 된다.

다만 에테르나에게 나는 실연의 원인인 셈이다.

아, 아니지. 어제는 고백 이벤트가 없었지만, 어디까지나 그렇다고 가정해서 말한 거야.

아무튼 나 따위를 위해서 목숨을 걸고 싶진 않겠지.

정말 그렇다면 성녀인데…… 아, 애는 성녀 맞지.

"저기, 엘리제 님?"

"알아요."

이것저것 생각하고 있을 때, 레일라가 말을 보챘다.

알았다고. 지금 말하려던 참이야.

하지만 그러기 전에 한 번만 재확인한다.

나중에 이것저것 말해도 곤란하니까.

"어제도 말했지만, 지금부터 제가 할 이야기를 들으면 돌이킬 수 없어요. 정말로 괜찮은 거죠?"

슬쩍 위협하는 느낌으로 확인해 보지만, 아무도 퇴실할 낌새가 없다.

흠. 각오를 마쳤단 건가. 역시 주인공과 그 동료들. 나 따위와는 한참 다르다.

나는 솔직히 각오가 조금도 없다.

다만 남들과 비교해서 차원이 다르게 강해졌으니까 각오하지 않고도 전장에 갈 수 있을 뿐이다.

누가 말했더라. '용기'란 두려움을 아는 것이다.

그러고도 무작정 돌진할 수 있으니까, 용기는 존엄하다.

나는 다르다. 나는 애초에 무서움을 느끼지 않는다.

다만 강한 힘으로 무조건 이길 수 있는 싸움에서, 신나게 무쌍을 찍는 것에 불과하다.

한없이 속물이고, 저속한 것이 나다.

내 마음에 용기처럼 숭고한 건 추호도 없다.

그러니까 나는 쓰레기고, 본질적인 부분에서 베르네르 일행과 절대로 나란히 설 수 없다.

"당신들의 각오는 확인했습니다. 본론부터 말하죠. 이 학원의 지하…… 지하 훈련실보다 더 아래에서, 마녀 알렉시아가 잠복 중이에요."

내 말을 들은 베르네르 일행에 동요가 퍼졌다.

놀라지 않은 건 레일라와 변태안경남 정도겠지.

이들은 이미 정보를 아니까 당연하지만.

여담으로 가장 놀란 건 크런치바이트 뭐시기다.

그는 "어?! 마녀가 알렉시아 님이었어?!"라며 뒤늦은 정보에 놀라고 있다.

그리고 보니 이 녀석만 몰랐지.

"현재 마녀가 학원에서 움직이지 않는 건, 제가 마녀의 위치를 모른다고 생각하기 때문이에요. 반대로 말하면, 제가 조금이라도 눈치챈 것처럼 행동하면…… 예를 들어 제가 직접 가거나 정규 기사를 보내거나 하면 마녀는 당장에라도 텔레포트라고 하는 특수 마법을 써서 행방을 감추겠죠. 그리고 도망친 곳에선 확실하게 여러 사람이…… 어쩌면 수십 명이나 수백 명이…… 무고한 사람들이 희생될 거예요."

내가 설명을 듣고 베르네르 일행은 아무 말도 하지 않는다.

말이 없으면 뭔가 실수한 것 같아서 무서우니까 맞장구 정도는 쳐도 되는데?

"그러니 마녀가 텔레포트를 쓰지 않도록 하고 이 학원에서 끝내야 해요. 그러기 위해서 정규 기사가 아닌 실력자…… 즉, 당신들의 협력이 필요해요."

"저, 저기…… 어떻게 그 텔레포트를 막을 거죠?"

당연한 질문을 하는 아이나.

이에 나는 예전의 마력 흡수 작전을 설명한다.

마력을 차단하는 배리어로 지하를 포함한 학원 전체를 가두고, 배리어 안에 있는 마력을 내가 전부 흡수함으로써 마력을 흡수하는 MP 회복을 막는다.

하지만 그래서는 마녀가 처음부터 자기 몸에 저장한 MP로 텔레포트를 쓰니까, 작전 발동 전에 누군가가 마녀와 싸워 텔레포트를 쓰지 못하게 될 때까지 MP를 쓰게 해야 한다.

그 '누군가' 가 여기 있는 여덟 명이다.

그렇게 설명하자, 모두가 긴장한 모습을 보였다.

"마녀와…… 우리가 싸우는 건가."

"책임이 막중해……."

베르네르가 떨리는 투로 말하고, 마리도 표정을 굳힌다.

다른 멤버들도 비슷한 느낌이어서, 유일하게 긴장감을 드러내지 않은 건 크런치바이트 뭐시기뿐이다.

"훗…… 재미있군. 나는 이 학원에서 너무 강해졌다. 요전번 투기대회에서도 힘의 절반밖에 안 썼지. 보아하니 내 모든 힘을 쏟기 충분한 싸움인 것 같군. 기대되는걸. 마녀인지 뭔지가 조금은 손맛이 있는 상대이길 빌겠어."

어이어이어이. 죽겠어, 이 녀석.

일부러 그러는 거냐고 말하고 싶을 정도로 패배 조건을 차곡차곡 쌓고 있다.

뭐, 무서워서 도망치는 것보다는 낫다고 생각하자.

여담으로 절반밖에 쓰지 않았다고 잘난 척하지만, 이 녀석이 패배한 대결에는 시작과 동시에 당했으니까 정확하게는 절반밖에 쓸 수 없었다고 해야 한다.

모든 힘을 쓸 겨를도 없이 당했으니까, 전혀 잘나지 않았다.

"이 작전에는 레일라를 비롯한 정규 기사를 쓸 수 없어요. 나아가 알렉시아의 측근인 『그림자』는 어제 싸움에서 토벌할 수 있었지만, 지하에는 마녀를 지키는 강력한 마물이 여럿 남아있어요."

강력한 마물은 예전에 내가 쓸어버린 드래곤이나 그것에 조금 못 미치게 강한 녀석들이다.

나는 열 마리가 오든 백 마리가 오든 전체 공격으로 싹 쓸어버릴 수 있는 잔챙이지만, 원래는 기사 여럿이 달라붙어야 겨우 해치울 수 있는 괴물들이다.

일대일로 이길 수 있는 건 레일라나 폭스 아저씨, 디아스 전 교장 정도일까.

에테르나는 성녀로 각성하고, 베르네르도 어둠의 힘을 다룰 수 있게 되었으니까 지금에 와서는 레일라보다 강하지만, 그걸 계산해도 힘든 싸움일 것이다.

어떻게든 부하들을 전멸시키고 마녀 혼자만 남기면 무척 편해질 텐데, 어떻게 싸우면 그런 형태로 만들 수 있을까?

우선 에테르나를 중심으로 마물을 쓸어 버리게 하고…… 그동안 마녀를 누가 상대할지.

역시 베르네르와 추가로 한두 명 정도가 보좌하면 될까?

하지만 제아무리 내가 준 무기라도 힘겨운 싸움일 것이다.

"틀림없이 힘겨운 싸움이 될 거예요. 하지만 저는 굳이 말하겠어요……. 오래전부터 이어진 연쇄를 제 대에서 끝내기 위해, 여러분의 힘을 빌려주세요."

듣기 좋게 말했지만, 너희 모두 죽을지도 모르는 곳으로 돌진하라는 뜻이다.

음. 이 악랄한 녀석.

나는 죽어도 천국에서 유유자적 백수 생활을 할 작정이지만, 이거 어쩌면 평범하게 지옥에 갈지도 모르겠는걸.

하, 한 사람도 안 죽게 하면 괜찮겠지…… 아마도…….

"한 가지 묻고 싶습니다. 마녀를 토벌한 성녀는 다음 마녀가 된다……. 이 문제는 이미 해결한 겁니까?"

베르네르의 질문은 '네가 마녀가 되면 아무것도 해결되지 않잖아?'라는 뜻이다.

이 이야기도 처음 듣는 크런치바이트 뭐시기는 "어? 성녀가 마녀가 돼?!"라며 놀랐다.

하지만 괜찮다. 이 문제는 처음부터 해결했다.

나는 가짜니까, 애초에 마녀가 되지 않는다.

그래서 당당하게 미소를 짓는다.

"네. 마녀를 토벌해도 제가 마녀가 되는 일은 없어요. 제 대에서, 과거에서 이어지는 연쇄를 끊겠어요."

"알겠습니다……. 믿겠습니다."

그래. 걱정하지 마, 베르네르.

나는 마녀가 안 돼. 될 수 없어.

잘 죽고, 저세상에서 백수로 지내 주마.

"지하에 있는 마물의 숫자와 종류도 예언자의 힘으로 이미 판명했습니다. 그러므로 여러분은 지금부터 마물과 싸우는 훈련을 받아주세요."

알렉시아의 부하로 등장하는 마물은 게임에서 다섯 마리.

드래곤, 바포메트, 그리폰, 키메라, 바질리스크다.

그런데 거북이가 천리안으로 본 결과, 이상하게 그것들이 없었다.

보아하니 파라 선생의 인질극 사건 때 내가 해치운 것이 원래라면 마녀의 부하로 나올 마물이었나 보다.

그 대신 와이번, 미노타우로스, 히포그리프, 오르토스가 있었다.

원전 신화의 강함은 무시하고, 『영원의 산화』에서는 드래곤과 비교해서 한 등급 떨어진다.

대마에 준하는 등급이다.

강하긴 강하지만, 훨씬 편해졌다.

그래도 원래라면 정규 기사도 고전하는 상대다. 고전을 피할 순 없다.

그러므로 베르네르 일행에겐 앞으로 나와 함께 마물과 싸우는 훈련을 받게 하려고 한다.

"훈련입니까?"

"네. 저는 지금까지 마물에게 빼앗긴 토지를 되찾고 있지만, 아직 세계의 전부가 마물의 위협에서 멀어진 건 아니에요. 지금도 마물에게 고통받는 장소는 남아있어요."

거기, 무능하다고 하지 마.

이 피오리는 지구와 비교해서 행성 크기가 작고, 세계도 좁지만, 세계는 세계다.

전부를 인간 세력권으로 덧칠하려면 제아무리 내가 하늘을 날아다녀서 빠르게 이동하고, 마물 무리를 몰아낼 수 있고, 믿음직한 기사가 많더라도 힘들다.

어? 늘어놓고 보니 좋은 조건만 있네. 나는 역시 무능했나……?

아무튼. 알렉시아도, 그 앞의 성녀도, 그 이전의 성녀도 토지를 별로 탈환하지 않았다. 그래서 내가 성녀로 취임한 시점에서는 인간의 세력권이 대지의 10분의 2 정도로, 나머지는 전부 마물의 세력권이었다.

아니, 10분의 2도 아니네.

이 세계는 도트 그래픽 시절의 RPG처럼 도시를 에워싸는 성벽 밖으로 나가면 평범하게 마물과 마주칠 만큼 엉망진창인 세계여서, 까놓고 말해 인류의 세력권으로 치는 장소조차 실제로는 성벽 안쪽밖에 안전지대가 없었다.

마을은 당연한 듯이 습격당하고, 사망자도 꽉꽉 생겼다.

대놓고 말해서 인류의 세력권은 없다시피 했다.

그랬던 것을 '마물과 마주치지 않는 상태'로 만들고, 인류의 승리 확률을 거의 99퍼센트로 뒤집었으니까, 나는 칭찬받아도 된다고 본다.

내 탁월한 실력으로, 어디를 가도 마물이 보이는 마경에서 마물이 멸종 위기종이 될 만큼 격감한 곳으로 격변시켰다.

즉, 나는 무능하지 않아……. 무능하지 않다고……!

오히려 유능……! 겨우…… 가까스로…… 유능에 가깝다……! 아마도……!

"우리가 사는 대륙에서 가장 멀리 떨어진 섬나라인 '후구텐'은 지금은 마물의 위협과 싸우고 있어요. 그러니 당신들은 그 나라로 가서 마물을 상대로 실전 훈련을 받으세요."

정식 명칭은 오디너리 후구텐.

우리가 사는 대륙에서 보면 가장 멀리 떨어진 섬나라로, 요루 왕이라고 하는 임금님이 통치하고 있다.

왜 여기에 아직 마물이 남아있냐면, 세계에서 가장 평화로웠기 때문이다.

오랜 역사 속에서 성녀는 세계 각지에서 탄생했고, 마녀도 몇 대에 걸쳐서 조금씩 시간을 들여 전 세계에 마물을 퍼뜨렸다.

하지만 역사상 마녀가 섬나라를 거점으로 삼은 적은 한 번도 없었다.

섬나라에서 마물을 늘려도 그 녀석들이 바다를 건너 다른 대륙으로 가기 쉽지 않기 때문이다.

마녀는 되도록 많은 나라를 침공해서 많은 토지를 빼앗고 싶다.

그런데 사방이 바다로 둘러싸인 섬나라에 진을 쳤다간 애써 늘린 마물도 태반이 거기서 나가지 못하고, 섬나라 하나를 마물 천국으로 만든 뒤에는 아무것도 할 수 없게 된다.

그럴 바에는 차라리 더 넓고 나라가 많은 대륙을 거점으로 삼아 마물을 늘리는 게 낫다.

즉, 섬나라에는 마녀가 눌러앉을 이점이 없다.

그리고 섬나라에서 마물이 출몰하기 어렵다면, 당연히 반대로 섬나라에 마물이 쳐들어가기도 어려운 셈이다.

결국 섬나라에 쳐들어가는 마물은 하늘을 날거나 바다를 헤엄치는 것밖에 없다.

그래서 후구텐 사람들은 이 대륙에서 죽기 살기로 싸우는 것은 남 일이고, 별로 심각하게 생각하지 않았다.

나도 원래부터 별로 마경도 아닌 이 섬나라에 갈 이유가 적었고, 물리적으로 거리가 멀어서 뒷전으로 미뤘다.

그 밖에도 정치적인 이유로 나는 별로 가지 않았다.

듣기론 여기 임금님이 나를 별로 반기지 않는다고 해서 말이지.

오지 말라는 소리는 듣지 않았지만, 오지 않아도 된다는 소리는 들었다. 내가 이 나라에서 명성을 쌓는 걸 달갑게 여기지 않는 거겠지.

그 결과, 마지막으로 이 섬나라만 남은 셈이다.

세계에서 가장 평화로웠던 나라가 지금은 세계에서 가장 위험한 나라다.

그러나 이렇게 말하긴 뭐하지만, 지금은 남겨두길 잘했다고 생각한다.

덕분에 베르네르 일행이 훈련할 때 써먹을 수 있으니까.

이쪽 대륙은…… 내가 앞뒤 가리지 않고 신나게 마물을 사냥하는 바람에 마물이 진짜 없으니까…….

남은 마물도 요전번 빌베리 왕도 습격에 전부 모였을 테고.

그 이후로 어디를 뒤져도 진짜 없다.

마물을 토벌하는 병사나 기사한테도 이야기를 들었지만, 아무도 마물과 마주친 적이 없다고 한다.

이건 실수했는걸……. 진짜 멸종시킨 것 같다.

판타지에서 친숙한, 지금은 슬라임보다 더 허접한 몬스터의 정석이 된 뿔 달린 토끼 한 마리도 눈에 띄지 않는다.

슬라임은 요새 재평가가 이루어져 사실은 무진장 강하다는 소리도 있지만, 뿔 달린 토끼는 안정적인 허접쓰레기 힐링 포지션이다. 하지만 그 힐링 포지션도 없다.

아, 아무렴 어때! 남았으니까 결과적으로 OK!

나는 과거의 실패에 연연하지 않아! 가자, 섬나라로!

제55화 섬나라 수행

자, 후구텐에 왔습니다.

『Festina lente(천천히 서둘러라)』의 전속전진으로 한 시간 정도 걸려 겨우 도착한 이곳은 세계의 반대편.

지금은 피오리의 마지막 마물 서식지입니다.

이번에 여기를 찾은 건 나와 레일라. 지하 돌입조 8명.

변태안경남이 빠지는 동안 스텔스 버드로 마녀를 속이는 역할은 폭스 아저씨가 맡기로 했다.

일단 출발 전에 변태안경남이 마녀에게 메시지를 보내, 문어의 작전이 잘 풀려서 무사히 가짜 마녀를 만들었다는 정보를 전달했다고 한다.

그런고로 문어는 먼 곳에서 가짜 마녀와 함께 날뛰고 있어서 지하로 귀환하지 않고, 성녀도 조만간 그쪽으로 가려고 학원을 떠날 준비 중이다……라는 내용이라고 한다.

그리고 학원에서 마녀에게 무슨 움직임이 있으면 금방 알 수 있도록, 거북이를 데려왔다.

내가 학원을 떠나도 마녀는 알 방법이 없고, 만약 알더라도 '이제야 겨우 없어졌다' 며 기뻐하고 지하에 그대로 눌러앉을 것 같지만,

혹시 모르니까.

여담이지만, 베르네르 일행은 예언자가 거북이인 것을 알고 놀랐다. 그렇겠지.

"여기가 세계의 끝…… 아니, 세계의 반대편, 후구텐인가."

레일라가 자기 자신에게 확인하듯이 말한다.

이 후구텐은 우리가 사는 지아르디노 대륙의 딱 반대편에 있다.

그러나 이 세계에서는 최근까지 세계는 구체가 아니라 평면이라고 믿었다.

그래서 후구텐은 '세계의 끝'으로 불리는 것이다.

물리적으로 거리가 멀고, 이 세계의 이동 수단은 별로 발달하지 않았다.

그래서 교류도 거의 없고, 후구텐은 '그런 나라가 있다는 건 알지만, 듣기만 했을 뿐 실제로 어떤 곳인지는 모른다'고 하는 사람이 태반이다.

그런 장소이기에 아직 사람 손이 안 닿은 마물이 남아있다.

반대로 말하자면 여기 마물을 멸종시키면 이제 남은 적은 마녀와 그 부하밖에 없겠지.

"그나저나…… 뭐라고 할까, 황량한 땅이네."

아이나가 주위를 보면서 말하는데, 여기서 보이는 경관은 정말로 그랬다.

시야에 펼쳐진 것은 지면과 바위와 모래와 산밖에 없다. 눈에 들어오는 경치에 녹색이 없다.

대지는 물기를 전부 빼앗긴 것처럼 퍼석퍼석하고 쭉쭉 갈라졌다.

이건 메마른 대지라는 수준이 아닌데.

이미 죽은 토지야.

"딱히 이상한 건 아닐세. 우리가 사는 대륙도 고작 몇 년 전까지는 이런 꼴이었지."

떠올린 것처럼 변태안경남이 말한다.

이 녀석이 말한 것처럼, 내가 활동하기 전에는 의외로 어디든 이런 느낌이었다.

그래서 광범위 흙 마법으로 땅을 갈고, 물 마법으로 수맥을 억지로 끌어내고, 그러고 나서 씨앗을 뿌려 과잉 회복 마법으로 생명력을 폭주시켜 강제 발아&성장시키는 무식한 방법으로 닥치고 삼림으로 바꿨다.

참고로 이 과잉 회복 마법을 인간에게 쓰면 어떻게 될지 모른다. 시험해 본 적이 없으니까.

다만 인간과 비교적 가까운 원숭이 마물로 동물 실험을 했을 때는 일시적으로 엄청난 파워를 발휘해서 제법 큰일이 벌어졌다.

뭐, 내 적은 아니지만.

부작용은 찾아볼 수 없었지만, 무서워서 그 이후론 생물에게 쓰지 않는다.

"마물을 근절하지 않는 한, 이 경치는 변하지 않아. 아무리 애써 나무를 심어도, 마물이 있으면 반드시 파괴당하기 때문이지. 인간에겐 해로운 짐승이라도, 자연 전체에서 보면 무언가 역할이 있다. 하지만 마물만은 다르다. 그것들은 정말로 부술 줄만 알지……. 이 나라의 모습은 결코 남 일이 아니야"

레일라가 혐오감을 감추지 않고 마물을 신랄하게 깐다.

일단 옹호해 두자면, 마물도 원래는 야생 생물이고, 마녀에 의해 변화한 피해자다.

뭐 제일가는 가해자인 학살마가 할 말은 아닐지도 모르지만.

아무튼 훈련에 써먹을 만한 강한 마물을 찾아야지.

"프로페타, 이 나라에 대마급이나, 그만큼 강한 마물이 있나요?"

"그래. 강력한 녀석을 몇 마리 확인할 수 있군. 여기서 남쪽으로 5킬로미터 떨어진 바닷가 근처에 있는 거대한 오징어가 가장 가깝다."

문어 다음은 오징어냐……. 해산물 모둠일까?

아무튼 큰 오징어 마물은 제법 성가실지도 모른다.

뭐가 성가시냐면, 기본적으로 바닷속이 활동 구역일 테니까, 지상의 마물과는 대처법이 다르다.

문어처럼 마법을 써서 억지로 육지에 올라왔다면 오히려 쉽겠지만, 홈그라운드인 바다에 들어가면 해치우는 난이도가 대마를 뛰어넘는다.

하지만 그 정도로 벅차야 베르네르 일행의 경험이 될지도 모른다.

만약에 정말로 위험해지면 내가 나서도 될 테니까, 일단 한번 해 볼까.

"일단 물어보겠는데, 그 마물을 해치워서 곤란해지는 사람이 있나요?"

"음. 없을 것 같은데. 오히려 해치우는 사람에게는 상금을 주겠다고 통지한 것 같아."

내가 거북이에게 묻는 말을 듣고, 베르네르 일행은 '그런 녀석이 있을 리가 없잖아' 같은 표정을 지었다.

하긴. 우리 상식으로 생각하면 곤란해지는 사람이 있을 리가 없겠지.

마물이 바다에 정착하면 그 일대의 물고기와 조개를 비롯한 생물이 싹쓸이당하고, 산호 등도 뿌리째 파괴당한다.

바다에도 나갈 수 없어지니까, 그야말로 백해무익이다.

하지만 그것은 우리가 정한 것.

모종의 형태로 그 오징어를 이용해 이익을 보고 있을 가능성이 아예 없지는 않겠지.

그것을 무단으로 해치우면 문제가 생길지도 모른다.

하지만 상금이 걸릴 정도라고 하니까, 해치워도 문제없으리라.

"그렇다면 문제없겠네요. 어서 가보죠."

자, 마물 실전 훈련을 한번 해보실까.

바닷가에 가자, '이제 오냐.'라고 말하는 것처럼 거대한 오징어가 떡하니 있었다.

도망치거나 숨지 않겠다는 느낌이다.

평범하게 해수면에서 얼굴을 드러내고 촉수를 꿈틀거리고 있다.

크기는…… 촉수까지 포함해서 몸길이가 40미터는 되겠는걸.

얼마 전 산타모니카에서 49미터 대왕오징어가 잡혔다는 인터넷

영상이라고 할까, 루머 사진이 올라온 적이 있는데, 크기로 봐선 딱 그 정도 느낌이다. 진짜 크다.

저걸 먹으면 몇인분이 나올까?

하지만 그보다도 궁금한 건 머리에 해당하는 부분에 왜 코끼리 코 비슷한 부위가 있는지였다.

저게 뭐지……? 오징어와 코끼리 키메라인가?

"크, 크군…….."

"흥. 덩치만 큰 거야."

엑스트라A가 쫄지만, 크런치바이트 뭐시기는 저 덩치를 보고도 전혀 동요하지 않고 앞으로 나섰다.

오오, 뭔가 강캐 같은걸.

크런치바이트 뭐시기는 주먹을 쥐고 자신만만하게 웃었다.

"나 혼자서 충분해. 너희는 나서지 마. 이 녀석이라면 6할의 힘으로 되겠지."

아니, 온 힘을 다하는 게 낫지 않을까?

그렇게 생각하는 내 앞에서, 크런치바이트 뭐시기는 정말로 혼자 오징어를 향해 달리기 시작했다.

바다에 들어가 속도가 떨어지면서도 참방참방 소리를 내며 오징어에게 다가간다.

그리고 주먹이 닿는 거리에── 도달하기 전, 촉수에 얻어맞아 날아갔다.

"끄아아아아아아악!!!"

어이쿠, 크런치바이트 뭐시기가 날아갔다!

비명을 지르고 하늘을 날아가서, 하는 수 없이 바람 마법으로 추락 충격을 줄여줬다.

이름에 걸맞은 전투력 측정기 역할 수고했어.

하지만 정작 중요한 이 녀석의 전투력을 모르겠으니까, 역할이 성립하지 못한 것 같다.

오징어는 크런치바이트 뭐시기에게 흥미가 사라진 듯, 이번에는 나를 향해 촉수를 뻗었다.

어이어이, 촉수 플레이야? 노릴 거면 나 말고 다른 미소녀를 노려.

에테르나라든지, 마리라든지, 아이나나 피오라라든지. 그리고 소녀라고 할 나이는 아니지만 레일라도 있다.

아무튼 감상하는 건 좋아하지만, 내가 당하는 건 노땡큐.

그러므로 가볍게 배리어를 치고 촉수를 막았다.

"엘리제 님! 이 자식, 네 상대는 우리다!"

베르네르가 대검을 들고 오징어를 벴다.

하지만 상대는 발이 닿는 깊이라고는 해도 바닷속에 있다.

제아무리 베르네르의 검이라도 공격이 닿는 위치로 가려면 바다에 들어갈 수밖에 없다.

하지만 얕은 곳이라도 물에서는 생각보다 속도가 줄어든다.

이대로 가다간 크런치바이트 뭐시기의 재탕인데…… 우리 주인공 님은 어떻게 하려나?

"다리다리!"

오징어가 울음소리를 내고 촉수를 휘둘렀다. 그렇게 울 리가 있겠냐…….

그러나 베르네르는 이걸 기다린 것처럼 검을 높이 들고, 촉수를 절단했다.

역시나 주인공. 크런치바이트 뭐시기와는 달라.

그것을 계기로 다른 멤버도 덩달아 움직이고, 마법을 쏘거나 활을 쏘거나 베르네르와 함께 베거나 해서 단숨에 오징어를 몰아붙였다.

오, 내가 준 무기는 역시 좋은걸. 자화자찬이지만, 오징어를 썩둑썩둑 썰고 있다.

마지막에 에테르나가 빛을 쏘고, 오징어가 검게 그을렸다.

오오…… 역시나 마물에게 효과가 뛰어난 성녀 파워.

담긴 마력은 별로 많지 않은데도 위력이 터무닝없이 강하다.

오징어는 고집스럽게 잘린 촉수를 내게 뻗으려고 하지만, 마지막에 베르네르에게 막타를 꽂혀서 움직임을 멈췄다.

"엄청나군요…… 저 힘. 전해지는 이야기로 들은 과거의 성녀와 비교해도 부족하지 않습니다."

뜨끔.

옆에서 레일라가 에테르나의 힘을 냉정하게 평가하는 걸 듣고, 나는 웃는 얼굴이 떨리는 걸 느꼈다.

응. 전혀 부족하지 않아.

당연히 그렇지. 저게 진짜니까.

"엘리제 님께서 당대의 성녀가 아니셨다면, 저 생도를 성녀로 착각해서 키웠을지도 모르겠군요."

"그러네요……."

레일라, 너 혹시 알면서 말하는 거 아니지?

혹시 나, 유도신문을 당하는 건가?

'이 녀석은 사실 성녀가 아닌 걸까?' 라고 생각하는 거야?

일단 나도 3년 전에 베르네르에게 슬쩍한 어둠 파워로 '성녀만이 가능한 일'을 할 수 있지만, 나는 그냥 무식하게 힘으로 밀어붙이는 거니까 말이지.

예를 들어 성녀 파워가 100인 성녀가 마녀에게 100의 대미지를 주려면 필요한 힘이 MP 1 소비 마법이라고 가정해 보자.

에테르나는 진짜라서 그대로 MP 1 소비 마법을 쓰면 달성할 수 있다.

하지만 나는 성녀(짝퉁) 파워가 10 정도밖에 안 되어서, 이대로는 마녀에게 모든 대미지가 박히지 않는다.

그러므로 MP를 100 정도 소비해서 억지로 진짜를 초월하는 대미지를 낸다……는 느낌이다.

"그나저나 잘못 생각했군요. 이렇게 간단히 이겨선 훈련이 되지 않습니다."

"흠……."

뭔가 방법을 생각할 필요가 있을까?

에테르나의 각성은 기쁘지만, 그것 때문에 마물에게 공격이 잘 먹히는 쉬운 게임이 된다.

물론 그건 좋은 일이고, 실전에서도 똑같이 에테르나가 마물을 유린할 수 있다는 뜻이다.

하지만 마녀와의 싸움에서는 무슨 일이 생길지 모른다.

그러니까 가능하다면 더 아슬아슬한 실전 경험을 쌓게 하고 싶은데…….

『리제…… 엘리제여…….』

아, 시끄러워. 지금 생각 중이야.

지금 누가 나한테 말을 거는 거지?

『나는 알프레아…… 지금, 당대의 성녀인 당신에게 말을 걸고 있어요…….』

흐응. 그래? 알프레아구나.

게임에서는 이름만 나오는 존재로, 실제로는 한 번도 등장하지 않는 초대 성녀님이 나한테 무슨 일로…… 헉?!

초대 성녀 알프레아?!

진즉에 죽은 인간이잖아. 왜 그런 게 나한테 말을 거는 건데?

아니, 그보다…… 설마 이 녀석…… 거짓말이지? 믿을 수 없어!

『갑자기 이런 말을 하면 놀랄지도 모르겠군요. 당신이 세계에 존재하는 어둠의 힘을 이만큼 줄여준 덕분에, 내 목소리가 닿게 되었어요. 원래라면 성녀인 당신에게는 더 일찍 목소리가 닿아야 하는데…… 아뇨. 내 힘이 약해진 거겠죠. 아무튼 당신이 이 나라를 방문해 준 덕분에, 이렇게 목소리를 전할 수 있어요.』

머릿속에 울리는 건 맑고 고운 목소리다.

하지만 들리는 사람은 나밖에 없고, 다른 사람은 아무도 들리는 기색이 없다.

그렇다……. 에테르나에게도 이 목소리는 닿지 않은 듯하다.

『그런데 어째서인지 당신과는 이상하게 대화하기 어려워서, 이것도 오래가진 않겠죠. 당신에게 꼭 하고 싶은 이야기가 있으니, 부디 내가 있는 곳으로 와주시겠어요? 나는 이 나라에 있는 초대 성녀의 무덤에………….』

여기까지 듣고, 통화가 끊겼다.

그러니까 스마트폰 충전은 제대로 하라고 했잖아…….

그러나 초대 성녀 알프레아에, 초대 성녀의 무덤이라……. 어째서 죽었을 터인 초대 성녀님의 목소리가 들렸는지, 어째서 이 나라에 무덤이 있는지 이래저래 생각할 부분이 있지만. 그보다도…….

초대 성녀…… 진짜와 가짜도 구분하지 못하네…….

말도 안 돼……. 진짜 성녀인 에테르나가 코앞에 있는데도 무시했어……!

제56화 초대 성녀 알프레아

오징어와의 전투가 끝나고, 우리는 현재 빛에 휩싸여 후구텐의 하늘을 날고 있었다.

왜 이런가 하면, 초대 성녀 알프레아의 무덤을 찾아가고 있기 때문이다.

초대 성녀 알프레아와의 통신이 끊긴 뒤, 나는 그 사실을 모두에게 말했다.

아무리 그래도 너무 뜬금없어서 믿지 못할 줄 알았는데, 다들 어이없을 정도로 의심하지 않고 내 말을 받아들이고, 초대 성녀의 무덤을 찾기로 한 것이다.

알프레아는 초대 성녀인 만큼 당시에는 아직 성녀를 보호하려는 움직임이 없었다.

알프레아가 마녀를 토벌하고 나서야 비로소 성녀라는 존재를 사람들이 인식한 것이다.

그래서 알프레아는 출신지와 생일에 이르기까지, 거의 대부분이 베일에 싸여있다.

베일에 싸인 초대 성녀……. 그 무덤이 이런 세계의 반대편에 있다고 갑자기 말해도 보통은 믿기지 않을 테니까, 의심해도 어쩔 수 없는 일이다.

그런데 아무도 의심하지 않고, '엘리제 님이 목소리를 들으셨다면'이라고 믿었다.

아니, 거짓말은 안 했지만. 목소리도 진짜 들렸지만.

그건 그렇다고 쳐도, 더 의심해 보라는 걱정이 생긴다.

내가 사기꾼이면 돈을 다 뜯어낼 수 있다고.

"프로페타, 정말로 이 방향이 맞나요?"

"그래. 틀림없어. 알프레아는 저쪽에 잠들어 있어."

정말이지 세계의 모든 장소를 내다볼 수 있는 거북이를 데려오길 잘했다는 생각이 든다.

이 녀석이 없었으면 자잘한 정보 수집부터 시작해야 했다.

좌우지간 도착하려면 시간이 더 걸릴 테니까, 조금 더 물어볼까.

"어째서 이 나라에 알프레아 님의 무덤이 있는지, 프로페타는 아나요?"

"그래. 알아. 이 나라는…… 알프레아와 초대 마녀의 고향이야. 지금이야 마녀와 성녀의 싸움이 주로 지아르디노 대륙에서 벌어지지만, 모든 건 이 작은 섬나라에서 시작된 일이지."

은근히 중요한 정보인데, 내가 모르는 일이다.

게임에선 그런 걸 한 번도 언급한 적이 없다.

큰일인데……. 여기 와서 내가 지닌 정보 어드밴티지의 가치가 없어지고 있어.

여담으로 '초대 마녀'와 '초대 성녀'는 별개의 인물이다.

먼저 세계가 인류를 관리하는 세계의 대행자로서 초대 마녀를 낳고, 그것이 폭주한 뒤에 초대 성녀가 태어났다.

그러므로 처음에 날뛴 민폐 마녀는 알프레아가 아니다.

"오, 여기다. 내려줘."

거북이의 말을 듣고 고도를 낮춘다.

지면에 내려가서 주위를 둘러보니 착지한 곳은 암벽에 낀 계곡 같았다.

거북이는 엉금엉금 걸어가 근처에 있는 동굴 안으로 들어간다.

그 안내에 따르듯 우리가 쫓아가 보니 조금 이동한 곳에 환상적인 경치가 펼쳐져 있었다.

대리석……일까? 천장이 하얀 돌로 되었는데, 그것이 입구에서 들어오는 빛과 동굴 안의 물에 파랗게 빛나 이 세상 같지 않은 경관을 만들었다.

지면에는 다양한 식물이 자라서, 이것도 환상적인 광경을 만드는 데 일조하고 있다.

그리고 그 너머에 있는 너덜너덜하게 녹슨 갑옷이 하나 서 있다.

갑옷에는 내용물이 없다……. 하지만 부식된 검을 손에 쥐고, 삐걱삐걱 소리를 내며 움직이고 있다.

건드리면 부서질 것 같은걸…….

"저건……."

"알프레아의 기사다. 당시엔 아직 성녀를 지키는 기사의 개념이 없었지만, 저 녀석은 죽은 뒤에도 영혼만 현세에 남아 알프레아를 수호하고 있지."

우리가 다가가자, 갑옷은 나만을 통과시킨 다음 뒤따르던 레일라와 다른 일행을 가로막듯 검으로 길을 막았다.

"보아하니 여기부터는 성녀만 지나갈 수 있는 것 같군……."

거북이가 복잡한 기색으로 말하고 나와 에테르나를 번갈아 봤다.

저, 저기, 갑옷 너! 너는 장님이냐!

그러고 보니 눈이 없다. 내용물이 없으니까.

그건 그렇고, 너는 진짜 성녀를 막고 있다고.

그러나 지금 여기서 그걸 말할 수도 없어서, 나는 마지못해 안으로 나아갔다.

음. 이래도 되는 거야? 나는 가짜인데?

하는 수 없이 동굴을 나아가자, 가장 깊숙한 곳에 거대한 수정이 떡하니 있었다.

수정 안에는 여성이 갇혀 있는데── 어, 알몸?!

저기, 알몸! 알몸! 알☆몸! 끼얏호!

OK. 진정하자.

나이는 레일라와 비슷할까.

에테르나처럼 아름다운 은발이 어깨까지 자랐다.

머리 위에서 머리카락에 좌우로 솟았는데, 더군다나 그 부분만 어째서인지 머리끝이 검색 물든 바람에 왠지 강아지 귀처럼 보였다.

이목구비는 또렷하고, 당연한 것처럼 미인이다.

성녀는 미소녀, 미녀만 될 수 있다는 법이 있는 걸까.

그리고…… 가슴이 빵빵 멜론! 커!

파라 선생에게 필적할지도 모른다.

그나저나 아무래도 좋은 일이지만, 사실 나는 배양조 취향에 꽂혀서 말이지…….

만화나 애니메이션에서 여자애가 알몸으로 배양조에 갇혀 잠든 장면이 있잖아요.

그거에 흥분해!

이건 배양조가 아니라 수정이지만, 무척 내 취향이다. 굿이야, 굿!

아, 내 성적 취향은 아무래도 좋지.

여기까지 왔는데, 이제는 뭘 어떻게 하면 되는 걸까?

아무튼 만져 보면 뭔가 달라질까?

그리고 만져 봤더니 경치가 확 바뀌고 어째서인지 빛 속에서 부유하고 있었다.

더군다나 나는 옷을 안 입었잖아.

왜 나까지 홀랑 벗기는 건데? 누구 보기 좋으라고?

일단 궁극 방어 마법인 수수께끼의 광선으로 방송에 내보내선 안 되는 부분을 가리고 있지만, 영 불안하다.

이건 아마도 정신세계 같은 무언가겠지.

잘 집중해 보면 내 몸의 감각이 남아있고, 몸에서 손을 움직일 수도 있다.

『어서 오세요. 당대의 성녀여. 당신이 오기를 기다렸습니다.』

목소리가 들려서 뒤돌아보니 어느새 예쁜 누님이 알몸으로 내 앞에 떠 있었다.

우효, 눈이 호강하네. 여자애가 내 앞에서 무방비해지는 건 TS물에서 가장 기쁜 부분이란 말이지.

같은 여자끼리 있어서 수치심 없이 맨살을 보여준다.

뭐랄까…… 그게…… 천박하지만…… 후후…… 이건 진짜 끌린다고요…….

"초대 성녀, 알프레아 님인가요?"

아무튼 확인해 본다.

이런 데 있는 시점에서 90퍼센트 확률로 확실하지만, 일단 말이지.

『네. 당신은 당대 성녀 엘리제가 맞습니까?』

"네……. 맞아요. 당대 성녀라는 설정이 있죠."

『설정……이 뭐죠?』

아, 이 인간은 진짜 모르네.

자, 확정. 뭔가 초대 성녀라고 해서 위엄을 보이려고 하지만, 이 시점에서 푼수 확정.

좌우지간 너무 괴롭히면 불쌍하니까 얼른 실토하자.

"저는 성녀가 아니에요. 우연히 성녀와 같은 마을에서 태어나 뒤바뀐, 마력만 강한 다른 사람이에요."

『으에?!』

내 고백을 듣고, 알프레아는 눈을 휘둥그레 뜨며 놀랐다.

자, 위엄 붕괴.

하지만 지금껏 애써서 위엄을 지키려던 아이의 가면이 갑자기 사라지고 진짜 얼굴을 보여주는 것도 좋단 말이지.

내 본성을 보여주면 큰일 나니까 가면을 벗을 순 없지만, 내용물이 귀여우면 오히려 본성을 드러냈을 때 인기가 더 커진다.

『어, 진짜……? 하지만 당신은 역대 최고의 성녀로 과거의 누구

도 할 수 없었던 일을 많이 이뤘는데…… 그, 그게 가짜? 뒤바뀐 사람? 거, 거짓말이야……. 즉, 그러면 일반인도 노력하면 할 수 있는 일이, 역대 누구도 할 수 없었다는 게 되는데…… 오히려 우리 성녀의 존재 의의가…… 천년에 걸친 역대 성녀는 대체 뭐였던 거야? 나를 포함해서 모두 무능했던 거야? 우리는 역대 모두를 합쳐서 일반인 미만이야? 진짜? 하, 하지만 듣고 보니 마력은 비정상적일 정도로 강한데 성녀의 힘 자체는 오히려 역대 중에서 최하위라서 이상하긴 했어. 목소리도 전혀 안 닿고…… 가끔 성녀가 아닌 에테르나란 아이가 반응하고…… 어라? 혹시 걔가 성녀……?』

오오, 패닉 중이네.

알프레아는 내게서 성녀의 힘을 느낀 것 같지만, 그건 베르네르에게 슬쩍한 마녀의 힘이니까, 당연히 내 성녀 파워는 역대 최약이겠지. 내 원래 힘조차 아니니까.

머리를 끌어안고 중얼중얼 떠들기 시작한 알프레아는 마침내 나를 돌아보고 머리부터 발끝까지 빤히 쳐다봤다.

아무래도 좋은 일이지만, 알프레아는 알렉시아와 이름이 비슷해서 헷갈리네.

처음과 마지막 글자가 같고 글자수도 같다니, 혼동할 것 같아.

엘리제와 에테르나만으로도 귀찮은데. 가끔 이름을 틀릴 것 같아.

『당신 같은 일반인이 있을 리가 없잖아! 뭐야! 역대 성녀와 비교해서, 외모도 훨씬 성녀답잖아! 성녀 오브 성녀잖아! 그게 뒤바뀐 일반인이라니, 사기야!』

"하아…… 그래서 어쩌시겠어요? 지금이라도 에테르나 양만 데려올까요? 그쪽이 진짜 성녀예요."

『이 바보! 그랬다간 내가 착각한 바보 같잖아! 나는 아무것도 틀리지 않았어! 당신은 성녀, 지금 내가 정했어! 초대 성녀인 내가 정했습니다! 자, 이걸로 논파! 완전 논파! 다른 논의의 여지 없음! 반론은 안 듣습니다! 그러니까 난 잘못한 거 없어어어!』

…………

맙소사. 예상을 뛰어넘는 푼수였다.

진짜와 가짜를 착각한 시점에서 푼수 확정이었는데, 내 예상을 상한돌파했다.

예를 들면 푼수 파워 95만을 예상했더니, 설마 했던 1억 파워였다는 느낌이다.

오히려 오 사람은 역대 중에서 가장 성녀답지 않은 성녀 아닐까?

그러나 이대로 두면 이야기를 진행할 수 없으니까, 아무튼 다른 화제를 꺼내 볼까.

"알프레아 님. 두 가지 여쭈고 싶은 게 있어요. 우선 하나…… 당신의 몸은 여기 있고, 정신도 마녀가 된 것처럼 보이지 않아요. 이것으로 추측할 수 있는 것은 하나밖에 없지만, 굳이 물어보겠어요. 당신은 마녀를 토벌하지 않았군요. 그렇죠?"

『…………』

내 질문에 알프레아는 노골적으로 시선을 돌렸다.

아…… 역시나.

그야 마녀를 토벌했다면 무덤이 있을 리가 없지.

왜냐면 마녀의 토벌=그 녀석이 다음 마녀다.

다음 성녀에게 토벌당해 시체가 남았더라도, 그때는 이미 나쁜 짓을 마구 저지른 뒤라서 사람들이 증오하는 마녀에 불과하다.

그런 녀석에게 무덤을 만들고, 정중하게 장례를 치러 줄까?

하지만 알프레아는 딱 봐도 보호받고 있다.

더군다나 근본적인 문제로, 마녀조차 되지 않았다.

여기서 도출되는 답은 하나밖에 없다.

이 녀석은…… 마녀를 토벌하지 않았다.

『아, 아니거든? 한 번은 해치웠어. 하지만 그게 사실 죽은 척한 거여서…… 몇 년 뒤에 평화로워졌다고 생각해서 술을 마시고 있을 때…… 아니, 방심하고 있을 때 나타나 그대로 기습당하고, 이런 데 갇혀서 가사 상태로 쭉 방치된 건데?』

그것을 토벌하지 않았다고 하는 건데요.

그나저나 죽은 척이라…… 간단하면서 매우 효과적인 수법이다.

아무튼 당한 척하면 세간의 주목을 피할 수 있고, 차근차근 성녀에게 대항할 수단을 늘릴 수도 있다.

일단 나도, 알렉시아가 그렇게 하지 못하게 경계하자.

"다음으로 두 번째 질문인데요……. 그건 방금 대답으로 의문이 풀렸습니다. 당신은 여기서 수정에 갇히고, 보호받고 있죠. 이만한 일을 할 수 있는 사람은 많지 않아요. 그래서 대체 누가 당신을 가뒀는지를 묻고 싶었는데, 그것이 초대 마녀의 짓임을 이해했습니다. 그러니 질문을 바꾸겠어요……. 왜 초대 마녀는 당신을 죽이지 않고, 이렇게 보호하는 형태로 가둔 거죠? 더군다나 가사 상태로 했다면 일부러 당신 말고 다음 성녀가 태어나도록 손을 쓴 건데…… 도무지 이해할 수 없군요."

『윽…….』

성녀를 가사 상태로 만든다. 이것도 효과적인 수법이다.

듣고 보면 간단하고, 오히려 왜 아무도 떠올리지 못했는지 하는 수준으로 진부한 수법인데, 은근히 이렇게 '눈치채야 정상이잖아?' 하는 단순한 수법에 한해 맹점일 때가 많다.

등잔 밑이 어둡다고 할까, 인간의 생각은 쉬운 것일수록 허술해지기 쉽다.

다음 성녀의 탄생은 성녀의 마녀화, 또는 사망을 세계가 인식하면서 이루어진다.

반대로 다음 성녀가 태어나기만 한다면 죽었을 터인 성녀가 부활해도 상관없다. 그것만으로 성녀가 두 명으로 늘어난다.

하지만 이건 성녀 진영에만 효과적인 수단이지, 마녀에겐 불리한 수단에 불과하다.

그런데 마녀가 왜 일부러 그런 짓을 했는지 모르겠다.

완전히 죽이지 않고 가둬서 다음 성녀가 태어나지 않도록 시도한 거라면 이해할 수 있다.

하지만 그게 아니다. 일부러 가사 상태로 만들어 다음 성녀가 태어나게 했다.

이건 딱 봐도 이상한 점이다.

『뭐, 뭐야, 뭐야…… 사실은 내가 지금 밝히는 충격적인 진실! 같은 느낌으로 이야기하려고 했는데, 말하지도 않은 걸 척척 깨닫고 말이야……. 어머님이 나를 가사 상태로 만든 의도까지 멋대로 추리하고 있고.』

"잠깐만요."

야, 잠깐 스톱. 지금 놓칠 수 없는 단어가 튀어나왔다고.

어머님……? 어머님이라고?

초대 마녀가 알프레아의 엄마고, 일부러 딸에게 한 번 당한 척해서 성녀의 역할을 다했다는 명성만 주고, 그 뒤에 기습해서 죽일 수 있는 걸, 죽이지 않고 가사 상태로 만들었다고……?

아하, 그랬군. 이제 대충 알겠다.

이건 답이 하나밖에 없잖아.

요컨대 초대 마녀는 자기 딸을 다음 마녀로 만들기 싫었던 거겠지.

그러고 보니 예전에 이쥬인 씨가 이런 소리를 했던가.

『마녀가 모종의 이유로 폭주해서 인류를 멸하려고 했고, 그것도 모자라서 자연도 파괴하기 시작한 탓에 세계는 마녀를 포기하고 다음 대리인을 준비했지. 그게 이름밖에 안 나오는 초대 성녀 알프레아야. 그러나 마녀를 물리쳐도 그 원념과 힘이 성녀에 깃들어 다음 마녀가 되었고.』

떠올려 보니 그랬다. 진짜로 알프레아가 마녀가 됐다는 말은 한마디도 안 했다.

성녀가 마녀가 되었다고 했을 뿐이다.

이쥬인 씨도 시나리오 라이터에게 설정을 듣기만 했을 테니까 '2대 마녀와 알프레아는 다른 사람'이라고는 생각하지 않았을 거지만, 이런 데서 힌트가 있었던 셈이다.

"사정은 이해했습니다. 초대 마녀는 알프레아 님의 어머님이고…… 한 번은 토벌당한 것으로 위장한 것도, 일부러 가사 상태로 만든 것도, 어머니의 정에 따른 것……. 희미하게 남은 인간의 마음이 하다못해 당신만은 마녀의 연쇄에서 말려들지 않도록 이렇게 우회적인 방법을 쓰게 한 거고, 만에 하나 자신이 성녀에게 패하더라도 당신만큼은 마녀가 되지 않게끔 다음 성녀가 마녀가 되도록 손을 썼다……. 그런 셈이군요."

『윽…….』

내 고찰을 들은 알프레아의 말문이 막힌다.

그 반응만으로 충분하다. 알기 쉽다. 정곡을 찌른 거지?

그러자 알프레아는 눈물을 글썽거리고 몸을 부르르 떨었다.

『뭐, 뭐야, 뭔데! 나도 설명하게 하라고! 왜 멋대로 추리해서 멋대로 납득하는 거야! 맞지만! 나도 더 말하게 해달라고! 충격적인 진실에 놀라서 전율하라고!』

아차. 이걸 어떤다. 이 인간 진짜 귀찮네.

아무튼 전부 내가 추측해서 납득하면 삐칠 것 같으니까, 뭔가 적당히 질문해 볼까.

"알프레아 님. 저를 여기에 부른 이유를 물어봐도 될까요?"

『응? 후후, 알고 싶어? 알고 싶어? 꼭 알고 싶지?』

역시 귀찮네. 이만 돌아갈까.

『기다려! 기다려! 말할 거니까 기다려!』

그러나 돌아가려고 했더니 울상을 짓고 말려서, 하는 수 없이 돌아섰다.

제57화 초대 성녀와 가짜 성녀

초대 성녀 알프레아는 지금으로부터 천 년 전에 이 세상에 태어났다.

정확하게는 천 년 플러스 20년 정도 전이지만, 정확한 연도는 본인도 기억하지 않아서 오차가 있을 테니까 대충 천 년이다.

알프레아가 태어났을 때는 이미 아버지가 없었지만, 어머니인 이브는 다른 사람이 할 수 없는 신비로운 일이 가능한 자랑스러운 어머니였으니까, 쓸쓸하지 않았다.

어째서인지 어머니는 전 세계에서 쫓기는 몸이어서 어릴 적부터 도망 다니며 살아야 했지만, 그걸 힘들게 여긴 적은 한 번도 없다.

어머니는 언제나 무적이고, 누구에게도 지지 않았다. 그리고 세상에서 제일 사랑하는 어머니와 함께 있기만 해도 알프레아는 행복했다.

그런 생활은 알프레아가 여덟 살일 때 무너졌다.

어머니가 힘을 부여해 만드는, 어머니에게 충실한 애완동물······ 마물과 놀고 있을 때, 갑자기 손이 빛나 마물에게 화상을 입혔다.

이때 알프레아는 무슨 일이 일어났는지 몰랐지만, 어머니는 그 힘을 보고 몹시 허둥댔던 기억이 있다.

'이 망할 세계가.' 라든가 '나에 대한 카운터인가.' 라든가, '하필이면 내 딸에게.' 라고 이것저것 소리를 질렀다.

그 뒤로 알프레아는 뭐가 뭔지 잘 모르는 채로 어머니에게 버림받고, 고아원에 들어갔다.

그 이후로 성장해서 열네 살이 된 알프레아는 어머니가 세계에서 『마녀』로 불리며 두려움을 사는 존재임을 알았다.

여러 나라를 습격하고, 자연을 파괴하고, 인간을 죽이고…… 나쁜 짓을 헤아릴 수 없을 만큼 많이 저지른 것을 알고, 어머니를 막아야 한다고 생각하기에 이르렀다.

왜 자신을 버렸는지 알고 싶었고, 어머니가 더 나쁜 짓을 해서 모두에게 미움받는 것도 싫었다.

하지만 지금 돌이켜 보면, 그때의 자신은 세계의 의지 같은 무언가에 조종당한 걸지도 모른다고, 알프레아는 생각했다.

좌우지간 결과만을 말하자면 알프레아는 어머니를 막을 만한 힘을 지녔고, 뜻을 같이하는 동료들 덕분에 2년의 세월에 걸쳐 어머니를 막는 데 성공했다.

그 뒤로 알프레아는 영웅이 되고, 성녀 알프레아로서 사람들에게 칭송받았다.

그리고 4년 뒤.

평화로워진 세계에서 알프레아는 과거의 동료 한 사람과 약혼하고, 결혼식을 앞두고 행복한 나날을 보내고 있었다.

다른 동료들도 부른 식전 축하회에서 술을 마시고, 먹이고, 흥이 올라 애완동물인 거북이를 시궁창에 던지고…… 아무튼 무척 들떴던 건 확실하다.

하지만 그 방심이 문제였다.

갑자기 알프레아가 사는 마을에 마물이 쳐들어오고, 그중에는 죽었을 터인 어머니가 있었다.

취기와 4년의 공백, 그리고 취기, 예상하지 못했던 어머니와의 재회, 그리고 취기 때문에 제대로 싸우지도 못할 정도로 몸이 휘청거렸던 알프레아는 어이없이 패배하고, 어머니에게 납치당했다.

그리고 영문도 모르는 채로 수정에 갇히고, 그 시점에서 알프레아의 의식은 한차례 끊겼다.

다음에 알프레아가 정신을 차렸을 때, 어머니는 이미 다른 성녀에게 토벌당하고, 그 성녀가 마녀가 되어서 다시 다음 성녀가 탄생했다.

알프레아는 원래부터 마녀를 막고자 세계에서 준비한 카운터다.

하지만 그 알프레아가 생명 활동을 정지하면서 세계는 알프레아를 버리고, 다른 성녀를 준비했다.

또한 알프레아가 잠든 동굴에서는 과거의 동료가 알프레아를 지키고 있었다.

여담으로, 약혼자가 아니었다.

알프레아를 짝사랑한 다른 동료다.

그에게 들은 바로는, 약혼자는 알프레아의 죽음에 무척 슬퍼했지만, 과거에 연연하는 성격이 아니었던 듯 다 털어내고 다른 여자와 결혼해서 자식을 봤다고 한다.

여담이지만, 이 짝사랑 남자는 말 그대로 죽을 때까지 파수꾼으로 산 뒤에도 영혼만 현세에 남아서 갑옷을 움직여 파수꾼을 계속하고 있다.

솔직히 너무 집요해서 알프레아는 질겁했다.

그리고 알프레아에게는 기사가 한 명 더 있었지만, 그 남자는 여자 다섯 명과 몰래 연애하던 걸 아내에게 들켜서 버림받은 충격으로 바다에 투신했다고 한다. 지금은 그 이름이 바다에 붙었다나 뭐라나.

알프레아는 여기에서 움직일 수 없었지만, 힘의 공명 같은 것으로 어느 정도는 다른 성녀에게 간섭할 수 있었다.

때때로 당대의 성녀를 통해 바깥세상을 볼 수 있었고, 정말로 가끔은 목소리를 전할 수도 있었다.

원래 성녀에게는 그런 능력이 없지만, 오랫동안 갇혀서 무의식중에 그런 마법을 개발하고 습득한 걸지도 모른다.

하지만 그런다고 뭐가 바뀌는 일은 없고, 성녀가 마녀를 토벌해서 다음 마녀가 되는 연쇄를 끝없이 지켜봐야 했을 뿐이다.

성녀는 목적을 이루지 못하고 도중에 죽거나, 마녀가 되거나, 결말이 둘 중 하나밖에 없으니까 근본적인 해결이 되지 않는다.

세계는 어둠에 물들고, 마물은 계속해서 늘어나고, 자연이 파괴되고 인간이 죽는다.

성녀가 마녀를 토벌할 때까지 걸리는 시간은 길고, 성녀가 마녀를 토벌하고 다음 마녀가 되는 데 걸리는 시간은 짧다.

무언가를 망가뜨리긴 쉽고, 그걸 고치는 데는 망가뜨릴 때의 몇 배나 되는 시간과 노력이 필요하다.

이래서는 뭘 해도 사태가 좋아지지 않는다.

반복되는 마녀와 성녀의 연쇄는 결과가 정해진 경주에 불과하고, 세계는 천천히 질식하는 것처럼 죽어간다.

그 결말을 알면서도, 알프레아는 세계의 종말 때까지 이 연쇄를 지켜봐야 하는 지옥에 있었다.

그래서 기도할 수밖에 없었다.

누군가가 세계를 바꿔주기를.

이 끔찍한 연쇄를 부술, 기적이 일어나기를.

그런 일은 절대로 있을 수 없음을 알지만, 알프레아는 그저 기도할 수밖에 없었다.

◇

──솔직히 정말로 될 줄은 몰랐다.

당대의 성녀 엘리제는 알프레아가 봐도 진짜 정상이 아니었다.

역대 성녀와 비교해도 너무 강하다.

말하자면 끝없이 진화하는 재능의 괴물.

타고난 재능만으로 과거의 성녀와 맞먹는 소녀가, 지금까지 아무도 한 적이 없는 방법으로 단련해 진화와 개량을 거듭하고, 그 결과로 역대 성녀와 마녀 모두를 한꺼번에 혼자 상대할 수 있는 사상 최강의 성녀가 완성되었다.

팔을 한 번 휘두르면 대지가 흔들리고, 숨 쉬듯 바다를 조종한다.

기상 현상조차 자유자재로 조작하고, 번개를 떨어뜨리고, 폭풍을 부르고, 돌개바람을 일으켜 마물을 소굴째로 섬멸한다.

화산을 터뜨리고, 빛으로 온갖 적을 소멸한다.

그러고도 본인은 무적. 온갖 공격을 쳐내서 상처 하나 내는 것을 용납하지 않는다.

죽지만 않으면 아무리 심한 부상자든 병자든 치유 마법으로 고치고, 자연을 되살리고, 메마른 대지를 녹음으로 덮었다.

이게 대체 뭐냐고 생각했다.

지금까지 세계가 어둠에 너무 휩싸이는 바람에, 그 반동으로 세계가 드디어 자제심을 잃고 정체 모를 존재를 낳은 걸까?

그 무쌍은 그야말로 정의와 빛의 화신이다.

역대 마녀가 천 년에 걸쳐 물들인 세계가 고작 몇 년 만에 전부 빛에 잠식되었다.

엘리제라면 끝낼 수 있을지도 모른다. 알프레아는 희망을 느꼈다.

아니다. 이번 대에 끝내지 않으면 다음 대에 세계가 멸망한다.

이 소녀, 엘리제가 마녀가 되면 아무도 막을 수 없다.

그래서 어떻게든 접촉하고 싶었지만, 엘리제는 압도적인 힘과 반대로 성녀의 재능 자체는 역대 최약이었다.

일단 성녀의 힘은 있지만, 다른 성녀가 10이라면 1에도 미치지 않았다.

물론 마력이 너무 강해서 결국에는 힘으로 역대 모두를 꺾을 수 있겠지.

밸런스가 너무 나쁜 성녀다.

알프레아가 몇 번이나 엘리제에게 텔레파시를 날려도 전혀 통하지 않고, 간섭하려고 해도 전혀 닿지 않았다.

오히려 어째서인지 성녀가 아닌 에테르나라는 소녀에게만 간섭이 닿는 판국.

하지만 행운은 알프레아의 편을 들었다.

엘리제가 알프레아가 잠든 후구텐에 온 것이다.

이만큼 가까워지면 접촉하는 것도 불가능하지 ㄴ다.

알프레아는 곧장 엘리제에게 목소리를 전하고, 마침내 자신이 있는 동굴로 데려오는 데 성공했다.

그리하여 정신세계에서 엘리제와 대면하고, 알프레아는 자신감을 조금 잃었다.

직접 대면해서 알았지만, 외모만 해도 이미 차원이 다르다.

피부도, 머리카락도, 엘리제를 구성하는 모든 것이 완벽한 균형을 유지하는 예술품 같아서, 같은 여자인데도 사실은 조금 욕정을 느꼈다.

이상한 빛 때문에 중요한 부분이 안 보이는 것이 답답하다.

하지만 그런 욕망은 엘리제가 말한 충격적인 사실에 날아갔다.

"저는 성녀가 아니에요. 우연히 성녀와 같은 마을에서 태어나 뒤바뀐, 마력만 강한 다른 사람이에요."

이럴 수가.

역대 누구도 할 수 없었던 위업을 달성한 최고의 성녀는, 놀랍게도 성녀조차 아니었다.

즉, 가짜 성녀다.

그러나 엘리제가 가짜라면, 오히려 진짜인 자신들이 할 말이 없어진다.

다 합쳐도 가짜가 달성한 위업 하나에 미치지 못하다니, 이래선 진짜의 존재 가치가 있을까?

그런 아이덴티티 붕괴를 외면하고자 엘리제를 억지로 성녀로 인정해 얼버무렸지만, 황당해하는 시선을 보는 바람에 정신적으로 큰 타격을 입고 말았다.

그건 그렇고…… 알프레아는 다시 눈앞에 있는 소녀를 빤히 봤다.

일반적으론 성녀와 일반인을 착각할 수 없지만, 그런데도 착각했다면 역시 엘리제가 그만큼 『성녀』의 존재를 체현하기 때문이리라.

사람들이 상상하는 성녀를 그대로 사람으로 바꾼 듯한…… 오히려 상상에 맞춰 연출한 듯한, 완벽한 아름다움이 있다.

그건 실제로 틀린 생각이 아니다.

엘리제는 자신이 그렇게 보이도록 이 세계에서 자의식을 각성한 뒤로 오늘까지 12년의 세월에 걸쳐 마법까지 구사해 자기 자신을 만든 거니까.

가짜는 가짜이기에 때로는 진짜보다 더 진짜다워진다.

엘리제가 온 힘을 다해서 만든 '성녀 엘리제'의 허상은 초대 성녀인 알프레아의 눈도 속일 정도에 이르렀다……. 단순히 그런 이야기다.

그런 속사정을 알프레아는 모르지만, 이렇게 생각했다.

내가 착각한 건 엘리제의 외모가 전혀 일반인으로 보이지 않기 때문이라고.

혹여나 성녀를 사칭하지 않더라도, 근처에서 스쳐 지나가기만 해도 엘리제를 성녀라고 확신할 것이다. 그 정도로 역대 누구도 나란히 설 수 없는 수준의 성녀로 완성되었다. 이래서는 착각해도 어쩔 수 없다.

그러니까 내 잘못이 아니다.

그렇게 생각하고, 알프레아는 자기 자신을 정당화했다.

그 뒤로 알프레아와 초대 마녀의 관계를 설명하고…… 애초에 멋대로 혼자 납득했지만, 아무튼 엘리제가 이해하게 할 수 있었다.

엘리제는 성녀가 아니었지만, 어떻게 보면 이 전개는 알프레아에게 바람직한 것이었다.

알프레아가 엘리제를 여기 부른 이유 중 하나가 엘리제를 마녀로 만들지 않기 위해서인데, 애초에 성녀가 아니라면 마녀가 될 일이 없다.

따라서 그 걱정은 불발로 그쳤다.

그리고 하나 더…… 이 연쇄를 끊는 희망을 엘리제에게 맡기고 싶었다.

그 방법을, 알프레아는 알고 있었다.

"알프레아 님. 저를 여기에 부른 이유를 물어봐도 될까요?"

『응? 후후, 알고 싶어? 알고 싶어? 꼭 알고 싶지?』

설명하려는 참에 엘리제가 대부분 말해 버려서, 조금 심술을 부렸다.

그러자 엘리제는 정신세계에서 슥 사라졌다.

『기다려! 기다려! 말할 거니까 기다려!』

알프레아는 울었다.

제58화 새로운 해결법

"그래서 저를 부른 이유가 뭐죠?"

정신세계로 돌아간 나는 일단 가장 중요한 사안인, 애초에 나를 불러서 뭘 하려는지를 귀찮은 초대 성녀에게 물어봤다.

설마 초대 마녀와의 관계만 말하고 싶었던 건 아니겠지.

이 푼수끼를 보면 평범하게 그럴 것 같아서 무섭지만, 일단 물어보기는 하자.

그래서 정말로 그냥 말하고 싶었던 거라면, 그때는 돌아가자.

『저기…… 이유는 두 가지 있어. 우선 하나는 네게 마녀를 토벌하지 말라고 충고하고 싶었어. 네가 마녀가 되면 그 시점에서 세계 멸망이 확정이니까…… 그런데 괜한 걱정이었네…….』

흠. 이건 디아스와 똑같은 이유인가.

초대 성녀라면 애초에 내가 가짜인 걸 눈치채라고 말하고 싶지만, 일단 이유는 정상이었다.

하지만 이건 실질적으로 해결했다.

나는 성녀가 아니니까, 마녀를 토벌해도 마녀가 되지 않는다.

오히려 후환을 없애려면 성녀가 아닌 내가 마녀를 토벌하는 게 나을 정도다.

『그리고 하나 더…… 나랑 어머님에서 시작된 이 연쇄를 끝낼 방법을 전하려고 너를 부른 거야.』

"끝낼 방법, 인가요?"

마녀는 성녀만이 죽일 수 있다.

하지만 마녀를 죽인 성녀는 다음 마녀가 된다.

그것이 지금까지 반복된, 이 세계의 끝없는 연쇄다.

그걸 막을 방법은 성녀가 아닌 사람이 마녀를 해치우는 것밖에 없다고 생각했다.

하지만 알프레아를 보고서야 비로소 엄청난 사실을 놓쳤음을 이해했다.

초대 마녀는 알프레아를 가사 상태로 가둠으로써 다음 성녀로 넘어가게 했다.

즉, 그것과 똑같다.

그나저나 난 진짜 바보군…….

왜 이렇게 간단한 방법을 지금까지 떠올리지 못한 거지?

만화 같은 데서 익숙한, 이제는 너무 낡아서 전통이 된 방법인데.

"그렇군요. 봉인. 당신과 똑같이 마녀를 산 채로 가두면 해결되는 거예요. 죽이지 않은 거니까, 성녀에게 힘이 넘어가지도 않고요. 이렇게 간단한 일이었다니……."

『잠깐! 왜 내가 설명하기도 전에 말하는 거야?!』

알프레아가 또 울상을 짓지만, 그 이전에 나는 내 멍청함에 속이 끓었다.

아아, 그래. 그런 거야. 봉인하면 되는 거야.

그것만으로 연쇄고 뭐고 사라지잖아.

해치워서 마녀의 힘이 넘어간다면, 해치우지 않으면 된다. 정말이지 그걸로 끝이다.

'해치우면 안 된다'. 그렇다면 어떻게 하죠? 답은 '해치우지 않는다'…… . 이런 건 애들이라도 안다.

옛날 사람들이 이걸 깨닫지 못했던 건 이해할 수 있다.

우선 애초에 봉인술 같은 게 없었겠지.

다음으론 봉인해도 평범한 인간이 하면 마녀에게 통하지 않을 테니까, 애초에 자신들이 직접 한다는 발상에 이르지 않는다.

그리고 성녀도 그런 생각을 하지 않는다.

성녀는 진실을 모르니까.

진실을 가르쳐 줬다가 '마녀가 되기 싫어' 라는 이유로 전투를 포기하면 곤란해지니까. 게다가…… 과거에 진실을 아는 바람에 절망하고 마물에게 죽은 성녀 릴리아도 있다.

성녀가 진실을 알아도 '봉인하면 된다' 고 생각하기 전에 절망해서 생각을 그만둔다.

그러니까 가르쳐 주지 않는다. 그리고 모르니까 생각하지 않는다.

하지만 나는 알아차렸어야 했다.

어설프게 마녀를 어거지로 해치울 힘이 있고, 내가 해치워도 연쇄가 멈추니까 '내가 해치우면 끝' 이라며 더 생각하길 포기한 거다.

『아, 진짜! 그래, 맞아! 그렇다고요! 어머님이 나한테 한 것처럼, 봉인하면 끝이야. 그래서 나는 이 봉인 마법을 너한테 전수하려고 불렀어.』

투덜거리는 알프레아가 말한 내용은, 내 관점에서 보면 생각지도 못한 행운이다.

이 봉인 마법을 배우면 진짜 유리해질 것이다.

알프레아를 천 년이나 가둔 마법이다. 효과는 보증수표겠지.

실제로 쓸지 어떨지와 상관없이, 배워서 손해를 볼 일이 없다.

후환을 남기지 않는다는 의미에서, 내 대에서는 봉인보다 당초 예정대로 마녀를 해치워 저승길 동무로 삼는 게 나을지도 모른다.

하지만 미래에 마녀가 또 출현하지 않는다고 단언할 수는 없어서…… 극단적으로 말해서 세계가 '대행자를 다시 준비하자'고 마음먹으면 마녀가 태어날 거고, 그 마녀가 초대처럼 폭주하면 말짱 도루묵이다.

하지만 그렇게 됐을 때 봉인 마법이 전해진다면, 금방 대처할 수 있겠지.

적어도 천 년이나 소모전을 벌이는 일은 안 생길 것이다.

그러니까 나는 이 마법을 후세를 위해 남기는 게 좋다고 본다.

물론 쓰레기 같은 목적으로 쓰는 멍청이가 있을지도 모르니까 어떻게 전할지도 생각해야 하지만.

문제는 이 마법을 쓴 사람이 알프레아가 아니라 초대 마녀라는 점이다.

이 녀석은 정말로 봉인 마법을 쓸 줄 알까?

『아! 그 얼굴을 보니, 내가 정말로 쓸 줄 아는지 의심하는 거지?!』

"네."

『안 돼. 속이려고 해도 소용없어. 얼굴을 딱 적혀 있는…… 어?』

"의심하는데요."

『…….』

의심한다고 그냥 말했더니 알프레아가 부들부들 떨기 시작했다.

눈물을 글썽거리는 꼴이, 당장에라도 눈물이 쏟아질 기세다.

울겠군. 금방 울겠어. 무조건 울 거야. 자, 운다.

『으아아아아앙!』

거봐. 울잖아.

역시 이 인간은 불가능하지 않을까?

하지만 '봉인하면 된다'는 아이디어는 앞으로 참고할 수 있다.

돌아가면 곧장 어떻게 할지 생각해서 마법을 만들어 보자.

역시 바탕은 얼음 마법이려나…… 얼려서 녹지 않게 하면 보존할 수 있을 거다.

보통은 동사하겠지만, 마녀는 쉽게 죽지 않는다.

다만 이걸 하면 알렉시아가 죽지도 못하고 극한의 세계에 영원히 갇히는 셈이니까, 아무래도 좀 불쌍할 것 같다.

『뭐야, 뭐야! 쓸 수 있거든! 나도 쓸 수 있다고!』

아무튼 울기 시작한 초대 성녀님을 달래려고 머리를 쓰다듬어 주기로 했다.

이건 일반적으로 무례한 행동이지만, 괜찮겠지. 정신 연령도 왠지 어릴 것 같으니까.

그러자 알프레아는 눈을 희미하게 뜨고 더 쓰다듬으라는 것처럼 머리를 내 손에 슥슥 들이댔다.

넌 무슨 강아지냐.

"그 봉인 마법은 알프레아 님의 어머님이 썼죠? 그렇다면 어떻게 습득했는지 의문이 생기는데요."

『봉인 직전에 어떤 마법인지를 어머님이 자기 입으로 주절저줄 떠벌였어.』

대체 어떻게 봉인 마법을 습득했는지는, 놀라울 정도로 멍청한 이유였다.

마녀가 자기 입으로 말했다면 진짜려나.

아하. 초대 마녀는 능력 배틀물에서 흔히 있는, 자기 능력을 직접 해설하는 성격이었구나.

어쩌면 후세를 생각해서 일부러 전했거나…….

『자꾸 의심하면 됐어. 지금 당장 전수해서 내 이야기가 사실이라고 알려줄 거야.』

그렇게 말한 알프레아는 천천히 내 어깨를 붙잡고, 다음 순간에는 무언가가 흘러들었다.

여기가 정신세계라서 그런 걸까?

말이 아니라 감각으로 알 수 있다.

어떻게 하면 봉인 마법을 쓸 수 있는지.

대체 어떻게 마력을 쓰면 그것이 성립하는지, 또렷하게 느껴진다.

덤으로 입구에 있던 갑옷이 그냥 스토커인 것도 이해했다. 그건 별로 알고 싶지 않았어.

『어때? 그게 나를 천 년이나 가둔 봉인 마법이야. 고맙게 여겨.』

"그렇군요. 이건 정말로…….."

알프레아가 전한 봉인 마법은 말로 설명하기 어렵지만, 아무튼 복잡한 술식으로 성립한다.

한정적인 시간 정지……라고 말하면 될까?

어둠 마법으로, 공간 자체를 가두는 것이 이 봉인 마법이다.

어둠이란 요컨대 빛이 닿지 않는다는 뜻으로, 다시 말해 어둠을 조작하는 것은 빛조차 닿지 않는 공간을 만드는 것이나 다름없다.

그렇다면 어둠 마법이란 공간에 간섭하는 마법…… 혹은 공간을 창조하는 마법인 셈이다.

그 힘으로 모든 것이 정지한 공간을 창조함으로써, 시간도 정지한 유사 공간을 이 수정 안에 만들었다. 그것이 봉인 마법의 정체다.

한편으로 왜 성녀와 마녀가 무적인지도 이해했다.

이들은 공격이 하나도 안 통하는 공간을 무의식중에 항상 몸에 두르는 것이다.

그러니까 똑같이 공간에 작용하는 힘―― 즉, 어둠의 힘으로 그 방어를 돌파해야 피해를 줄 수 있다.

하지만 알았다고 해도 이건 어떻게 할 수가 없다.

난 어둠 마법을 거의 쓸 수 없단 말이지……. 성녀가 아니니까.

"난처하군요. 저는 이걸 쓸 수 없어요."

『어?』

저기, '어?'는 무슨.

내가 가짜 성녀라는 건 이미 말했으니까, 나는 이걸 못 쓴다는 걸 알라고.

하지만 이걸 이대로 버리긴 아깝다.

어떻게든 잘해서 이것을 마녀에게 쓸 좋은 수단이 없을까?

에테르나에게 가르쳐 줘도 되겠지만…… 아마도 이 봉인 마법은 MP로 치면 2천 정도는 한 번에 쓸 테니까 막 각성한 에테르나는 힘들겠지.

나는 MP가 되지만, 애초에 소질이 없다.

알프레아는 쓸 수 있겠지만, 봉인 상태다.

아, 그렇지.

간단한 일이었다. 알프레아의 봉인을 풀면 되잖아.

뭐든지 만드는 것보다 부수는 게 쉽다.

나는 이 봉인 마법을 쓸 수 없다. 일단 베르네르에게 슬쩍한 어둠 파워가 있지만, 딱 봐도 그걸로는 부족하다.

하지만 그런 나라도 힘으로 봉인 마법을 부술 순 있다.

"알프레아 님…… 자유로워지고 싶은 마음이 있나요?"

『어? 그게 돼?! 있어! 무지 있어! 여기 쭉 혼자 있는 건 이미 질렸다고! 된다면 바로 나를 여기서 해방해! 자, 지금 당장! 어서, 어서!』

혹시나 해서 물어봤더니 내가 질색할 정도로 달려들었다.

뭐, 그야 이런 데서 쭉 스토커 갑옷과 함께 지내긴 싫겠지.

더군다나 48시간 누드를 보여주고 있고.

저 갑옷은 누드를 보고 싶어서 이승에 남은 게 아닐까…….

아무튼 허락은 받았다. 그렇다면 이제 주저할 이유도 없다. 이 수정과 함께 봉인을 깨부수자.

정신세계에서 나와 현실로 돌아오고, 수정과 거리를 벌린다.

그리고 두 손을 머리 높이 들어 마력을 단숨에 집중시켰다.

위력을 높이면서, 규모는 줄이고.

어둠의 힘도 실어서 공간 방어를 돌파할 수 있게 하고, 수정을 조준한다.

기분 탓인지 수정이 흔들리는 것 같기도 한다.

알프레아의 비명이 머릿속에서 울리는 건 착각일 것이다.

『잠깐, 잠깐, 잠깐! 그런 걸 쏘면 죽어! 조금 마음의 준비를——.』

발사!

내가 발사한 빛이 빔이 되어 직진하고, 수정에 명중해 그대로 뒤에 있는 바위를 지우고도 계속 직진했다.

위력의 반동으로 내 몸도 뒤로 밀려서, 단단히 버티고 서지 않으면 넘어질 것 같다.

그러나 효과는 있었다.

알프레아를 가둔 수정에 금이 가고, 깨진다.

그렇다면. 나는 출력을 더 높이고 빔을 한층 굵게 만들었다.

그러자 수정이 마침내 한계에 달하고, 완전히 부서졌다.

그와 동시에 마법을 멈추고, 이미 발사한 빔도 흩어버린다.

그러자 힘없이 주저앉은 알몸 미녀만이 남았다.

조금 거칠지만, 무사히 봉인을 해제할 수 있었던 것 같다.

"아……아아아아아……."

알프레아는 상처 하나 없지만, 무척 스릴이 넘쳤는지 일어서지 못한다.

아무튼 이대로 데려가면 불쌍하니까 겉으로 보이는 모습이라도 어떻게 해줄까.

하지만 옷을 만드는 마법은 없단 말이지…….

제59화 천 년의 재회

알프레아의 봉인을 풀고⋯⋯ 그냥 파괴한 나는, 먼저 알프레아의 차림새를 어떻게 할지 생각해야 했다.

흙 마법을 쓰면 갑옷을 만들 수 있다.

하지만 맨몸에 갑옷은 피부에 안 좋을 테니까, 어떻게든 해야겠는걸.

어쨌든 간에 먼저 외부와의 접촉을 차단하는 얇은 배리어를 옷 모양으로 알프레아에게 입히고, 마찬가지로 발에도 입혀서 신발 대용으로 삼는다.

이걸로 겉보기는 둘째 치고, 효과만 보면 옷을 입은 것과 똑같다.

다만 이래서는 겉으로 보면 여전히 알몸이니까, 매번 익숙한 빛 마법으로 옷의 환영을 만들고, 옷을 입은 것처럼 꾸미기로 했다.

이름하여 '바보의 눈에도 보이는 옷'이다.

다만 어디까지나 옷을 입은 것처럼 보이게 하는 거니까, 실제로는 알몸이다.

갑자기 나타난 옷에 알프레아는 연신 감탄하면서, 옷하고 다른 감촉을 신기해하고 있다.

옷의 형태를 한 배리어니까, 천과 감촉이 다른 건 어쩔 수 없어.

기껏해야 임시방편이니까, 돌아가면 멀쩡한 드레스로 갈아입혀야지.

그러고 나서 즉석 드레스를 입은 알프레아를 데리고 돌아가자, 제일 먼저 파수꾼 노릇을 하던 갑옷이 옷을 입은 (것처럼 보이는) 알프레아에게 충격을 먹은 듯 무너졌다.

역시 이 녀석은 알프레아의 알몸을 보려고 이승에 눌러앉은 거였나…….

무너지는 갑옷을 본 레일라는 눈을 감고 묵도를 올리고 있다.

"자기 소임을 다해서 잠든 거겠지. 죽어서도 주군을 지키는…… 그야말로 기사 중의 기사라고 부르기 마땅한 분이셨다."

아니, 레일라. 아마도 그 녀석은 최악의 기사일걸.

그렇게 말해주고 싶지만, 환상을 깨면 미안하니까 잠자코 있었다.

그리고 모두의 시선이 알프레에게 쏠리고, 알프레아는 당당한 표정을 보였다.

"엘리제 님, 거기 계신 분은 혹시."

"네, 초대 성녀 알프레아 님이에요. 마녀에 의해 여기에 천 년 동안 갇혔다고 해요."

물론 그 이름을 모르는 사람은 여기에 없다.

성녀의 시작점이니까.

알프레아가 없었다면 마법기사 학원이 없었을 테고, 지금 여기에 있는 멤버가 모일 일도 없었겠지.

그 위대한 시조가 눈앞에 있다면 놀라지 않을 수 없다.

알프레아는 조용히 미소를 짓더니 가슴에 손을 댄다. 오, 왠지 성녀 같은걸.

"처음 뵙겠어요. 천년 후의 용사들이여. 나는 알프레아…… 최초의 성녀로서 세계에 사명을 받은 자예요. 마녀에 의해 천 년 동안 여기에 봉인되었지만, 엘리제의 도움을 얻어 속박에서 벗어날 수 있었습니다."

은근슬쩍 내가 봉인을 부순 게 아니라 내게 도움받아 자기 힘으로 깬 것처럼 말하네…….

뭐, 상관없지만. 처음 소개하는 거니까 무게를 잡고 싶은 거겠지.

하지만 그 푼수끼를 보면, 금칠이 얼마나 유지되려나.

"알프레아 님께서 마녀에 의해 봉인되었다고요……? 그, 그건 대체 무슨 일입니까? 게다가 당신은 왜 마녀가 되지 않은 겁니까?"

"전부 말하겠어요……. 나와 어머니에서 시작된 비극의 연쇄……. 그리고 그것을 끝낼 방법도. 어째서 내가 마녀가 되지 않았는지…… 그건 운명의 장난으로 부를 수밖에 없어요. 우연…… 필연…… 그리고 그것을 비틀 정도의 애증……. 그런 것들이 복잡하게 얽혀서……."

진지한 척하긴.

딱히 복잡하고 자시고 할 것 없이, 죽은 척한 마녀에게 속고 기습당한 거면서…….

"진지한 척하긴. 죽은 척한 이브에게 속고, 술에 취했을 때 기습당했다가 한심하게 봉인된 거면서."

"저기?!"

그렇게 생각했더니, 거북이가 대뜸 내 생각과 똑같이 말했다.

알프레아도 갑작스러운 신랄한 감상에 놀라움을 감추지 못한다.

기분 탓인지, 알프레아를 대하는 거북이의 태도가 쌔하다.

그나저나 알프레아의 어머니가 이브인가.

초대 마녀의 이름은 공식 자료집에도 없었으니까 신선하다.

"어떻게 술을 마신 걸 알고⋯⋯! 아⋯⋯⋯⋯."

순식간에 금칠이 벗겨지고, 베르네르 일행은 넋이 나갔다.

알프레아는 황급히 미소를 짓고 아무 일도 없었던 것처럼 행동하지만, 얼굴이 떨리는 걸 감추지 못한다.

얼굴에 금칠하는 솜씨가 어설프네⋯⋯.

뭐, 알프레아는 금칠이 벗겨져도 성녀다.

애초에 연기할 필요가 없다.

내용물이 쓰레기인 나는 겹겹이 금칠하고 연기해야 하지만, 처음부터 황금이라면 금칠할 필요가 없다.

그렇기에 나와 달리 연기가 익숙하지 않은 거겠지.

"요, 용사들이여. 속지 마세요. 이 초대 성녀, 성녀 오브 성녀인 알프레아가 들떠서 술을 마시고, 해롱해롱하게 취해서, 새로운 술을 사려고 몰래 동료의 검을 팔러 가는 도중에 빈틈을 찔려 아무것도 못하고 봉인되는, 그런 일이 있을 리가 없어요."

자기 입으로 다 실토했네. 아무도 그렇다고 말한 적이 없어.

레일라는 환상이 깨진 듯한 얼굴로 도움을 청하듯 나를 보지만, 나는 말없이 고개를 흔들었다.

믿기지 않겠지만, 이게 초대 성녀다.

현실을 봐, 빠콧.

"대체 넌 뭐야! 거북이 주제에 마치 나를 아는 것처럼 말하네!"

"아무래도 너는 자기가 취해서 시궁창에 내버린 애완동물도 잊은 것 같군."

화내는 알프레아에게, 거북이가 싸늘한 투로 말한다.

보아하니 거북이가 태도가 쌔한 건, 아는 사이여서 그런가 보다.

그나저나 시궁창에 버렸다니. 너도 참…….

"서, 설마 프로페타……?! 그, 그치만! 너무 커서 둘 데가 없었는 걸! 동네 사람들도 '저 거북이가 무서우니까 어떻게 해줘.' 라고 화 냈다고! 그래서 넓은 강에 풀어주려고 했는데……."

"입 다물어! 아무리 그래도 그러면 쓰나! 하필이면 그 더러운 곳에 버리다니! 그런 건 강이 아니라 시궁창이라고 하는 거야! 내가 그 뒤로 얼마나 고생했는지 알아!"

몸집이 커진 거북이를 버리는 건 그냥 범죄니까 절대로 해서는 안 된다.

하지만 여기는 이세계다.

그런 가치관은 희박하겠지.

그러나 베르네르 일행은 왠지 어이없다는 듯이 알프레아를 보고 있었다.

"뭐야, 뭐야! 무식하게 덩치만 커지고! 그리고 넌 내가 봉인된 뒤로 한 번도 와주지 않았잖아! 옛날에는 친하게 지내줬는데, 은혜도 모르고!"

"네가 말하는 은혜는 적의 공격을 막는 방패로 쓰는 거냐?!"

거북이와 티격태격 말다툼하는 알프레아를 보고, 베르네르 일행

은 이미 세상의 종말을 맞이한 듯한 얼굴이다.

아까도 말했다시피 초대 성녀 알프레아는 마법기사 육성기관의 이름이 될 정도의 존재로, 오랫동안 위대한 시조로 여겨졌다.

베르네르 일행도 상상 속에서 성녀다운 성녀를 생각했을 것이다.

그랬는데 막상 실물을 보니 푼수다.

눈을 의심하고 싶은 심정은 이해할 수 있다.

"저기…… 엘리제 님…… 저 사람은 알프레아 님이 아니라…… 그게, 이름만 같은 다른 사람 아닐까요? 아뇨. 엘리제 님이 그런 실수를 할 리가 없다고 생각하지만, 너무……."

"아가씨. 인정하고 싶지 않은 마음은 이해하지만, 포기해. 이 녀석은 진짜 초대 성녀 알프레아야. 내가 보장하지."

아이나가 믿기지 않는다는 듯이 말하지만, 거북이가 그 희미한 희망을 산산조각 내듯이 말한다.

그러자 아이나와 다른 사람들은 더욱 절망한 표정을 지었다.

그야 천 년을 산 사람(거북이?)의 증언이다.

믿지 않을 수가 없다.

"환상을 깨서 미안하지만, 성녀라고 해도 다 이런 법이다. 딱히 인간이 아닌 특별한 생물인 건 아니지. 기적의 구현도 아니거니와 이상의 체현자도 아니야. 그저 마녀를 없앨 힘을 세계에 의해 억지로 받은, 그것 말고는 평범한 인간이지."

거북이는 한숨을 섞어 말하고 나와 에테르나에게 시선을 돌렸다.

"과거에 나는 여러 성녀를 봤지만, 오히려 성녀다운 성녀가 더 적었을 정도다. 사명이 무서워서 도망친 아이도 있었고, 싸움을 두려

위해 도망치고 숨는 데만 평생을 마친 아이도 있었지. 도끼를 휘두르며 싸운 우람한 성녀도 있었고, 동물이 키워서 사람 말도 제대로 못 하는 성녀도 있었어."

그리고 여기에는 소박한 마을 처녀 같은 성녀와 금박을 입힌 가짜가 있는 셈이다.

알아. 내 성녀 연기가 극단적인 환상으로 구성된 것 정도는.

하지만 그렇게라도 하지 않으면 내 연기를 관철할 수 없어.

가짜니까…… 진짜보다 몇 배는 진짜 같지 않으면 금방 본성이 들킨다.

"하지만 엘리제 님은……."

"엘리제는 예외 중의 예외야. 저 아이를 성녀의 기준으로 생각하거나, 다른 성녀와 비교하진 마. 역대 다른 성녀가 불쌍해지니까."

엑스트라A의 말에 거북이가 쓴웃음을 지으며 대답했다.

예외 중의 예외라. 뭐, 그야 가짜니까.

나와 다른 성녀를 비교하지 말라는 건 당연한 말이다.

그야 가짜는 애초에 비교 대상이 될 수 없지.

"엘리제에에에…… 프로페타가 날 괴롭혀어어어……."

알프레아가 달라붙어서, 하는 수 없이 머리를 쓰다듬어 달랬다.

그러자 기분 좋은 듯이 눈을 희미하게 떴다.

보통은 자기보다 어린 사람이 이러면 무례하다고 여길 텐데, 아마도 천 년이나 봉인당한 탓에 사람의 온기가 그리워진 거겠지.

여담으로 알프레아의 빵빵한 가슴이 나를 누르는 모양새다. 기분 좋다.

내용물은 둘째 치고, 겉으로 봐서는 미녀다. 그래서 이런 건 그냥 기쁘다.

"엘리제, 그 녀석을 너무 오냐오냐해주지 마. 그 녀석은 잘 대해줄 수록 기가 살아나는 성격이야."

거북이는 정말로 알프레아에게 쌀쌀맞군.

하지만 나는 딱히 상관없다고 본다.

이러니저러니 해도 푼수 미녀는 수요가 있는 존재일 것이다.

"엘리제 님. 저는 엘리제 님의 근위기사인 것을 자랑스럽게 여기 겠습니다."

레일라가 뭔가 진지하게 말하는데…… 저기, 솔직히 미안해.

아니, 진짜, 정말 미안해. 가짜라서 미안합니다.

하다못해 마지막까지 레일라가 섬겨서 부끄럽지 않도록 연기할 테니까 용서해 줘.

그 뒤로 마녀의 힘이 성녀에게 넘어가는 막고, 연쇄를 끝내는 방법 으로써 마녀를 봉인한다는 것을.

그리고 그 마법을 알프레아가 쓸 수 있음을 모두에게 설명했다.

제60화 먹이로 길들이기

알프레아를 더한 우리는 잠시 학원으로 귀환했다.

베르네르 일행은 수업도 있고, 원래부터 해가 질 무렵에 돌아갈 예정이었다.

알프레아는 학원에 두면 이상한 짓을 할 것 같아서, 일단 성녀의 성에서 살게 하기로 했다.

……라고 할까, 이 녀석을 학원에 두면 생도들의 꿈이 산산조각 날 수 있고, 최악의 경우 학원 이름이 바뀔 우려가 있다.

이 사실을 말하자 당연히 아이즈 아저씨와 폭스 교장이 놀랐지만, 상대는 초대 성녀다. 받아들이지 않을 수는 없으니까 흔쾌히(?) 수락했다.

"어? 지금 성녀는 이런 데서 살아? 좋겠다! 내 때는 거의 노숙만 했거든. 애초에 두 번째 마녀라며 여기저기서 쫓겨 다니고, 어머님을 해치울 때까지 미움받았다니까."

알프레아도 많이 고생한 듯하다.

오히려 그렇게 혹독한 환경이어서 이토록 뻔뻔한 성격이 된 걸까?

적어도 에테르나는 이만큼 태평하게 살 수 없겠지.

"아, 맞다. 뭔가 먹을 거 없어? 천 년 동안 아무것도 못 먹어서, 오랜만에 식사하고 싶어. 흰빵이나 치즈나, 그리고 고기와 와인이 있으면 정말 좋겠는데."

나를 힐끔힐끔 보면서 식사를 요구하는데, 아마도 방금 말한 것이 알프레아가 생각하는 최고급 식사인가 보다.

이 세계의 천 년 전에는 식기도 거의 없고, 식사 때도 손으로 집어서 먹었다고 학원 수업에서 들은 적이 있다.

반대로 요즘처럼 마물이 위세를 떨치지 않았으니까, 토지와 식량은 의외로 여유가 있었다고 한다. 뭐든지 배우고 볼 일이다.

그리고 빵에는 종류가 있어서, 밀가루로 만드는 흰빵은 왕족이나 귀족만이 먹을 수 있는 고급품이라고 한다. 여담으로 발효하지 않았다는 설이 유력하다.

뭐, 플랫 브레드에 가까운 느낌이었을 것이다.

흰빵이 고급품인 건 지금도 마찬가지지만, 발효해서 천 년 전보다는 먹기 편해졌을 것이다. 당연히 현대 지구의 빵과는 비교할 수도 없지만.

"요리장, 잠시 주방을 빌릴게요."

"네, 넵!"

왠지 알프레아가 불쌍하게 보여서, 기왕이면 내가 할 수 있는 선에서 가장 맛있는 걸 먹여 주려고 생각해 주방으로 갔다.

우선 빵을 만들자.

하지만 일반적인 빵이 아니라, 대두(콩)를 으깬 가루로 만드는 빵이다.

콩은…… 밭에서 나는 고기

정확하게는 대두가 아니라 비슷하게 생긴 콩이지만, 여러모로 조사해 본 결과 거의 대두여서 대두로 부르고 있다.

이 세계의 정식 명칭은 소이야콩.

척박한 토지에서도 쑥쑥 잘 자라고, 자퐁에서는 식용으로 친숙하다.

그런데 어찌 된 일인지 이쪽 대륙에서는 사람이 먹지 않고 가축 사료로 주로 썼다.

듣자니 사람이 먹는 것으로 인식하지 않았던 것 같다.

뭐, 역사를 보면 지구에서 그런 게 제법 많다. 지역의 풍습, 미신, 오래된 가르침, 편견, 고정관념 같은 이유로. 감자는 '성경에 없다'는 이유로 먹지 않았다고 하니까.

아무튼 모처럼 대두가 있는데 이용하지 않는 건 멍청한 것 같아서, 나는 독자적으로 성 뒤에서 대두를 재배해서 대두로 만든 빵 등을 권력자들에게 먹여 가치를 알리고, 전파하게 했다.

뭐, 빵이라고 할까 케이크지만.

왜 케이크냐면, 현대의 빵처럼 말랑말랑하게 만드는 게 진짜 귀찮다고.

그 점에서 케이크는 더 편하게 만들 수 있다. 지금 만들려는 것도 그거다.

우선 오븐을 살짝 예열하고, 대기한다.

이 세계의 오븐은 돌가마라서 현재처럼 편리하진 않지만, 이쪽에도 편리한 마법이 있어서 어떻게든 미세하게 조정할 수 있다. 애초에 나는 오븐이 없어서 케이크를 구울 수 있다.

다음은 달걀. 노른자와 흰자를 분리하고, 노른자를 풀어서 대두, 물과 섞는다.

조금 달게 만들까 해서 설탕 대신 메이플 시럽을 섞는다.

메이플 시럽은 단 수액을 내는 나무를 찾아서 흙 마법의 응용에서 나온 식물 마법으로 쥐어짰다.

다만 이번에는 조금만 쓸 거다. 너무 많이 넣으면 완전히 디저트가 된다.

달걀흰자는 머랭으로 만들고, 아까의 대두 가루를 조금씩 투입해서 다시 섞는다.

마지막엔 자작 틀에 넣어 오븐에 투입하고 기다리기만 하면 된다.

고기도 원한다고 했으니까 이것도 내놓을까.

이 세계의 고기 요리는 조잡하다.

기본적으로 먹는 걸 우선하니까, 맛이나 먹기 편한 것은 별로 추구하지 않는다.

좌우지간 겨울을 보내려고 보존하는 것을 제일로 생각한다.

그래서 육포나 소금에 절인 고기가 태반을 차지한다.

먹을 수 없는 건 아니지만, 맛있다고 할 수 없는 것이 태반이다.

소는 완전히 치즈와 버터를 만드는 존재로, 식용으로 인식하지 않는다.

그 이유는…… 도축 방법이 몹시 조잡하기 때문이다.

이 세계에도 일단은 피를 뺀다는 개념이 있기는 하지만, 식용으로 키우지도 않은 소를 대충 도축해서 맛있을 리가 없다. 소고기는 질기고 냄새나고 맛없다는 공통 인식이 있다.

그래도 소가 죽으면 어쩔 수 없이 먹지만, 그때 조리하는 방법이란 향이 강한 약초와 함께 끓여서 냄새를 얼버무리는 식이다.

기본적으로 엉성하단 말이지, 이 세계 사람은.

기왕이면 알프레아가 맛있게 느낄 고기를 먹여 주자.

뭐, 내 입맛과 맞지 않을 가능성도 있지만. 그때는 그때다.

먼저 고기를 써는데, 대충 자르는 게 아니라 부위별로 해체한다.

얇은 막 같은 근막과 여분의 지방을 쳐내고, 근섬유를 끊지 않도록 말이지.

다음으로 프라이팬(자작)에 올리브오일을 넣고, 연기가 날 즈음에 고기를 투입.

단면에 소금을 뿌리고, 양면을 잘 구운 다음 30초 정도 잔열로 익힌다.

사실은 후추가 있으면 좋겠지만, 이 세계는 후추가 무진장 비싸서 타협한다.

30초 지나면 약불로 다시 굽고, 다시 잔열로 30초.

이것을 몇 번 반복하고, 마지막에 버터를 투입해 풍미를 더한다.

다 구운 고기는 근섬유에 직각으로 커팅. 이것이 가정에서 할 수 있는 스테이크인데, 예전에 어딘가의 TV 방송에서 봤다.

추가로 곁들일 감자와 당근도 구워서 고기 옆에 두었다.

그리고 술도 요구했던가. 뭐, 술은 그냥 성에 있는 와인이면 되겠지.

애초에 나는 술을 마시지 않는다. 입도 안 댄다.

나는 원래 술을 별로 안 좋아하니까…….

마지막으로 다 구워진 케이크를 오븐에서 꺼냈다.

사실은 위에 휘핑크림을 올려서 완성인데, 이번엔 하지 않는다.

그야 이건 일단 케이크가 아니고 이번 주식 취급이니까.

그냥 빵을 만들어도 됐지만…… 아까도 말했다시피 빵은 귀찮단 말이지.

현대처럼 재료가 쉽게 구해지는 것도 아니고, 홈 베이커리가 있는 것도 아니다.

손으로 반죽하는 건 진짜 귀찮다.

그렇다면 단맛을 줄인 케이크면 되겠다고 생각한 건데.

옛날 사람은 말했습니다. 빵을 만들기 귀찮다면 케이크를 만들면 되잖아! ……그런 말은 한 적이 없다고 하던가.

뭐, 기본적으로 나란 녀석은 귀차니스트란 말이지.

그러므로 나는 이걸 빵이라고 주장하고 권력자들에게 먹였다.

나 때문에 이 세계의 빵과 케이크의 경계가 소멸할지도 모르지만, 알 바가 아니야.

그렇듯 좌우지간 다 끝냈으니까, 기사를 불러서 알프레아의 앞에 요리를 가져가게 했다.

"이게 뭐야? 이게 뭐야?! 뭔가 엄청나게 좋은 냄새가 나! 맛있을 것 같아! 먹어도 돼?! 되지? 안 된다고 해도 먹을 거야!"

알프레아는 암컷 얼굴이 아닌 밥도둑 얼굴이 되어서 내가 만든 요리에 시선을 고정했다.

다만 이대로 방치하면 맨손으로 고기를 집어 먹을 거 같아서, 일단 포크를 쓰는 방법만 알려줬다.

고기는 이미 내가 잘게 썰어서 포크로 찍어 먹기만 하면 된다. 이 정도라면 천 년 전에 포크가 없었더라도 할 수 있겠지.

그러자 알프레아는 알았다고 하면서 요리만 봤다.

뭔가, 먹이를 앞에 둔 강아지 같은걸.

계속 기다려 상태로 둬도 재밌을 것 같지만, 이미 입에서 침이 줄줄 흐르기 시작하니까 관두는 게 좋을지도 모른다.

기분 탓인지 기사들도 환상이 깨진 듯한 표정을 짓고 있다.

"먹어도 돼요."

초대 성녀의 위엄이 더 붕괴하기 전에 먹이는 게 좋겠지.

그렇게 판단하고 허가를 내리자, 알프레아는 먼저 빵(빵이라고 한 적은 없다)을 손에 쥐고 입에 한가득 물었다.

"이게 뭐야! 말랑말랑해! 달아! 딱딱하지 않아! 맛있어! 맛있어!"

그럭저럭 크게 만든 빵(같은 무언가)을 순식간에 해치우고, 이번에는 고기를 손으로 집으려는 것을 찰싹 때렸다.

이 바보야. 맨손으로 집으려고 하지 마. 손이 찐득찐득해지잖아.

그러자 알프레아는 조심조심 포크를 집어서 어색한 움직임으로 고기를 찔렀다.

뭔가 강아지 교육을 하는 기분이다.

강아지는 포크를 안 쓰지만.

"마시쩌! 부드러워! 씹으면 주르륵 해! 달아! 왜?!"

보아하니 고기도 마음에 들었는지 우적우적 기운차게 먹기 시작했다.

일단 기사가 보는 앞인데도 아랑곳하지 않는다.

더는 금칠할 마음도 없다는 걸까.

이 아이는 이제 뻔뻔함을 넘어서 대단하다.

한편, 이 광경을 목격한 기사는 세상의 종말이 찾아온 듯한 얼굴이다.

우적우적 음식을 입에 욱여넣는 알프레아는 마치 햄스터 같았다.

음…… 기분 좋게 먹긴 하지만, 기품이 하나도 없는걸.

이게 초대 성녀니까, 내 성녀 연기는 근본부터 잘못된 것 같기도 하다.

그야 초대 성녀라고 하면 성녀 중의 성녀. 성녀 오브 성녀다. 그게 이렇다면, 다시 말해서 진짜 성녀 연기는 기품이 없이 제멋대로 구는 거였나……?

아니지. 현혹되지 마.

알프레아가 이토록 순수한 모습을 드러낼 수 있는 건, 진짜이기 때문이다.

나는 절대로 똑같이 할 수 없다.

그러니까 나는 끝까지 성녀 연기를 속행하면 된다.

"이 요리를 만든 사람은 누구야?!"

다 먹은 알프레아가 벌떡 일어나 소리쳤다.

입가에 육즙이 묻어서 지저분하다.

하는 수 없이 손수건을 꺼내 입가를 닦아줬다.

진짜로 강아지를 돌보는 기분이다.

"저인데요."

"나랑 결혼해서 아내가 되어 주세요!"

이 인간은 무슨 소리를 하는 거야.

일단 나는 내용물이 남자고, 자의식도 남자라서 결혼한다면 아내가 아니라 남편이다.

뭐, 알프레아도 진심으로 하는 말은 아닌 듯하니까 가볍게 웃어넘기자.

사회인 스킬, '뻔하면 웃어넘겨라' ……. 이건 꼭 습득해야 하는 스킬이다.

그 뒤로 먹을 만큼 먹은 알프레아는 침대에 드러누워 팔다리를 쭉 편 자세로 쿨쿨 잠들었다.

"나는 더 먹을 수 있어……. 더 가져와……."

지독한 잠꼬대다…….

어쩔 수 없어서 이불을 덮어주고, 학원으로 돌아가고자 방에서 나갔다.

"저는 이만 학원으로 돌아가겠어요. 렉스. 알프레아 님의 호위와 시중을 부탁할게요."

"네. 맡겨주십시오. 그나저나 엘리제 님…… 저기, 무례를 무릅쓰고 묻겠습니다만…… 저분이 정말로……."

"네. 진짜 알프레아 님이에요."

아까부터 죽을상이던 기사는 내가 유폐 중일 때 감시하던 배신자 기사 A, 렉스다.

그가 보는 곳에선 알프레아가 대자로 뻗어 자고 있고, 코에서 풍선을 만들며 코를 골고, 엉덩이를 긁고 있다.

마치 아저씨처럼 잔다.

렉스는 포기하지 않고 애원하듯 나를 본다. 포기해.

"진짜예요."

"⋯⋯⋯⋯엘리제 님. 저는 당신의 기사인 것을 자랑스럽게 여기 겠습니다."

레일라와 똑같이 반응하지 마.

그나저나 난처하군⋯⋯. 사실은 내 근위기사 몇 명을 알프레아의 근위기사로 옮기려고 했는데, 이렇게 말하면 심리적으로 불편하 다.

하지만 일단은 성녀인 알프레아에게 전용 호위를 붙이지 않을 수 는 없으니까, 누군가는 반드시 저쪽으로 넘어가야 한다.

극단적으로 말하면 레일라를 빼고 모두 보내도 된다.

레일라는 눈요기를 위해 필요하지만, 애초에 나한테 호위는 필요 없다고.

"그렇게 말해주면 기쁘지만, 조만간 몇 사람은 알프레아 님의 근 위기사로 이동해야 할 거예요. 알프레아 님에게 호위가 없는 일은 있을 수 없으니까요. 그리고 그 일을 맡길 사람은 제 근위기사이자, 그 힘을 신뢰하는 당신들밖에 없어요."

너희 중에서 몇 사람은 내 담당에서 알프레아 담당으로 바뀔 거니 까, 잘 부탁해.

그 뜻을 전하자, 렉스는 눈에 띄게 경직했다.

더불어서 근처에서 이야기를 듣던 다른 기사들도 같이 경직했다.

너무 싫어하지 마. 저쪽은 나랑 다르게 진짜 성녀라고. 내용물이 쓰레기가 아니야.

오히려 이동하는 게 압도적으로 이득이야.

나는 그걸 아니까 장래성이 있는 녀석을 알프레아 담당으로 삼을 작정이다.

나처럼 내용물이 쓰레기인 가짜보다 알프레아를 호위하는 게 기사들도 행복할 테니까.

어쨌든 간에 렉스는 실력도 장래성도 있으니까, 이동하게 하자.

제61화 성녀는 고난을 찾아간다
~아뇨, 그냥 바보입니다

알프레아를 성녀의 성에 떠넘…… 맡긴 다음, 나는 한 마을을 찾았다.

거기는 에테르나와 베르네르가 자란 마을…… 테라코타 마을이라고 하는데…… 그 테라코타 마을에서 조금 떨어진 라프 마을이라는 곳이었다.

이렇게 작은 마을에 무슨 볼일이 있냐고 생각할지도 모르지만, 사실 여기는 이야기에서 꽤 중요한 장소다.

예전에도 조금씩 이야기했지만, 게임에서 에테르나가 마녀가 되는 원인이라고 할까, 일부 폭도가 테라코타 마을을 습격해서 에테르나의 부모님과 친구를 죽이고, 에테르나가 인류에게 절망하는…… 꿀꿀한 이벤트가 있다.

습격의 이유는 엘리제(진짜)가 사고를 너무 쳐서 성녀의 이미지가 최악이 된 탓이다.

폭도가 생긴 마을도 엘리제(진짜) 탓에 아사자나 기타 피해가 발생해 '성녀의 가족을 죽여라!' 라고 폭발한 거겠지.

그런데 엘리제(진짜)가 아니라 에테르나의 가족에게 돌격한 건, 애초에 엘리제(진짜)와 에테르나를 구분하지 못하고, 『성녀』라고

만 기억해서 뒤죽박죽이 되었기 때문이다.

그렇게 멍청한 일이 있을 수 있냐고? 격한 감정에 지배당한 인간은 의외로 그런 법이다.

현대에서 예를 들면, 개인 가게를 경영하는 야마다 씨가 TV에서 실언해서 어그로를 끌었다고 치자.

그러면 당연히 야마다 씨의 가게 리뷰나 SNS가 불타는데, 그때 우연히 비슷하게 개인 가게를 경영하는 다른 야마다 씨도 피해를 보는…… 이상한 일이 발생한다.

물론 다른 야마다 씨는 아무것도 안 했으니까, 그저 착각으로 덤터기를 쓴 완전한 피해자다.

정보 기술이 발달해서 누구나 스마트폰으로 간단히 검색할 수 있게 된 세상에서도 이런 착각이 발생한다.

그렇다면 정보가 전혀 전해지지 않는 이 세계라면 에테르나와 엘리제(진짜)를 혼동하는 것도 어쩔 수 없을지 모른다.

그런고로 에테르나의 가족은 다 죽고, 에테르나는 인류에게 실망하는 것이다.

물론 그 일이 없어도 어차피 알렉시아를 토벌하면 에테르나는 마녀가 되니까 직접적인 원인은 아니지만, 금방 마녀가 되는 원인은 이 이벤트이고, 그게 아니더라도 이렇게 찜찜한 이벤트는 방지하고 싶다.

그리고 이것저것 조사해 본 결과, 이 라프 마을 주민이 그 폭도가 되는 바보들임을 알았다.

어떻게 알았냐면…… 듣자니 이 마을은 폭스 자작가의 영지 중

하나라고 한단 말이지.

폭스 가문이라고 하면, 원본 시나리오에서 횡포를 부리는 엘리제(진짜)에게 진언해 눈에 찍힌 폭스 아저씨가 지위와 함께 이것저것 다 박탈당한 끝에 자살하고, 나아가 아이나를 제외한 모든 일족이 자살로 내몰린다.

그리고 폭스 가문은 영지 주민들에게 제법 존경받아서…… 사람들이 그런 영주님을 부조리하게 죽음으로 내몬 성녀에게 분노할 수밖에 없다.

그러한 사정과 테라코타 마을과의 거리 등을 생각해 본 결과, 여기밖에 없다고 안 셈이다.

"엘리제 님, 여기가 라프 마을입니다. 그런데 어째서 갑자기? 부끄럽지만…… 여기엔 아무것도 없어요."

내 옆에서 의아한 눈치로 말하는 사람은 폭스 자작의 딸인 아이나 폭스다.

오늘도 빨간 트윈테일과 당당하게 선 눈꼬리가 귀엽다.

장소는 아니까 길을 안내할 필요는 없지만, 일단 아이나의 집안 영지니까 명목상의 안내인으로서 동행하게 했다.

"아무것도 없기 때문이에요. 폭스는 내 기사였고, 지금은 교장으로서 애써 주고 있지만, 한편으로 보면 영지를 오랫동안 비운 셈이죠. 그렇다면 조금은 뭔가 보답하고 싶어지잖아요."

말할 필요도 없지만, 이건 표면상의 이유다.

진짜 이유는 이 마을 녀석들에게 '엘리제와 에테르나는 다른 사람'임을 알리기 위해서다.

최악의 경우 폭도가 되어도 나한테 오게끔 지금부터 준비하고 싶다.

얼마 전까지는 엘리제(진짜)와 다르게 나는 마물을 토벌하거나 부상자를 치료하거나 아사자를 줄이거나 해서 나름대로 세계에 공헌해 명성을 높였으니까, 폭도 이벤트는 처음부터 발생하지 않겠지? 라고 희미하게 기대했는데…… 아무래도 나는 내가 생각했던 것보다 인망이 없었나 보다.

그야 설마 임금님 모두+근위기사 모두가 배신하는 건 도저히 예상하지 못했다고 할까.

아니, 이건 인망이 없고 자시고 하기 이전의 문제잖아.

나도 나름대로 제법 애썼다고 생각했는데 말이야.

그런고로 '명성이 높으면 폭도 이벤트가 없다'고 생각하는 건 지나친 낙관임을 깨달았어.

그렇다면 하다못해 폭도 이벤트가 발생해도 폭도들이 나한테 오게 하고 싶다.

마을에 가 보니 마을 사람 몇몇이 마중을 나와 일제히 머리를 숙였다.

"잘 오셨습니다, 성녀님. 이렇게 직접 뵐 날이 올 줄은……."

"안녕하세요. 엘리제라고 해요. 폭스 자작에겐 언제나 신세를 져서, 그 영지를 한 번쯤 보고 싶어서 왔어요."

촌장 같은 사람이 '성녀님'이라고 했지만, 이름을 제대로 가르쳐 준다.

알았지? 나는 엘리제야. 잘 기억해.

그러니까 실수로 에테르나의 가족을 공격하지 마!

"저기, 당신들! 사람이 왜 이렇게 적어! 엘리제 님을 맞이하는데 이것밖에 없다니, 무례하잖아?!"

옆에 있던 아이나가 위압하듯 마을 사람들을 다그치는 걸 듣고, 나는 초조해졌다.

야야, 하지 마. 성질 더러운 높으신 양반처럼 말하지 말라고. 기분이 나빠지잖아.

그러자 촌장은 죄송한 표정을 짓고, 사람이 적은 이유를 설명하기 시작한다.

"지, 지당하신 말씀입니다. 하오나…… 다 이유가 있습니다."

"이유요?"

"네……. 여기 없는 사람은 지금 전염병에 걸렸습니다. 마물이 강에 흘린 맹독을 아이가 입에 대는 바람에…… 더군다나 그 독이 가까이 있던 사람에게 퍼져서……."

촌장의 말을 들은 아이나는 얼굴이 창백해졌다.

강에 독을 흘리는 건 마물이 자주 쓰는 수법이다. 이것 때문에 얼마 전까지 물을 위험시하고, 몸을 씻는 문화조차 거의 없었다.

요새는 없어진 줄 알았는데, 아마도 요전번 왕도 습격 때 모인 마물들의 소행이겠지.

왕도로 이동하던 김에 근처 강을 오염시킨 것이리라.

"어, 어머님은?! 다른 사람들은 무사해?!"

"걱정하지 마시길. 다행히 일찍 발견해서 감염자를 격리해 더 퍼지는 걸 막았습니다."

아이나가 허둥대며 말하자, 촌장은 차분한 투로 대답했다.

어쨌든 간에 폭스 가문 여러분은 무사한 듯하다.

또한 일찍 대처한 덕분에 더 퍼지는 것도 방지했다.

그나저나 전염병이라…… 그러고 보니 엘리제(진짜)의 악행 중에도 전염병이 돈 마을을 통째로 불태운 게 있었던 것 같기도…….

아무튼 강을 정화하는 건 확정 사항이고, 환자들을 어떻게 할지 문제다.

이대로 알았다고 하고 돌아가면 이미지가 최악일 테니까.

"성녀님, 모처럼 행차해 주셨는데 죄송하지만…… 부디 이대로 돌아가 주십시오. 격리하긴 했지만, 혹시라도 성녀님께서 병에 걸리면……."

"촌장 시. 환자를 격리한 곳으로 안내해 주겠어요?"

"하, 하오나……."

"괜찮아요. 처음 본 사이니까 어려울지도 모르지만, 저를 믿어 주세요."

까놓고 말해서 나한테는 독이 안 통한다. 나는 항상 내 몸에 해독 마법과 정화 마법을 걸기 때문이다.

그러므로 독이나 오염도 몸 안팎에서 즉각 소멸한다.

아, 물론 내 건강을 지키는 데 필요한 균 같은 것은 대상에서 제외한다.

촌장에게 억지를 써서 안내를 부탁하고 도착한 곳은 판자를 덕지덕지 붙인 오두막이었다.

입구도 막대로 단단히 고정했는데…… 아니, 이러면 안 되잖아.

이건 격리한 집에서 그냥 죽으라는 소리지?

"저기, 이건……."

"필요한 조치입니다. 안에 있는 자들도 모두 납득했습니다……."

아이나가 비난하듯 언성을 높이지만, 촌장도 괴로운 투로 대답했다.

뭐, 실제로…… 여기서 안에 있는 사람이 불쌍하다고 누군가 들어가면 그 사람도 감염되어 죽을 거니까.

비정하긴 하지만, 피해를 최소한으로 줄이는 방법으로선 올바르다.

다만 그건 내가 없을 때의 이야기다.

나는 입구를 막은 막대를 치우고 나서 스스럼없이 안으로 들어갔다.

──그 안은, 대놓고 말하자면 무척 지저분하고 냄새가 고약한 공간이었다.

"윽……!"

아이나는 움츠러든 것처럼 몇 발짝 물러나 코를 틀어막았다.

뭐, 젊은 여자애니까 어쩔 수 없다.

집 안은 얌전히 말해서 지옥이니까.

질질 흘린 배설물과 구토물로 범벅이 되어서, 지독한 냄새가 풀풀 난다.

하지만 뭐, 문제없다. 나는 정화 마법의 범위를 조금 넓히고 그대로 돌입했다.

"에, 엘리제 님……!"

아이나가 황급히 말리려고 하지만, 나는 아랑곳하지 않는다.

정화 마법의 범위는 현재 내 주위의 50센티미터 정도. 그 범위에 들어간 오염 물질은 닿치고 소멸하니까, 내가 오물을 밟을 일은 없다. 밟기 전에 사라진다.

그러므로 내가 지나간 곳에는 이상하게 깨끗해진다.

그건 마치 검게 칠한 캔버스를 지우개가 지나간 듯하다.

걷는 중에 몇몇 사람과 눈이 마주쳐서, 좌우지간 미소를 지어 주었다.

옛날에 미국인 친구에게 들은 적이 있다.

『헤에, 니토! 미국에선 길 가다가 눈이 마주치면 머리를 숙이지 말고 웃으라고!』

이게 진짜인지 아메리칸 조크인지는 지금도 모르겠지만, 좋은 문화 같아서 참고하고 있다.

그리고 가장 안쪽으로 간 나는 거기 있는 메마른 어린아이를 관찰했다.

응. 지독한걸. 얼굴은 뼈만 앙상하고, 피부는 회색인 데다가, 잘 모를 보라색 반점이 여기저기 있다.

여자아이…… 남자아이? 이미 성별도 모르겠지만, 아무튼 그 아이는 나를 알아채고는 힘을 쥐어짜듯 말했다.

"서, 성녀……님……? 아, 안 돼요……. 이렇게 더러운 곳에…… 오시면 안 돼요……. 이런…… 더러운…… 어차피, 우리는…… 우리는 이미, 살아도……."

울면서 뭔가 말하지만, 나는 말을 막듯이 그 아이의 손을 잡았다.

조금 시끄러우니까 조용히 있어.

쥔 손을 통해 그 아이의 몸에 독이 얼마나 있는지 체크한다.

잘 모르는 병원균의 반응이 우글우글. 나를 감염시키려고 하다가 금방 소멸하는 반응도 와글와글.

응. 평소 쓰는 해독 마법과 정화 마법으로 문제없이 없앨 수 있는 수준이군.

쇠약해진 세포도 회복 마법으로 어떻게든 하고, 이제는 조금 안정을 취하고 잘 먹으면 완치하겠지.

나는 승리를 확신하고 웃으려다가…… 어이쿠. 이러면 안 되지. 본성을 드러내면 안 돼.

"괜찮아."

안심시키듯, 이 정도는 문제없다고 알려준다.

그리고 해독+정화+회복 마법 땅!

집 안을 한순간에 새것처럼 만들고, 병원균을 철저하게 없앴다.

아이나도 감염됐을 가능성이 있으니까 꼼꼼하게 처리한다.

이봐, 너희도 잘 보라고. 지금 여기서 요란하게 하는 금발 바보가 엘리제야.

에테르나와는 다르다고! 그러니까 무슨 일이 있어서 에테르나의 부모님을 습격하지 마!

병에서 회복한 사람들은 무슨 일이 일어났는지 모르는 듯 눈을 껌뻑이는데, 내가 손을 잡아 준 아이가 촌장에게 달려가 안기는 것을 시작으로 엉엉 울기 시작했다.

웃겨 죽…… 아니, 이번엔 그만두자.

병에 걸린 고통은 나도 모르는 게 아니니까.

그나저나 이미 늦었지만, 딱히 안에 들어가지 않아도 밖에 마법을 딱 쓰면 됐잖아.

이렇게 쓸데없는 짓을 하니까 나는 항상 효율이 나쁘단 말이지. 반성해야지.

◇

엘리제는 그 뒤로 마을 전체와 오염된 강을 정화하고, 영주의 저택에 들렀다가 마을 사람 모두에게 배웅받으며 돌아갔다.

그 모습을 뒤에서 배웅하며, 엘리제가 구한 소년…… 촌장의 손자는 뭔가 결심한 듯이 앞을 보고 있다.

소년만이 아니다. 이번에 구원받은 모두가 힘차게 앞을 보고 있었다.

"당대의 성녀, 엘리제 님인가…… 소문과 다름없는…… 아니, 더 대단한 분이셨군."

촌장이 만감을 담아 말하고, 모두가 속으로 동의했다.

지금까지 『성녀』라고, 왠지 모르게 하나로 묶었던 것 같다.

당대의 성녀 엘리제는 지금까지와는 다르다고 들었고, 실제로 등장한 뒤로는 세계가 좋아졌다.

그래서 이름을 들었고, 기억하기도 했지만, 그래도 마음속으론 『엘리제』와 『성녀』를 하나로 생각했던 것 같다.

"촌장. 나는 말이야…… 성녀님은 우리 같은 평민하고 다른 세상에 살고, 높은 데서 내려다보는…… 그런 사람인 줄 알았어. 하지만 저분은…… 가족조차 다가오길 꺼린 곳에 들어왔어……. 내게, 미소를 지어 주셨어."

마을 사람 하나가 훌쩍이며 말한다.

가족과 지인, 그 모두가 어쩔 수 없다며 생존을 포기했다.

다가가선 안 되는 것으로 취급했다.

배설물과 토사물과 피로 얼룩진 오두막 안에서…… 이런 더러운 곳에서 내가 죽는 거냐고 절망했다.

그런 곳에, 그분이 오셨다.

일부러 들어올 필요도 없었을 텐데, 밖에서 마법을 쓰기만 해도 됐을 텐데.

그런데도 우리가 있는 곳으로 오셨다.

높은 곳에서 내려다보지 않고, 땅바닥으로 직접 내려와 주셨다.

"할아버지…… 나는 더 살지 못해도 어쩔 수 없다고 생각했었어. 하지만 엘리제 님은, 괜찮다고…… 말씀해 주셨어."

촌장의 손자에게, 엘리제가 건넨 말은 한마디밖에 없다.

하지만 그것만으로, 정말로 구원받았다.

더러워도 괜찮다. 살아도 된다……. 그렇게 말해주었다.

──물론, 오해다. 엘리제는 단순히 이 정도라면 치료할 수 있다는 의미로만 말했다.

하지만 받아들이는 사람이 멋대로 해석해서 구원받았으니 결과적으로 OK다.

"이 세계는 옛날보다 훨씬 좋아졌어. 그래도 아직 도움을 찾는 사람들이 있지……. 이보게들, 나는 이해했다네. 이 세계엔 저분

이…… 성녀님이 아니라, 엘리제 님이 필요해. 절대로 잃어서는 안
되는 빛이야……."

"그래…… 어제의 우리처럼, 저분께서 구하실 사람이 많아. 저분
이 필요한 사람이 엄청나게 많아. 잃어서는 안 돼……. 저 미소만큼
은……."

"나는 결심했어. 어차피 한 번 잃을 뻔한 목숨이야. 그렇다면 이
목숨을 저분을 위해 쓰고 싶어……. 무슨 일이 생겼을 때, 힘이 되
고 싶어……."

라프 마을 사람들은 자기들 멋대로 좋게 해석하고, 엘리제를 향
한 충성심을 키웠다.

그들은 좋든 나쁘든 한번 마음먹으면 일직선인, 성가신 성질이 있
었다.

아이나부터 그랬지만, 감정을 우선하는 나머지 앞뒤를 가리지 않
는 부분이 있다.

부모의 원수라고 생각하면 암살하기 위해 학원에 잠입하고, 영주
의 원수라고 생각하면 폭도로 변해 습격한다.

그리고 지켜야 하는 상대라고 생각하면…… 마을 사람 모두가 충
성스러운 전사로 변한다.

이렇게 또다시 엘리제를 위해서라면 목숨도 내던지는 집단이 하
나 완성되고, 엘리제의 명성은 하늘 높은 줄 모르고 치솟았다.

제62화 고백과 진실

알프레아를 주운 뒤에도 후구텐에 가서 마물과 싸우는 훈련을 계속했다.

그 과정에서 베르네르 일행의 실력은 눈에 띄게 향상되고, 실전 중의 팀워크도 연마되었다.

또한, 알프레아도 성격과 상관없이 실력이 확실했다.

과연 성녀가 보호받지 않던 시대에 마녀를 토벌한(진짜 토벌했다곤 하지 않았다) 만큼은 했다.

어지간한 마물은 가볍게 처리하고, 초대의 위엄을 과시해 주었다.

다만 잘난 척하는 얼굴이 조금 짜증 나서 숲에 숨은 마물을 『Aurea Libertas(황금의 자유)』로 융단폭격해서 섬멸했더니 한동안 나한테만 존댓말을 썼다.

너무 심했나 싶었지만, 거북이가 말하길 '개에게 상하관계를 가르치는 건 올바른 훈육이다.' 라고 한다.

거북이 씨, 알프레아한테 너무 쌀쌀맞지 않아?

아무튼 능력 면에서는 에테르나의 완전 상위 호환이다. 마녀와의 전투를 앞두고 기쁜 전력 증강이다.

단순한 힘을 말하면…… 부하가 없다는 전제로, 알프레아 혼자서 알렉시아에게 이길 수 있을 것이다. 그 정도로 강하다.

지하 돌입 때는 알프레아도 끼게 하자.

물론 마녀를 죽이지 않게 에테르나와 똑같은 지팡이를 장비시켜서.

그런고로 알프레아의 체격에 맞는 제복을 짓게 했다.

"헤에. 제법 귀여운걸. 지하에 갈 때는 이걸 입으면 돼?"

"그래요. 부탁할게요."

학원 5층에서 제복을 건네자, 알프레아는 기쁜 눈치로 제복을 여러 각도에서 보고 있었다.

지금은 베르네르 일행의 남자들도 있으니까 아직 갈아입지는 않지만, 디자인이 매우 마음에 든 것 같다.

조금 떨어진 곳에는 교장인 폭스 자작도 있다.

애초에 내가 억지를 써서 폭스에게 제복을 준비하게 했지만.

"녹색이라서 기쁜걸. 난 녹색이 진짜 좋아."

"그런가요?"

"그래. 반대로 빨간색은 싫어. 마물을 해치우다 보면 저절로 눈에 들어오니까, 어느새 질색하는 색이 되었어."

그렇군. 알프레아는 녹색을 좋아하나.

혹시 학원의 여자 제복이 흰색과 녹색인 건, 그런 이유인 걸까?

별생각 없이 의문이 떠올라 폭스를 보자 눈치챈 듯이 설명하기 시작한다.

"맞습니다. 초대 성녀님의 어떤 색을 좋아했는지 전해졌으니까요. 그렇기에 우리 마법기사 학원의 제복에는 빨간색을 안 씁니다."

"헤에. 그런 이유가 있었구나."

교장의 말을 들은 에테르나가 납득한 듯이 말했다.

여기는 『알프레아 마법기사 육성기관』이니까, 그 알프레아가 싫어하는 색을 제복에 쓸 리가 없겠지.

모두가 납득한 얼굴을 하는 가운데, 베르네르만이 뭔가를 생각하듯이 고개를 숙이고 있었다.

'하지만 녹색은 촌스럽잖아.' 라고 생각하는 걸지도 모른다.

여담으로 왜 알프레아에게 제복을 입히려는 거냐면, 내 취미가 반, 마녀의 눈을 속이는 것이 반이다.

'지하에서 길을 잃은 생도들' 을 연기해서 마녀의 도망을 방지하는 것이 이번 돌입 작전의 핵심이다.

평범한 생도로 보이면 마녀가 전투를 택할 것이라고 거북이가 말했다.

살려서 돌려보내면 자신이 안주하는 땅인 지하의 정보가 유출되고, 약체화를 각오하고 여기에서 텔레포트를 쓸 수밖에 없어지기 때문이다.

마녀는 자신이 있는 곳이 내게 알려지는 것을 가장 두려워한다고 한다. 그래서 그걸 이용하는 거다.

아무튼 결전의 날이 머지않았다.

내가 이 학원에 있을 날도 얼마 남지 않았으리라.

◇

밤.

나는 레일라 몰래 방에서 빠져나가 학원 운동장에서 건물을 바라보고 있었다.

바람에 머리카락이 살랑거려서 조금 귀찮지만, 그래도 조만간 더 보지 못할 경치다.

기억에 단단히 남기자.

알프레아가 참전하면서 생존 확률은 올라갔지만, 어차피 나는 다 끝나면 가짜 성녀임을 고백하고 도망칠 작정이니까 여기 있을 수 없다.

성녀의 자리는 역시 진짜 성녀에게 어울린다.

그러니까 평화가 찾아오면 꼭 에테르나에게 반납한다. 이건 처음부터 정한 일이다.

그리고 아무도 없는 어딘가에서 조용히 죽고 시체도 못 찾게 하면 아무도 슬퍼하지 않겠지.

"어? 엘리제 님?"

뒤에서 목소리가 들려서 돌아보니 베르네르가 서 있었다.

이 녀석은 왜 밤에 운동장에 나온 거지. 나도 남 말을 할 처지는 아니지만.

"저는 여기서 잠시 달리기 운동을……."

그렇군. 결전을 앞두고 단련하는 건가. 좋은 마음가짐이다.

그나저나 이 녀석은 진짜 근육질이 됐는걸.

초반에는 완전히 미소녀 게임 주인공 느낌으로 비실비실한 미남이었는데, 지금은 격투 게임의 주인공으로 보인다. 자주 단련이 지나쳤다.

"하지만 여기서 만났으니 다행이군요……. 저는 엘리제 님께 꼭 하고 싶은 말이 있었습니다.

오호. 하고 싶은 말이 있어?

그렇다면 낮에 말해도 되는데.

그렇게 말하자, 베르네르는 멋쩍은 듯이 뺨을 긁적인다.

"아뇨. 낮에는…… 항상 레일라 씨가 있으니까요. 기왕이면 단둘이 있을 때 말하고 싶었습니다."

오호. 단둘이 있을 때 하고 싶은 말이라.

뺨이 왠지 빨갛고, 시선은 차분하지 못하다.

아니, 잠깐만……. 이건 위험한 전개잖아.

나는 연애 경험이 별로 없지만, 이만큼 노골적이면 알 수 있다.

너 진심이야? 진심이냐고?

그만둬. 지금이라면 늦지 않았어. 다시 생각해.

이건 정석인 Love와 Like를 착각해서 '네. 저도 좋아해요.' 라는 작전으로 돌파할까?

아니지. 기다려. 진정해. 아직 확정된 건 아니야.

내 착각……일 게 뻔하다. 제발 그래라!

"엘리제 님…… 저는 3년 전 그날, 당신에게 구원받은 이후로 쭉, 당신의 기사가 되기를 꿈꿨습니다. 하지만 제 가슴속 감정은 그게 다가 아니라…… 사실은 이런 마음을 가져선 안 되지만……. 저기…… 즉……. 아아, 할 말이 떠오르지 않아."

좋아. 잘한다. 그 기세로 쫄아라.

이렇다 할 때 쫄아서 해야 할 말을 못 하는 것도 정석 전개다.

좋아. 잘 알잖아.

자, 한 발짝 전진하지 말고 지금까지의 관계를 유지해.

"안 되겠군요……. 이것저것 말하려고 생각한 건 있는데, 막상 그때가 되니 머릿속이 하얘져서…… 역시 이럴 때는 괜히 꾸미지 말고 말해야겠습니다. 엘리제 님…… 저는 당신을……."

"안 돼요!"

스토오오옵!

넌 왜 그냥 큰맘 먹고 고백하려는 건데?!

그럴 때는 쫄라고! 주저하라고!

왜 온 힘을 다해서 길바닥에 있는 똥을 밟으려고 하는데?!

관둬! 관둬! 나는 진짜 그만둬! 그런 말을 할 상대가 아니야.

"다음은…… 제게 할 말이 아니에요. 저에게는 그러한 마음을 주어선 안 돼요."

어쨌든 간에 잽싸게 베르네르의 말을 가로막았는데, 다음은 나도 생각한 게 없다.

아, 어쩌지? 어쩐다……?

그냥 찰까? 하지만 그러다가 의욕을 잃고 '나는 더…… 싸울 수 없어…….' 같은 소리를 하면 결전 때 곤란한데.

그리하여 베르네르의 말을 가로막고 몇 초 뒤, 거북한 분위기 속에서 베르네르가 입을 열었다.

"그건…… 엘리제 님이 성녀가 아니여서 그런 겁니까?"

헉?! 들켰잖아!

대체 언제……라고 생각하는 건 멍청한 짓인가.

그래. 알아. 그때의 실수가 지금 와서 터진 거겠지.

폭스 교장도 말했으니까.

'우리 마법기사 학원의 제복에는 빨간색을 안 씁니다.' 라고.

즉, 그때…… 베르네르의 앞에서 다쳤을 때의 변명은 무리수였던 거다.

하지만 그때는 눈치챈 것 같지 않았다.

"…………대체, 언제 알았죠?"

그렇게 물어보자, 베르네르는 쉽게 답을 알려주었다.

"지금입니다. 엘리제 님의 반응으로 확신했습니다."

유도신문에 당했다…….

오호라. 얼프기는 찾아낸 모양이군.

"이상하게 여긴 건, 에테르나가 힘을 각성했을 때입니다. 에테르나의 힘은 성녀와…… 적어도 전해지는 역대 성녀와 비교해도 뒤떨어지지 않는다고 레일라 씨가 말했죠. 그리고 실제로 알프레아 님과 비교해도 에테르나의 힘은 부족하지 않았습니다. 그리고 오늘…… 교장 선생님의 말씀을 듣고, 그때 일을 떠올렸습니다.

아하. 잘 관찰했군.

뭐, 에테르나가 각성한 시점에서 성녀 사칭은 무리수였지.

그래도 내가 간신히 모두를 속인 건, 내게도 베르네르에게 슬쩍한 힘이 있어서, 성녀만이 가능한 일을 할 수 있었기 때문이다.

하지만 그것도 베르네르라면 이유를 알 수 있다.

그야 내가 이 녀석이 보는 앞에서 그 힘을 가져갔으니까.

조금 생각해 보면 '저 가짜가 내 힘을 쓰잖아' 라고 눈치챌 것이다.

"그리고 동시에, 3년 전에 하신 말의 뜻도 이해할 수 있었습니다. '당신의 성녀와 만날 수 있게끔' …… 당신은 처음부터 자신이 아니라 에테르나를 말한 겁니다."

오, 완전 정답. 큰일인걸. 주인공을 조금 얕잡아봤어.

설마 이 타이밍에 들킬 줄이야.

뭐, 어떻게 보면 잘된 일일지도 모른다.

이걸로 알았지? 베르네르. 나는 처음부터 가짜야.

"맞아요, 베르네르. 저는 성녀가 아니에요. 에테르나 씨와 같은 마을에서 태어나고, 마력이 많아서 뒤바뀐 뒤로 오늘까지 성녀를 사칭한 가짜죠."

"그렇다면 당신의 그 힘은……."

"아시다시피, 그날 당신에게 빌린 힘으로 성녀 흉내를 냈을 뿐이에요. 그리고 다른 건…… 단순한 마법이네요. 마력량에 관해서는 그저 수련을 거듭했죠. 대단한 일은 하지 않았어요……. 매일 자는 시간도 포함해서 마력 순환을 반복해 마력 내포량을 올렸을 뿐이에요."

그렇게 설명하니 베르네르는 놀라워하는 기색을 보였다. 나는 추가로 말해준다.

"이제 알았죠? 당신이 호감을 느낀 『성녀 엘리제』란 존재는 이 세상 어디에도 없어요. 전부 단순한 연기고, 속이 없는…… 저는 그저, 사람들이 상상하는 이상적인 성녀를 연기했을 뿐이에요. 당신은 실재하지 않는 환상을 사랑한 거예요."

네가 좋아하는 『성녀 엘리제』는 이 세상 어디에도 없어.

너는 있지도 않은 환상을 사랑한 것이다!

……그렇게 똑 부러지게 말해줬다. 이러면 실망하겠지.

뭐, 좋아. 이대로 아무도 안 좋아하는 가짜 성녀 루트로 갈 바에는, 실망 정도는 당해주자.

그렇게 생각했는데, 베르네르의 표정은 별로 변하지 않는다. 이상한데……?

"그건 아닙니다. 엘리제 님. 당신은 진짜 성녀가 아닐지도 모르지만, 당신이 구한 사람들은…… 구원한 것들은 진짜입니다. 당신에게 구원받아 지금의 제가 있습니다. 설령 성녀의 모습이 연기더라도…… 완벽하게 연기했다면, 이미 진짜인 겁니다! 당신은 이미 이 시대 사람들에게 진짜 성녀야! 존재하지 않는 것이 아니야! 그러니 아무것도 달라지지 않아…… 내 마음도. 내 성녀는 언제나…… 처음부터 당신이었어!"

오, 뭔가 열변을 토하기 시작했는걸.

아니, 잠깐. 기다려. 스테이.

알았으니까 입 다물어. 더 말하지 마.

그렇게 주인공처럼…… 아니, 실제로 주인공이지만. 뜨겁게 고백하려고 들지 마.

"그러니까 엘리제 님…… 저는, 당신을……."

저기, 너, 스톱. 스톱.

베르네르, 넌 지금 열기에 들뜬 거야.

열기와 흥분으로 위험한 소리를 내뱉으려고 하는 거라고!

이럴 때는 일단 심호흡해. 그리고 냉정해져서 '역시 가짜는 좀 아니지.' 라고 생각을 고쳐먹어.

그만둬! 취소해라…… 방금 그 말……!

"──당신을, 사랑합니다!"

어버버버버버! 어버버버버버버버버────!!

!#$%^&^!

──설령 연기였더라도, 그날 구원받은 사실은 달라지지 않는다.

베르네르가 처음에 이상하게 느낀 건, 알프레아를 더해서 마물을 상대하는 실전 훈련 때였다.

알프레아는 인격 면에서 분방하다고 할까, 자유롭다고 할까…… 상상하던 초대 성녀의 우상과는 딴판이었지만, 실력 하나는 확실했다.

어지간히 강력한 상대가 아니면 마물을 한 방에 전투불능 상태로 만들고, 자신과 동질한 힘으로 공격받지 않으면 상처가 나지 않는다.

하얗게 빛나는 빛으로 마물을 쓸어버리는 그 모습은 정말로 성녀의 이름에 어울렸다.

하지만 그 힘을 본 베르네르는 맥이 빠지는 기분이 들었다.

그야 굉장하긴 굉장하다. 강하다고 하면 강하다.

하지만 이해할 수 있는 범위다.

하늘에서 빛의 검이 빗발치게 하는 것도 아니고, 적을 따라가는 광선을 수없이 날리는 것도, 한순간에 주위 마물을 전부 소멸하는 것도 아니다.

날씨를 바꾸지도 않고, 황폐해진 대지를 살리지도 않는다.

지금까지 여러 번 본 엘리제의 '기적'과 비교하면 알프레아의 힘을 너무 평범했다.

베르네르 일행이 봤을 때 신과 같은 힘을 지닌 건 아니고…… 그저 상성으로 마물을 압도하는 존재에 불과했다.

무엇보다 알프레아의 힘은 에테르나와 비교해도 딱히 압도하는 것처럼 보이지 않고, 앞선다고 해도 아주 조금 차이가 날 뿐이다.

에테르나가 지닌 성녀 같은 힘도 지금까지는 '성녀에게 미치지 않은 힘'으로 여겼었다.

엘리제와 비교해서 에테르나의 힘은 별로 엄청나지 않았기 때문이다.

하지만 잘못된 건 베르네르의 인식이고, 프로페타에게 들은 바로는 알프레아의 힘이 딱히 역대 성녀와 비교해서 뒤처지는 게 아니라, 오히려 조금이긴 해도 선대 성녀인 알렉시아보다 앞선다고 했다.

그리고 에테르나의 힘도 그것도 비교해서 결코 크게 뒤떨어지지 않아서, 레일라는 엘리제가 없었다면 에테르나가 성녀로 오해받았을지도 모른다고 했다.

그게 정말 오해일까……?

베르네르의 마음속에서 의문이 커지기 시작했다.

그리고 오늘, 의문은 확신으로 변하고 있었다.

알프레아의 제복을 마련할 때 교장과 알프레아가 대화했는데, 그 내용이 과거의 기억을 떠올리게 했다.

'녹색이라서 기쁜걸. 난 녹색이 진짜 좋아.'

'그래. 반대로 빨간색은 싫어. 마물을 해치우다 보면 저절로 눈에 들어오니까, 어느새 질색하는 색이 되었어.'

'초대 성녀님의 어떤 색을 좋아했는지 전해졌으니까요. 그렇기에 우리 마법기사 학원의 제복에는 빨간색을 안 씁니다.'

이 학원의 제복에는 빨간색을 안 쓴다.

그 말을 들은 베르네르는 예전에 절벽에서 뛰어내린 엘리제와 동굴에서 이야기했을 때를 떠올렸다.

그때, 베르네르는 엘리제의 팔에 난 상처를 봤다.

그 사실을 지적했더니 엘리제는 그 자리에서 실을 떼어내 이렇게 말했다.

'아, 실이 붙었나 보네요. 아마도 떨어질 때 뜯어진 거겠죠.'

그때는 그걸로 납득했다.

실제로 상처가 없었던, 빨간 실 같은 것을 엘리제가 손에 집을 것을 확인했기 때문이다.

하지만 지금 생각해 보면, 그건 이상하지 않을까?

그때 입은 제복에는 빨간 실이 없었다.

엘리제가 손에 집은 그건 정말로 실이었을까?

하늘을 자유자재로 조작하고, 오로라와 유성군조차 만드는 엘리제라면…… 그 자리에서 마법으로 실 같은 무언가를 손쉽게 만들 수 있으리라.

물론 확정은 아니다.

예를 들어 자신이 몰랐을 뿐, 엘리제가 빨간 손수건 같은 것을 소지했을 가능성은 있다.

그것이 뜯어졌다고 생각할 수도 있다.

무엇보다도 엘리제는 정말로 성녀만이 가능한 일을 하지 않는가.

그러니까…….

『괜찮아…… 괜찮아요. 두려워하지 말아요. 그 힘은 언젠가, 당신을 도울 거예요. 하지만 지금은 아직 제어할 수 없는 힘이 당신을 괴롭히겠죠. 그러니까 조금만, 당신의 힘을 빌릴게요."

3년 전의 일이 떠올랐다.

아니, 떠올랐다는 표현은 정확하지 않다.

3년 전 엘리제와의 만남은 지금의 베르네르에게 있어서 모든 것의 시작이다.

하루도 잊은 적이 없는 소중한 기억으로…… 그래서 금방 이유를 눈치챌 수 있었다.

아아, 그랬다. 엘리제는 그때 자신의 힘을 일부 가져갔다.

그렇다면 성녀가 아니더라도…… 적어도 베르네르도 가능한 일이라면 할 수 있다.

그 사실을 깨닫고 말았다.

엘리제는 성녀인가, 아닌가.

하지만 베르네르에겐 어느 쪽이든 상관없었다.

그날 엘리제에게 구원받은 사실은 전혀 달라지지 않는다. 그리고 엘리제를 위해 싸우겠다는 결의가 흔들리는 일도 없다.

혹시 엘리제가 성녀가 아니더라도, 그것은 곧 성녀도 아닌 인간이 성녀보다 더한 것을 달성할 수 있다는 것에 불과해서, 오히려 존경하는 마음이 더 커진다.

무엇보다 이 가슴에 있는 마음은 엘리제가 누구든 간에 변하지 않는다.

엘리제를 좋아한다.

남자로서 사랑하는 마음이 있다.

이 마음 앞에서는 엘리제의 정체도 대수로운 일이 아니었다.

그래서―― 운동장에서 우연히 엘리제와 마주쳤을 때, 감정을 못 참고 고백하려고 했다.

근처에 레일라가 없다는 절호의, 좀처럼 없는 기회도 베르네르를 부채질했을 것이다.

탄생제 때는 결국 레일라가 줄곧 근처에서 눈에 불을 켜고 있는 바람에 아무 말도 하지 못했다.

그러니까 이 기회를 놓치지 않으려고 마음을 털어놓았다. 그리고 몇 가지 진실이 밝혀졌다.

단순한 노력.

그것이 엘리제가 일으킨 수많은 기적의 정체였다.

공기 중의 마력을 흡수해 자신의 마력을 밖으로 배출하는 마력 순환이 자기 자신의 마력 내포량을 키우는 것은 베르네르도 안다.

학원 수업에서도 배우는 내용이며, 베르네르도 몇 번 해 봤다.

하지만 그건 의식을 집중해야 가능한 일이고, 애초에…… 정신에 부담을 준다.

아마도 타인의 감정 등이 마력과 함께 공기 중에 섞이는 것이라.

그것을 흡수하는 것은 타인의 어두운 감정을 흡수하는 것과 마찬가지다.

분노, 증오, 원망, 질투…… 그렇듯 추악한 감정을 느끼고, 자신도 더럽혀지는 듯한 두려움이 엄습한다.

자신이란 색이 점점 다른 색으로 칠해지는 듯한 공포를 느낀다.

들어오는 감정에 물들어, 그것이 자신의 마음인지 타인의 마음인지 모르게 된다.

경계선이 흐릿해지고, 자신을 잃고 만다.

그래서 오래가지 않는다. 아니, 적극적으로 하려는 사람이 없다.

그런데 엘리제는 그것을 계속했다고 한다……. 그것도 하루 종일.

그런 짓을 했다간 그야말로 자아가 덧씌워져서 마녀처럼 될지도 모르는데…… 그런데도 태연한 것은 모든 것을 받아들이는 그 특수한 정신성 덕분이 아닐까, 하고 베르네르는 자문자답했다.

그렇게 할 수 있는 사람이 대체 세상 어디에 있지?

다른 누가 이걸 흉내 낼 수 있지? 누가 해낼 수 있지?

엘리제는 자기를 경멸하듯이 존재하지 않는 존재하지 않는 허상, 환상, 실재하지 않는 헛것이라고 말한다.

하지만 그건 아니다. 그야 성녀는 아니겠지.

지금까지의 행동과 발언도 본인이 말한 것처럼 사람들이 원하는 『성녀』를 연기한 것에 불과할지도 모른다.

하지만 그 연기로 엘리제가 구한 사람들이 있다.

치유한 세계가 있다.

마물에게 빼앗긴 대지를 되찾고, 망가진 자연을 되살리고, 헤아릴 수 없는 사람들을 구했다.

굶주려서 겨울을 나지 못하고 생명을 잃는 아이들이 줄어들었다.

내일의 희망을 잃어서 웃는 걸 잊은 사람들의 얼굴에 웃음이 돌아왔다.

그리고…… 여기에, 그날의 만남으로 똑바로 걸을 수 있게 된 자신이 있다.

그건 결코 거짓이 아니다.

실재하지 않는 환상이 아니다. 그러니까…… 그렇다.

그날부터 쭉 결심했었다.

베르네르의 성녀는 처음부터 한 사람밖에 없었다.

설령 그것이 연기하는 가짜일지라도…… 베르네르에겐 유일한 진짜니까.

그러니까 망설임 없이, 부끄러워하지 않고, 자기 마음을 털어놓았다.

엘리제는 놀란 얼굴로 베르네르를 보지만, 대체 어떤 심경일지는 베르네르로선 알 수 없다.

하지만 후회는 없다. 하고 싶은 말은 했다.

설령 몇 초 뒤에 차이더라도…… 아니, 역시 그건 괴로울지도 모르지만, 후회하진 않는다.

몇 초 정도 어색한 침묵이 깔리고, 마침내 엘리제가 입을 열었다.

"고마워요, 베르네르. 그렇게 말해주면 저도…… 지금까지 한 일이 전혀 헛되지 않았다고 여길 수 있어요."

자상하게 미소를 짓고, 엘리제는 베르네르를 똑바로 본다.

하지만 베르네르는 그 미소가 왠지 쓸쓸해 보였다.

그리고 그 이유를 금방 알게 되었다.

"하지만…… 저는 그 마음에 응할 수 없어요. 확실하게 불행해질 걸 알고서, 고개를 끄덕일 순 없어요."

"그, 그건 대체……."

확실하게 불행해진다. 그건 대체 무슨 뜻일까?

베르네르가 묻기도 전에, 엘리제가 놀라운 대답을 내놓았다.

"제게 남은 수명은 별로 길지 않아요. 길어야 앞으로 반년…… 내년 생일을 맞이하는 일은 없겠죠."

그것은 베르네르의 머릿속이 새하얘지기 충분한 말이었다.

거짓말로 여기고 싶었다. 자신을 차려고 지금 이 자리에서 떠올린 거짓말이라고 생각하고 싶었다.

하지만…… 아아. 그 이유도 금방 떠올릴 수 있었다.

베르네르의 힘은 다른 모든 것을 침식하는 저주받은 힘이었다.

과거에 엘리제는 그 힘의 반을 가져갔지만, 그때는 성녀라서 제어할 수 있다고 여겼었다.

하지만 엘리제는 성녀가 아니다.

그렇다면 그 힘은 독일 수밖에 없다.

아무것도 생각할 수 없어서 굳어 버린 베르네르에게, 엘리제가 말한다.

"당신이 신경 쓸 필요는 없어요. 전부 제가 바라고, 택한 길. 저는 처음부터 자신의 마지막을 알고 그 길을 선택했어요. 게다가…… 당신에게 빌린 힘이 없었다면 저는 성녀를 연기할 수도 없었겠죠. 마음 아파하지 말아요. 오히려 원망해도 좋아요. 성녀를 사칭하려고 당신을 이용한 거니까."

아니라고 외치고 싶었다.

그저 이용하려고 자기 수명을 줄이는 바보가 세상 어디에 있을까. 아무 이득도 없다.

엘리제는 그렇게 단순한 계산도 못 할 정도의 바보가 아니다.

애초에 엘리제는 그러지 않아도 베르네르와 만난 그날 그 시점에서 이미 역대 최고의 명성을 차지하고 있었다.

그러니까 이건 단순히 베르네르가 마음 아파하지 않도록 악당인 척하는 것이다.

하지만 목소리가 나오지 않는다. 엘리제의 미래가 얼마 남지 않았다는 사실에 목이 말라서 아무 말도 못 한다.

차여도 후회하지 않는다고 생각했었다.

하지만 이건 너무하다.

설령 여기서 차이더라도, 앞으로도 엘리제가 살아있기만 해도 행복한데.

하지만 이건…… 차마 받아들일 수 없다.

"그러니까…… 베르네르는 나보다 더 좋은 사람을 찾아 주세요. 그리고 부디 그 아이와 행복해져서 미래를 만들어 주면 좋겠어요……. 그게 가장 좋은 선택이니까."

엘리제가 말하는 미래에는, 엘리제가 없다.

너무 고집불통이라고 생각했다.

구할 만큼 구하고, 세계에 바칠 만큼 바치고, 그리고 마지막에 엘리제 자신은 그 평화로운 세계에서 살지 않고 죽는다.

그런 일이 있어선 안 된다고 소리치고 싶었다.

"다, 당신은…… 당신은 그래도 좋습니까?! 언제나 성녀로서 다른 사람을 위해 애쓰고…… 마지막에…… 마지막엔, 그런……."

베르네르의 말에 엘리제는 망설임 없는 미소를 짓는다.

전부 이해하고 있다. 그리고 받아들이고 있다.

그 얼굴에는 후회가 없고, 한없이 고결한…… 그리고 고집스러운 각오가 있었다.

"설령 제가 그 자리에 없더라도…… 여러분이 웃으며 맞이할 결말이 있다면, 그게 제 행복이에요. 그러니 부디 슬퍼하지 마세요. 저는 당신들이 웃기를 원해요."

그렇게 말하는 엘리제의 얼굴은 완전히 진심에서 우러나온 느낌이고.

아무런 슬픔도 없이, 정말로 엘리제 자신이 바라는 것임을 알 수 있어서…….

아무 말도 못 하고 베르네르가 멍하니 있는 사이, 엘리제는 자리를 뜨고 말았다.

제63화 변질

시내에 있는 후사이 아파트는 월세 5만 엔인 2층 건물이다.

구조는 방 하나, 거실, 주방, 욕실, 화장실이다.

입지 조건은 역에서 먼 것 말고는 문제점이 없어서, 월세치고는 나름대로 좋은 곳이다.

그 집에서, 후도 니토는 오늘도 PC를 통해 '저쪽'에 간 자신의 분신……이라고 할까, 영혼의 용량을 생각하면 이쪽이 분신이지만…… 아무튼, 엘리제의 이야기를 쫓아가고 있었다.

예전보다도 접할 수 있는 정보가 늘어나고, 게임을 통해 볼 수 있는 이야기는 드디어 결전 직전까지 진행했다.

예언자와 초대 성녀, 크런치바이트 독맨 등, 다른 루트에서 등장하지 않는 캐릭터가 추가되어 다른 루트와 분위기가 확연히 달라졌다.

엘리제 루트가 발견되고 시간이 지나면서 인터넷 게시글도 늘어났고, 내용도 변화하고 있다.

【엘리제】

『영원의 산화』의 등장인물. 비공략 캐릭터.

성녀로 불리는 존재.

어릴 적에는 오만방자했지만, 어느 날 갑자기 성녀임을 자각하고 사람이 바뀐 것처럼 '다른 사람을 위해' 활동하게 된다.

성녀의 이름에 부끄럽지 않게 압도적인 마력과 검술 실력을 지녔으며, 전투력은 작중 최강.

어둠의 상징인 마녀와 대칭되는 빛의 상징으로서 때로는 플레이어 앞에 나타나 도움을 준다.

이야기 도입부에 열네 살인 베르네르의 앞에 나타나 그가 어둠의 힘을 제어하는 데 도움을 주고, 펜던트를 맡겨서 그 인생에 큰 전환점을 주었다.

그 뒤, 주인공이 열일곱 살이 되었을 때 재회하지만, 그 모습은 주인공의 기억 속 열네 살 모습이었다.

성녀는 마녀와 마찬가지도 살해당할 때까지 죽지 않고, 젊은 상태로 노화가 멈춘다.

엘리제는 다른 성녀보다도 그 시기가 빨랐던 것이라는 말이 있다.

성녀인 엘리제는 마녀와 성녀의 힘 말고는 상처를 입지 않으며, 맨손으로 검을 잡아도 생채기가 하나 생기지 않는다.

또한, 마녀의 힘에 간섭해 정화할 수도 있다.

마물에 습격당한 장소가 있으면 작은 마을이라도 버리지 않고 스스로 출격하고, 다친 자가 있으면 누구든지 치료한다.

엘리제가 등장하기 전에는 성벽에서 몇 걸음만 걸어도 마물과 마주치는 마경이었다고 하는데, 본편 시점에서 이미 이야기의 무대인 『지아르디노 대륙』에서 마물이 거의 쫓겨나 안전하게 오갈 수 있게 되었다.

이것으로 상인이 이동하기 편해지고, 물류 흐름도 원활해져서 생활 환경이 전체적으로 크게 좋아졌다.

역대 마녀와 마물에 의해 파괴당한 대지와 자연을 복원하는 데도 적극적이어서, 언제나 흉작이었던 등장 이전과 비교하면 항상 풍작을 거두게 되었다. 또한 감자와 콩 등 척박한 대지에서도 잘 자라는 작물을 널리 퍼뜨린 것도 엘리제이며, 이로써 굶어 죽는 사람이 극적으로 감소했다.

그래서 마물과 마녀를 토벌하는 성녀의 얼굴 말고도 역대 성녀에게는 없었던 풍요의 성녀라는 측면도 있어서, 사람들에게 존경받는 듯하다.

그건 다른 성녀와 다르게 엘리제의 생일에만 탄생제라는 기념행사가 있는 것으로 알 수 있다.

이유는 모르겠지만 요리 실력이 좋은 듯, 종종 국왕들에게 대접해 주는 케이크 '클라우드' 는 일품이라고 한다.

그야말로 성녀를 체현한 듯 흠잡을 데가 없는 소녀지만, 사실은…………

역시 한참 전과 비교해서 문장이 늘어났군.

니토는 그 문장을 보면서 너무 칭찬하는 내용에 낯간지러운 느낌이 들었다.

보아하니 저쪽의 자신은 아주 제멋대로 구는 듯하다.

요리는 일단 현대인의 지식이 있고 자취하면서 제법 실력이 있지만, 일품이라고 할 정도가 아님은 니토 자신이 가장 잘 안다.

솔직히 말해서 편의점에서 파는 디저트가 훨씬 더 맛있다.

그래도 요리란 개념 자체가 희박……하다고 할까, 요리할 여유도 없었던 저쪽 세계 사람들에겐 천상의 맛으로 느껴지겠지.

다음은 『엘리제의 정체』 항목인데, 거기는 예전에 봤을 때와 달라진 게 없어서 패스하고 스크롤을 내린다.

『본편에서의 활약』도 이미 본 부분은 넘기고, 새롭게 늘어난 문장을 훑어봤다.

【본편에서의 활약】

에테르나의 자살 미수 이벤트를 빼면 중간까지 공통 루트와 똑같은 전개로 진행하지만, 엘리제 루트 한정으로 투기대회 종료 시 무기를 받을 수 있다.

이때의 무기는 주인공이 장비하는 무기와 같은 종류로 주는데, 맨손이면 아무것도 안 주므로 주의.

검증 결과, 이때 받을 수 있는 최강 무기는 '대파'를 장비했을 때 주는 '슈퍼 대파 블레이드' 임이 밝혀졌다.

단 '대파'는 공격력 1짜리 장식 무기인 만큼, 마리는 고사하고 준결승전의 존도 이길 수 없어서 투기대회 순위를 희생해야 하므로 손해가 심하다.

디아스의 반역 이벤트 이후에는 본격적으로 루트 전용 전개가 시작된다.

전투 종료 후 디아스에게 뭔가를 말하고 저항을 멈추게 하는데, 아마도 자신의 정체를 가르쳐 준 것으로 추정된다.

동계휴가가 가까워지면 각 나라의 왕과 식사회를 하려고 성녀의 성으로 잠시 귀환하지만, 엘리제의 시대를 오래 유지하려고 생각한 왕들과 마녀와의 싸움에서 엘리제가 죽는 것을 두려워한 기사들에 의해 성에 유폐당한다.

레일라를 인질로 잡혀 탈출할 수 없게 되지만, 주인공 일행의 돌입에 맞춰 자기 힘으로 탈출하고, 그 뒤에는 위기에 처한 빌베리 왕도에 달려가 마물을 일소한다.

또한 이때 사망한 주인공을 되살리는 기적을 일으킨다.

아무렇지도 않게 진짜 성녀도 절대로 못 하는 일을 한다고…… 이 가짜 성녀님은.

이때 엘리제의 호감도가 50 미만이면 CG를 회수할 수 없으므로 주의.

동계휴가에 접어들면 다른 루트에서는 존재만이 거론되고 등장하지 않았던 예언자 『프로페타』와 만나고, 학원 옆에 연못을 파서 살게 한다.

에테르나가 각성한 뒤에는 주인공 일행을 특별 훈련을 위해 후구텐으로 데려가고, 거기서 초대 성녀 알프레아의 목소리를 듣고 알프레아의 무덤으로 간다.

거기서 알프레아와 만난 뒤 초대 마녀의 봉인을 파괴하고 알프레아를 해방했다.

이때 다른 루트에서는 한 번도 언급되지 않았던 초대 마녀 이브와 알프레아의 관계, 과거 해설이 나온다.

그리고 이야기 종반에 마침내 주인공에게 자신이 가짜 성녀임을 밝혔다.

그래도 상관없다고 주인공이 고백하지만, 자신의 수명이 얼마 남지 않았다는 이유로 주인공의 마음에 응할 수 없다며 거절한다.

이 이벤트는 엘리제의 호감도가 높아서 달라지지 않고, 무조건 차인다.

그리고…………

니토가 볼 수 있는 내용은 여기가 끝이었다.

다음에도 뭔가 글이 이어지는 것 같지만, 스크롤을 내리려고 해도 로딩이 끝나지 않아서 볼 수가 없다.

최근에는 고성능 PC를 새로 샀는데, 그래도 결과는 똑같았다.

역시 저쪽에서 뭔가 일어나지 않으면 이쪽에서 못 보는 듯하다.

이것 말고는 『알프레아』와 『프로페타』, 『크런치바이트 독맨』, 『엘리자벳 이블리스』 등, 다른 루트에서 등장하지 않는 캐릭터 항목도 늘어났다.

일단 확인해 봤지만, 여성 캐릭터라고 해도 모두가 공략 대상인 아닌 듯 알프레아와 엘리자벳은 비공략 캐릭터라고 확실하게 적혀 있었다.

이어서 동영상을 본다.

화면에서는 베르네르가 일생일대의 고백을 시도하지만, 엘리제에게 진실을 듣고 차였다.

그것을 본 니토나 '아차' 하고 손으로 얼굴을 가렸다.

이렇게 하면 상대를 연애 의미에서 좋아하지 않는다고 전하지 않고 거절할 수 있지만…… 이건 악수다.

자칫 잘못하면 베르네르의 투지를 뿌리째 꺾을 수 있다.

말을 골라서 되도록 직접적으로 차지 않으려고 한 거겠지만, 이럴 바에는 차라리 '지금은 연애에 관심이 없어요.' 라고 말하는 게 나았다.

혹은 '지금은 대답할 수 없어요.' 라고 해서 가망이 있는 것처럼 말하면 베르네르의 의욕이 떨어지지 않을 테고, 오히려 대답을 듣고 싶다는 일념으로 의욕이 커졌을 것이다.

그런데도 이 대답은 뭔가. 가장 해서는 안 되는 대답이지 않나.

'이 녀석, 엄청 당황했나 보군?' 이라고 분석한다.

후도 니토는 비정상적인 자신을 인식한 뒤로 쭉…… 어릴 적부터 오늘까지 남에게 사랑받은 적이 없다.

당연하다. 이렇게 음침하고, 무언가 어긋난 인간이 호감을 사는 건 이상하다. 니토 자신도 딱히 호감을 원하지 않았다.

그렇기에 익숙하지 않은 것이다. 순수한 호의를 들이대는 게.

실제로 자신에게 여성의 호의를 들이댄 적은 없지만…… 나는 저런 식으로 허둥대는 거겠거니 하고 복잡한 기분이 들었다.

아니지. 저렇게는 안 되나…….

현실감의 결여.

주관성의 결락.

자신을 객관적으로 본다고 하면 대단해 보이지만, 객관적으로만 볼 수 있다.

그런 자신이 다른 사람에게 호감을 산다고 마음이 동요할까?

자신의 조작하는 캐릭터가, NPC에게 고백받은 듯…… 필터를 거친 후도 니토의 눈으로는 그렇게 인식할 수밖에 없다.

물론 자신이 확실한 현실에 있다는 사실은 이성으로 이해하고 있다. 하지만 감각으론 이해할 수 없다.

도무지 현실감이 생기지 않는다. 후도 니토의 영혼은 언제나 두루 뭉술하고, 현실과 꿈의 경계에서 벗어나지 않는다.

그래서 만약 다른 사람이 고백해서 호의를 들이대도, 후도 니토는 그것을 '남 일'로 받아들인다.

눈앞에서 자신에게 똑똑히 말했다는 사실은 정보로서 이해할 수 있다. 하지만 실감할 수 없다.

어쩌면 이 심리적 반응은 정상화 편향에 가까울지도 모른다.

강 건너 불구경 정도가 아니다. 자기 눈앞에서 불이 타오르고 있어도 마치 남 일처럼 느낀다. 멀찍이 떨어진 데서 일어나는 사건처럼 본다. 그것이 후도 니토란 남자가 끌어안은, 해소할 수 없는 왜곡이다.

하지만 엘리제는 왠지 다른 것 같다.

(저 녀석은 역시…….)

떠올린 것은 과거 엘리제가 이쪽에 왔을 때 한 말이다.

'이러니저러니 해도, 나는 그 녀석들과 그 세계가 꽤 마음에 든다고. 그러니까 뭐…… 그걸 위해서라면, 어차피 얼마 못 가서 사그라들 내 목숨 정도는 버려도 아깝지 않아.'

엘리제는 그때 알기는 했을까? 자신이 지금까지 보인 적 없는, 자연스러운 미소를 띤 사실을.

내놓은 결론은 똑같고, 목숨이 아깝지 않다는 대답도 겹친다.

하지만 그것에 이르는 감정이 다르다.

적어도 후도 니토는 다른 누군가를 위해 진심으로 웃는 일이 전혀 없다. 앞으로도 없을 것이다.

다른 누군가를 아끼고, 그토록 부드럽게 웃을 수 없다.

──변하고 있다.

엘리제 본인은 모르는 채로, 현실에 점점 다가가고 있다.

아직 게임 감각이 덜 빠지고, 현실에서도 어릴 적부터 쭉 함께했던 이 감각이 빠질 줄은 본인도 생각하지 못하지만…….

그 녀석은 확실하게, 자신과는 다른 무언가가 되려고 하고 있다. 니토는 그렇게 생각했다.

『아아아아아아아아아아아아아아아아.』

『차였어어어어어어어어어어어어어!』

『다른 루트에서도 일찍 죽는 ㄴ님…….』

『그럴 줄 알았어(찌릿).』

『자기 루트에서도 운명을 피할 수 없나…….』

『ㄴ님은 왜 일찍 죽어?』

『아, 이건 강제구나. 호감도작 부족한 줄 알고 처음부터 다시 했는데.』

『어라? 내가 안 적었던가?』

『호 감 도 M A X 라도 무 조 건 차 는 여 자.』

『소 년 이 여, 이 게 절 망 이 다.』

『사 랑 따 윈 필 요 없 다!』

『어쨌든 간에 뭐라도 써놔.』

『너희 코멘트 때문에 화면이 안 보여.』

화면 속에서는 코멘트로 도배되어 아비규환 상태다.

아무튼, 저쪽에서는 슬슬 결정 직전인 듯하다.

원본 게임과 비교해서 전력도 매우 충실해져서, 마녀가 불쌍해질 정도로 차이가 난다.

애초에 니토가 아는 원본 게임에서는 마녀보다 압도적으로 강한 『성녀 엘리제』는 등장하지 않는다.

엘리제는 그저 거슬리고 더러운 적으로, 스토리에 따라서는 손해가 생길 수는 있어도 결코 이득이 되지 않는 존재였다.

그 내용물이 바뀐 것만으로도 이미 베르네르 일행에게 유리한데, 그 엘리제가 스토리 시작 전부터 힘쓰는 바람에 마녀의 세력권이 사라지고, 바깥의 마물도 거의 전멸 상태.

나라와 사람들이 번영해서 병사도 건강해져 질이 좋아졌다.

유통이 활발해져서 장비의 질도 좋아졌다.

항상 배를 곯는 메마른 병사와 영양을 잘 섭취하고 근육을 키운 병사 중에서 누가 더 강할지는 생각할 필요도 없으리라.

더군다나 게임의 병사와 기사는 엘리제에게 충성심이 있기는커녕 마이너스 상태이며, 그 뒤로 에테르나가 성녀가 되어도 가짜 성녀의 소행이 너무 지독했던 나머지 성녀에 대한 반감이 생기고 말았다.

거의 의무감만으로 싸운 셈이다.

반대로 변화한 뒤의 세계에서는 병사와 기사의 충성심이 최대로 치솟았고, 엘리제를 위해서라면 웃으며 죽을 수 있는 남자들이 넘쳐나고 있다.

사기의 차이가 너무 심하다.

인류는 엘리제의 깃발 아래에서 더없이 단결하고 있다.

설령 마녀가 밖에 나가도, 어디들 가든 엘리제의 아군밖에 없다. 완전히 고립 상태다.

이것만으로도 심한데, 추가로 주인공 팀에 초대 성녀도 가담했다.

까놓고 말해서, 알프레아 혼자서도 마녀는 토벌할 수 있다.

마녀는 앞으로 변변한 부하도 없는 상태로 초대와 당대의 성녀 두 사람을 동시에 상대해야 한다.

화면을 봐도 『알렉시아가 불쌍해졌어ㅋㅋㅋ』, 『오버킬이 심해.』, 『알렉시아 너무 불행해서 웃겨 죽겠네.』, 『성녀 시절엔 역대 최고급 마녀와 싸우고, 마녀가 되었더니 성녀×2와 무적의 가짜 성녀가 상대라니. 너무 불행하잖아ㅋ』 등, 적인 마녀를 불쌍히 여기는 코멘트로 가득했다.

벌써 결말이 보였다.

이렇게 말하면 패배 조건 같지만, 아무리 패배 조건을 쌓아도 알렉시아가 역전할 수단이 떠올리지 않는다.

저쪽은 조만간 끝난다……. 그렇다면 이쪽도 할 일을 해야만 한다. 니토는 그렇게 생각했다.

그러니까 PC 전원을 끄고, 아픈 몸을 끌고서 코트를 걸친다.

그러자 마침 딱 좋은 타이밍에 인터폰이 울리고, 니토는 밖으로 나갔다.

"안녕, 이쥬인 씨."

밖에는 얼마 전 이 아파트로 이사를 온 이쥬인 하루토가 있었다.

그는 니토의 안색을 보고 걱정하듯 말을 건다.

"괜찮아? 예전보다 상태가 나빠 보이는데…… 무리하지 말고 쉬워도 돼. 『피오리의 거북이』 이야기는 내가 듣고 너한테 말할 수 있어."

"쉬어도 나빠지기만 하지, 좋아질 일은 없어. 내게 남은 시간은 짧아……. 하다못해 내 스스로 움직일 수 있을 때, 진실을 직접 듣고 싶어."

니토의 얼굴은 이쥬인이 말한 것처럼 예전보다 심각해졌다.

눈이 퀭해지고, 뺨이 쑥 들어가, 마치 살이 없어진 해골 같다.

머리도 빠져서 모자로 감추고 있다.

팔도 성인 남성으로 보이지 않을 만큼 가늘고 허약하다.

그래도 니토는 당당히 웃는다.

진심 어린 웃음은 모른다. 그래도 표정근을 움직여 억지로 웃는다.

지금까지 쭉, 『삶』을 실감한 적이 없었다.

언제나 왠지 남 일 같고, 하늘 위에서 자신이라는 '캐릭터'를 보고 조작하는 감각이 있었다.

그런데 어째서인지 지금은…… 죽음을 목전에 두고, 과거에 없었던 '삶'을 실감하고 있었다.

"자, 가자……. 그 세계의 진짜 창조자…… 시나리오를 썼다고 하는 『피오리의 거북이』가 있는 곳으로."

그렇게 말하는 니토의 손에는 요 며칠 사이에 알아낸 『영원의 산화』 시나리오 라이터의 연락처가 적혀 있었다.

제64화 피오리의 거북이

야모토 타마키(夜元玉亀).

그것이 요 며칠 사이에 도달한 시나리오 라이터 『피오리의 거북이』의 본명이었다.

원래라면 금방 알아낼 수 있어야 하는 그 이름 하나를 조사하는데 이상하게 시간이 오래 걸렸다.

이쥬인은 이름을 전혀 떠올리지 못했고, 회사에서 자료를 뒤져도 이상하게 찾아내질 못했다.

마치 구름을 손으로 잡는 듯, 손에 잡히지 않는다.

결국 그 이름을 알아낸 것도 '저쪽'의 스토리가 어느 정도 진행된 뒤였다.

그러자 이번에는 신기하게도 지금까지 몰랐던 것이 갑자기 알 수 있게 되었다.

시나리오 라이터의 본명도 갑자기 떠올랐다.

반대로 당연하다고 할까, 이쥬인의 머릿속에 있었던 '원래 이야기' …… 엘리제가 오만방자한 악역이라는 원래 시나리오의 기억이 마치 뒤바뀐 것처럼 흐릿해졌다.

엘리제가 원래는 악역이었다는 사실과 정말로 다른 시나리오였다는 사실은 간신히 떠올릴 수 있다.

그러나 그 이상으로 '원래 지금 스토리였다', '엘리제는 원래 진짜보다 더 성녀다운 가짜 성녀였다'는 인식도 강해진 것이다.

그렇다 마치 두 사람 말고 모두가 그렇게 인식하는 것과 똑같이.

이쥬인도 서서히 예전 세계를 잊기 시작했다.

이것이 대체 무엇을 의미하는지는 좀처럼 모르겠다.

애초에 이런 오컬트 같은 일을 해석한다고 한들 올바른 답을 얻을 수 있을까?

어쩌면 아무리 찾아봐도 정답을 얻을 수 없을지도 모르고, 애초에 답이 없을지도 모른다.

기껏해야 사람의 지혜가 미치는 범위란 이런 법이고, 애초에 세계의 변질을 이해하려고 하는 것이 실수라고 하면 반박할 수 없다.

예를 들어 우주의 바깥이 어떤지는 추측할 수 있겠지만, 진실은 평생을 바쳐서 모를 것이다. 이번 일은 그것과 비슷한 수준일지도 모른다.

그래도 찾아볼 수 있는 부분은 찾아야 하고, 막다른 골목에 부딪힐 때까지 하지 않으면 평생 답답함이 남겠지.

곧바로 이쥬인은 피오리의 거북이—— 야모토 타마키에게 연락하고, 직접 만나서 이야기하기로 약속을 잡았다.

상대는 그 장소로 조금 비싼 카페를 요구했고, 거기서 대면해서 이야기하기로 했다. 여담으로 식비는 이쥬인이 내기로 했다.

아무튼 겨우 접촉한 상대다. 이 기회를 놓칠 수는 없다며 이쥬인이 하는 수 없이 이번 회식에 찬동함으로써, 오늘 이야기할 수 있게 된 것이다.

찾아간 카페는 현대 일본에서도 붕 뜰 것 같은 벽돌 건축물로, 안에는 테이블과 의자, 바닥이 나무 재질로 통일되어 있다.

조명으로 천장에 달린, 시크한 느낌의 나는 촛대 모양 샹들리에가 가게 안을 너무 밝지 않은 정도로 비추고 있다.

개방적인 유리벽에서는 바깥 거리가 잘 보였다.

왠지 중세 느낌의 분위기가 나는 그 가게 안에서, 이쥬인은 점원에서 약속한 상대가 어디 있는지를 물어봤다.

그러자 점원은 웃는 얼굴로 한 자리를 가리켰다.

거기 앉은 사람은…… 여자다.

더군다나 젊다. 20세도 안 되지 않았을까.

검은 머리를 어깨까지 기른, 정장 차림의 여성이다.

외모는 평균 이상이라고 할까. 눈이 확 떠지는 미녀는 아니지만, 못생긴 것도 아니다.

두 사람은 그 자리로 가서 먼저 말을 걸었다.

"실례합니다. 당신이 야모토 씨입니까?"

"네, 그래요. 당신은 이쥬인 씨군요? 기다리고 있었어요."

보아하니 정말로 이 여성이 두 사람이 찾던 인물인 듯하다.

그 사실을 확인하고, 두 사람은 마주 보는 의자에 앉았다.

야모토의 앞에는 접시가 몇 개 있어서, 기다리는 동안 제법 비싼 것을 시킨 것을 알 수 있다. 이 비용은 물론 이쥬인이 낸다.

"그나저나 그쪽 분은……."

"이 사람은 동행인이야."

"저기…… 괜찮아요? 안색이 너무 나쁜데요."

"신경 쓰지 말아줘."

야모토는 먼저 후도 니토의 안색과 야윈 몸을 걱정했다.

점원도 굳이 손님의 상태에 관해서 참견하지 않았지만, 종종 이쪽을 보는 것으로 봐선 역시 니토의 나쁜 몸 상태가 눈에 띄는 듯하다.

아마도 '가게에서 쓰러지지 말았으면' 하고 생각하는 거겠지.

혹시나 죽기라도 했다간 가게의 잘못이 하나도 없더라도 나쁜 소문이 나서 폐를 끼친다.

그러므로 가게 측에서는 솔직히 얼른 나가 주기를 바랄 것이다.

"그래서…… 오늘은 저와 이야기하고 싶다고 했는데요. 어쩐 일이죠? 속편 시나리오는 예전에도 말한 것처럼 아직 완성하지 못했는데요. 애초에 말씀드렸다시피 저는 원래 『영원의 산화』를 한 편으로 끝낼 작정이었는데, 멋대로 속편 공지를 띄우면 무척 곤란해요. 처음부터 생각하지 않은 걸 어쩌라는 건지……."

"그 점은 미안하군. 하지만 인기도 좋았고, 우리 회사의 게임 중에서 가장 잘 팔렸으니까, 속편을 안 낼 수는 없단 말이지. 속편을 원하는 의견도 많았고……. 그래서 속편 시나리오는 새롭게 다른 사람을 찾아서……."

"안 돼요. 어디의 누군지도 모르는 사람에게 이야기를 맡길 순 없어요. 차라리 속편은 없다고 공지를 띄우면 될 텐데."

야모토는 다소 불만스럽게 말하며 이쥬인을 원망하듯 봤다.

보아하니 『영원의 산화』의 속편이 언젠가 나온다고 한 것은 회사

측에서 멋대로 공지한 내용 같다.

그렇군. 이러니까 아무리 지나도 속편이 나오지 않았던 건가.

시나리오를 쓰던 사람은 원래 1편으로 끝낼 작정이었으니까, 다음 이야기는 처음부터 생각하지 않았던 것이다.

"그건 그렇고…… 이번에는 그 이야기를 하려고 온 게 아니야. 사실은 조금 이상한 일이 생겼어. 오컬트 같은 일이라서 믿기지 않을지도 모르겠는데…… 일단 들어주지 않겠어?"

"오컬트……라고요?"

그때부터 이쥬인은 지금까지 있었던 불가사의한 일을 설명하기 시작했다.

자신과 후도 니토가 아는 원래는 게임 시나리오. 엘리제란 캐릭터의 엄청난 변화.

어째서인지 이쪽 세계에 엘리제가 출현하고, 그 행동에 맞춰 게임 내용도 변한다는 사실.

달라진 것을 인식하는 사람은 자신들밖에 없고, 다른 사람들은 모두가 처음부터 그랬다고 인식한다는 사실.

나아가 다음 정보…… 즉, 스포일러를 보려고 하면 어째서인지 전혀 볼 수 없다는 사실도.

그 전부를 들었을 때, 야모토는 입가에 손을 대고 진지한 표정을 지었다.

"흥미로운걸…… 난 처음부터 지금 시나리오로 썼을 텐데……. 하지만 지금 들은 내용은 확실히 저쪽에 있을 때 본 이상한 시나리오와 일치해……. 시간축이 어긋났나……? 가능성의 분기? 역시 열쇠는 엘리제였던 걸까……?"

야모토가 뭔가 중얼중얼 혼잣말하고 있다.

이윽고 고개를 들고, 이쥬인과 니토를 똑바로 봤다.

"무척 엉뚱한 이야기였지만, 아무튼 믿어보죠."

"너무 쉽게 믿는걸. 내가 할 말은 아니지만, 터무니없는 소리를 하는 것 같은데."

"뭐, 그렇겠죠. 다만…… 저도 조금은 터무니없는 처지여서요."

그렇게 말하고, 야모토는 입꼬리를 올렸다.

역시 이 불가사의한 현상에 관해 뭔가 아는 걸까?

적어도 바탕이 없으면 이런 이야기를 '아, 그렇군요.' 라고 믿을 수 없다.

실제로 두 사람은 오늘 야모토에게 무시당할 것을 각오하고 여기에 왔다.

하지만 다음 순간, 야모토의 입에서 더욱더 믿기지 않는 사실이 밝혀졌다.

"사실은…… 『영원의 산화』는 내가 생각한 이야기가 아니에요. 저쪽 세계…… 피오리에서 실제로 있었던 일을 이야기로 썼을 뿐이죠."

"저, 저기…… 그건 대체……."

"저는 저쪽 세계에서 살았어요. 그리고 죽어서 이쪽에서 태어났죠. 윤회전생이라고 하던가요? 이유는 모르겠지만, 전생의 기억이 있어서……. 그래서 제가 아는 엘리제는 처음부터 지금처럼 성녀보다 성녀다운 가짜 성녀, 당신들이 말하는 추악한 엘리제는 제가 본 적이 없고, 쓴 기억도 없습니다."

야모토는 놀랍게도 저쪽 세계에서 이쪽 세계로 환생한 인물임을 고백했다.

확실히 터무니없는 존재다.

니토는 자신과 엘리제란 전례가 있는 걸 아니까 받아들일 수 있었지만, 그 사실을 가르쳐 준 적이 없는 이쥬인은 몹시 곤혹스러워했다.

"그, 그런 일을…… 믿을 수 있겠나? 애초에 만약 환생이 있다고 해도, 뇌는?! 기억은 뇌에 축적되는 거야. 가령 그런 일이 있다고 해도, 기억은 이어질 수 없어!"

이쥬인이 하는 말은 지당하다.

기억을 보존하는 것은 뇌다.

환생이 있다는 전제로 이야기하면, 그 뇌도 가져오는 게 아니니까 기억을 가져갈 순 없다.

그러나 그렇듯 상식으로 잴 이야기가 아니라고, 니토는 생각했다.

인간의 지혜로는 이해할 수 없는 세계가 있다……는 그런 거겠지.

"이쥬인 씨. 우리 이야기를 믿어 주는 거니까, 우리도 믿자고. 안 그러면 이야기를 진행할 수 없어."

"끙…… 그래도 말이지……. 아니, 알았어. 그래. 먼저 이야기를 진행해야지."

이쥬인은 아직 받아들이지 못하는 듯하지만, 아무튼 지금은 그렇다고 쳐도 좋으니까 믿지 않으면 이야기가 고착 상태에 빠진다.

그러므로 의문을 버리고, 물을 거칠게 들이켰다.

"그렇다면 자네는…… 적어도 자네의 인식으로는 세계가 변한 적이 없고, 게임 시나리오도 처음부터 지금 상태였다. 그걸 이상하게 여기는 건 우리밖에 없다…… 그런 거지?"

"네. 당신들은 볼 있는 정보에 제한이 걸리고, 미래를 볼 수 없는 것이 아직 미확정 상태라고 여기는 듯한데…… 제가 봤을 때는 그렇지 않아요. 게임 결말도, 앞으로 있을 이벤트도, 저는 전부 파악하고 있습니다. 제가 보면 저쪽 세계에서 일어난 일은 이미 확정된, 끝난 일이에요. 그야 그걸로 시나리오를 쓴 거니까요."

이쥬인을 대신해서 니토가 질문하지만, 그 대답은 또다시 전제를 뒤집었다.

지금까지 니토는 자신이 게임에서 일어난 일을 모르는 이유를, 미확정 상태이기에 그렇다고 생각했었다.

엘리제가 실제로 한 일이 게임에 반영된다고.

그러니까 아직 일어나지 않은 일은 알 수 없다고 생각했고, 엘리제에게도 그렇게 말했다.

하지만 그렇지 않았다.

자신들만이 볼 수 없을 뿐, 이미 확정된 미래를 다른 사람이 볼 수는 있다.

적어도 엘리제의 행동에 실시간으로 세계가 바뀌는 일은 없었다.

"그렇다면…… 우리는 왜 다음 이벤트를 볼 수 없지? 아무리 조사해 봐도, 현재 엘리제가 하는 것 이상은 알 수 없어. 엘리제에게 미지의 미래는, 우리에게도 미지의 미래야."

"아무리 보려고 해도, 로딩이 그 시점에서 멈춘다……고 했던가요? 아마도…… 추측이지만, 그건 세계의 수정력이 아닐까요? 당신들은 믿을 수 없겠지만, 세계에는 의지가 있어요. 저쪽 세계에서는 그것에 의해 마녀와 성녀가 태어났죠. 아마도 그것과 마찬가지로 지구의 의지가 모순을 꺼려서 당신들의 인식에 필터를 걸었을 거예요. 그야 엘리제와 접촉할 수 있는 당신들이 미래의 정보를 알면…… 그걸 엘리제에게 가르쳐 주고, 그 정보로 엘리제의 행동이 변해서 타임 패러독스가 생기죠. 그렇게 안 되도록 수정하는 힘이 작용하고 있다……고는 생각할 수 없을까요?"

야모토가 말하는 추측을 듣고, 니토는 목을 꿀꺽 울렸다.

세계가 현재진행형으로 다시 쓰이는 게 아니라, 자신들만이 이미 변한 세계를 인식하지 못할 뿐이다.

그렇군. 적어도 세계 전체가 변했다는 것보다는 훨씬 납득할 수 있다.

이 세계는 처음부터 이랬고, 『영원의 산화』의 시나리오도 바뀐 적이 없다. 처음부터 그랬다.

그러나 니토 혼자 엘리제와의 접점으로 다른 시나리오를 알 뿐이다.

이쥬인도 그렇게 된 것은…… 니토가 접촉하는 바람에 덩달아 세계의 필터가 걸린 거겠지.

PC도 똑같다. 니토에게…… 정확하게는 니토를 경유해서 엘리제에게 정보가 가지 않게끔 절대로 열람할 수 없게 되었다.

그것과 마찬가지로 니토가 접촉한 이쥬인의 인식과 기억도 뒤바뀌어 니토에게 정보가 가지 않게 되었다.

즉, 이쥬인은 그냥 말려든 셈이다.

최근 들어서 지금 게임 시나리오를 전혀 이상하게 여기지 않고 '원래부터 이렇지 않았나?' 라고 생각하게 된 것은…… 저쪽의 이야기가 다 끝나가서 필터의 필요성이 희박해진 탓일까.

아마도 이쥬인은 조만간 지금 시나리오가 정상이라고 인식하게 될 것이며, 예전 시나리오를 잊을 것이다.

"하지만 그렇다면 너한테도 수정력이 작용할 거야. 내가 너에게 미래를 들어서 엘리제에게 말할 수도 있을 텐데."

"그럴 순 없어요. 저는 처음부터 내용을 누설할 마음이 없으니까. 반대로 내용을 말하려고 생각한 순간에 제 인식도 바뀌겠죠."

능청스럽게 말하고, 야모토는 커피를 마셨다.

보아하니 정말로 자신과 엘리제는 게임 결말을 그때까지 알 수 없을 것 같다.

그렇게 생각하고, 니토는 지친 듯이 한숨을 쉬었다.

제65화 세계선의 분기

"일단 이야기를 정리해 보죠. 당신들만 아는, 엘리제가 추악한 악역인 게임 시나리오를 『시나리오 A』. 이 세계 사람들이 아는, 엘리제가 진짜보다 더 성녀다운 게임 시나리오를 『시나리오 B』라고 할게요. 제 시점에서는 제가 전생에 저쪽 세계에 있던 시점에서 그 세계에서는 『시나리오 B』와 전개가 같았고, 그래서 저는 이쪽에서 다시 태어난 다음에 그 이야기를 시나리오로 썼습니다. 따라서 제 시점에서 『시나리오 A』는 애초에 존재하지 않았어요."

야모토는 그렇게 단언하고 멜론 소다를 마신다.

세계의 개변, 덮씌우기 같은 것은 처음부터 발생하지 않았다.

엘리제와 후도 니토만 그렇게 생각했을 뿐이다.

그렇게 단언한 야모토에게, 니토는 궁금해진 것을 물어봤다.

"저쪽에서 본 이야기를 그대로 게임 시나리오로 썼다고 했지? 하지만 『영원의 산화』는 공략 히로인에 따라서 스토리가 바뀌는 멀티 엔딩 방식이야. 저쪽에서 본 이야기가 아닌 스토리도 있을 텐데……."

"아, 그건 그냥 예상……이라고 할까, 창작이에요. 제가 '아마도 이때 베르네르가 이렇게 했다면 이렇게 됐겠지'라고 상상한 것에 불과하죠. 실제로 저쪽에서 있었던 일은 게임에서 말하는 엘리제 루트의 사건입니다. 그래서 저는 게임에서도 엘리제 루트를 진엔딩에 도달하는 그랜드 루트로 설정했죠."

듣자니 엘리제 루트가 아닌 다른 루트는 단순한 창작인 듯하다.

어쩐지 이쪽에서 아무런 문제도 없이 볼 수 있었다 했다.

타임 패러독스를 피하려는 세계가 엘리제에게 미래의 정보를 주지 않으려고 했다면, 다른 루트도 볼 수 없어야 했다.

하지만 엘리제 루트 말고는 단순히 야모토의 창작이었다.

니토는 예전에 다른 루트를 다른 가능성의 미래라고 생각했는데, 예상이 완전히 어긋났다.

애초에 다른 가능성조차 아닌, 단순한 상상도. 그러니까 볼 수 있었다.

"일단 말해두자면, 평범한 예상이 아니에요. 제 작은 특기라고 할까요…… 전생 때부터 조금 뒤의 미래를 예측하는 걸 잘했거든요."

그건 엄청난 특기라고 생각하지만, 예상은 예상에 불과하다.

니토는 물을 마셔서 목을 축이고, 이야기를 계속한다.

"그렇다면 『시나리오 A』는 우리 망상의 산물인가?"

"그럴 가능성도 있지만…… 그 밖에도 생각해 볼 수 있는 것이 있어요. 이건 다른 이야기지만, SF 같은 데서 종종 과거를 바꿀 때, 그 결과로 일어나는 일에는 주로 세 가지 패턴이 있죠. 그게 뭔지 아나요?"

"정말로 뜬금없는 이야기군. 과거를 바꾸면 미래가 바뀌는 거 아닌가?"

"그래요. 그게 첫 번째 패턴. 유명한 걸로는 미래에서 살인 로봇이 오는 영화에 해당하겠죠."

갑작스러운 화제 전환에 의문을 느끼면서도, 아무튼 생각한 것을 말했다.

그러자 야모토는 고개를 끄덕이고 그것도 하나의 패턴이라고 긍정했다.

"다음은 '개변을 포함한 흐름이 전부 성립하는' 패턴이지? 예를 들어서 누가 나를 구해줬는데, 나중에 과거로 돌아가 보니 자신을 구한 게 미래에서 온 나였다는 식으로. 개변을 포함해서 성립하니까 결과적으론 전부 인과적으로 당연한 일이 당연히 발생한 패턴이지. 유명한 건 영국의 마법사가 주인공인 소설이 있던가."

"네. 그게 두 번째죠. 뭐, 그 작품은 얼마 전에 나온 신작에서 첫 번째 패턴이 되었지만요."

이쥬인이 다른 패턴을 제시하고, 야모토가 수긍한다.

"그리고 마지막은 '과거를 바꿔도 지금 세계는 변하지 않는다' …… 즉, 새로운 평행세계가 탄생하고 끝인가."

"네. 그게 패턴 C입니다."

"무슨 말을 하려는 건지 모르겠군. 그게 지금 이야기와 무슨 관계가 있지?"

어쨌든 간에 대답해 보긴 했지만, 뭘 말하고 싶은 건지 짐작할 수 없다.

자신들은 SF 이야기를 하려고 여기 온 게 아니다.

그런 니토에게, 야모토는 손가락을 세워서 차분하게 말한다.

"시나리오 A와 시나리오 B의 가장 큰 차이점은 엘리제예요. 제가 생각하기로, 당신들이 본 시나리오 A의 평행세계도 어딘가에 존재하는 거겠죠. 시나리오 A와 똑같이 진행되는 세계를 피오리 A와 지구 A. 제가 전생에서 산 세계와 지금 우리가 있는 세계를 피오리 B, 지구 B라고 합시다."

야모토는 그렇게 말하며 테이블 위에 종이를 두고, 동그라미를 네 개 그렸다

왼쪽 동그라미는 위에 피오리 A, 아래에 피오리 B라고 쓰고, 오른쪽 동그라미는 똑같은 위치에 지구 A, 지구 B라고 적는다.

"우선 스타트 지점은 여기예요. 여기서는 당신들이 아는 사건들이 전개됐다고 가정하죠."

그렇게 말하고, 야모토는 먼저 피오리 A를 볼펜으로 가리켰다.

"이 피오리 A에는 제가 아닌 전생의 제가 있어요. 그 전생의 제가 관측한 이야기는 당연히 『시나리오 A』입니다. 그리고…… 이쪽에서 환생합니다."

피오리 A에서 지구 A로 화살표를 그린다.

"이쪽의 저는 전생에서 본 사건을 바탕으로 『영원의 산화』의 시나리오를 씁니다. 그리고 당신들이 아는 『시나리오 A 영원의 산화』가 완성되고…… 여기서부턴 상상인데, 엘리제는 모종의 이유로 이 시나리오 A를 관측한 것 같아요. 실제로 그 행동에서는 종종 절대로 몰라야 하는 것을 아는 것처럼 보이는 부분이 있었고요."

니토는 그 이유를 알았다.

야모토는 모르겠지만, 이 『지구 A』에서 『피오리 B』로 화살표가

있는 것이다.

그렇다. 아마도 원래는 지구 A에 있던 엘리제가 과거의 피오리에서 다시 태어났다.

그리고 원래와는 확연하게 다른 행동을 취하는 바람에 세계가 분기하고, 『피오리 B』가 탄생한 것이다.

"엘리제의 행동으로 가능성이 분기하고, 『피오리 B』가 탄생합니다. 이제는 아까와 똑같이 이 『피오리 B』에서 제가 지금 우리가 있는 지구 B에 다시 태어나고, 시나리오를 쓴 거죠."

"그렇군……. 그렇다면 우리가 아는 시나리오는 다른 세계선에 있는 시나리오인 건가."

이야기하면서, 니토는 다시 머릿속에 가설을 세웠다.

엘리제는 처음에 지구 A에서 시작했다. 이건 확실하다.

안 그러면 애초에 '자기 행동을 바꾸자'고 생각할 리가 없다.

처음에 시나리오 A의 추악한 엘리제를 혐오해서 모든 것이 시작된 거니까, 스타트 지점은 무조건 지구 A다.

그리고 그 엘리제가 환생하다가 남긴 영혼인 니토 자신도 처음에는 지구 A에 있었을 것이다.

거기까지 생각하고, 니토는 문득 예전에 코트 위치가 바뀐 것을 떠올렸다.

(그래……. 이동한 거야! 나만! 아마도 본체인 엘리제에게 끌려가는 형태로, B 세계선에 빨려든 거야!)

아마도 모든 시작인 환생 때 이동했을 것이다.

엘리제는 과거의 피오리로 날아가고, 거기서 역사를 바꿨다.

그리고 니토 자신은 역사가 바뀐 뒤의 세계…… 지구 B에 남고, 그 세계의 자기 자신과 통합되었다.

즉, 이렇게 된 셈이다. 처음에 지구 A에서 후도 니토가 죽고, 영혼이 둘로 나뉘었다.

영혼의 대부분은 엘리제에게 가고, 남은 영혼은 평행세계의 후도 니토에게, 각각 빙의하는 형태로 환생했다.

그래서 옮긴 적이 없었던 코트가 움직인 것이다.

아마도 그건 원래 이쪽 세계에 있던…… 그리고 자신이 덧씌워 버린 원래의 후도 니토가 움직인 거겠지. 그러니까 자신은 기억하지 못한 것이다.

이쥬인은…… 이쪽은 역시 단순한 피해자겠지. 그는 원래부터 『시나리오 B』밖에 몰랐는데 니토와 접촉하는 바람에 세계에 의해 니토의 인식과 강제로 맞춰진 것이다.

하지만……하고 생각한다.

(뭐…… 기껏해야 전부, 예측해 불과하다는 게 문제군……. 애초에 세계이니 시간이니, 그런 건 인간이 이해할 수 있는 영역이 아니야. 생각할수록 머리만 복잡해질 거다. 아무튼, 엘리제가 게임 세계에 들어간 게 아니라, 게임이 저쪽 세계를 바탕으로 했다는 사실만은 알았군.)

결국, 여태까지 이야기해서 알아낸 사실은 그게 전부다.

아무리 찾아도 답을 알 수 없다. 애초에 해답을 볼 수가 없으니까.

그러니까 자신들은 '이런 걸지도 모른다'는 가설을 세워서 납득할 수밖에 없다.

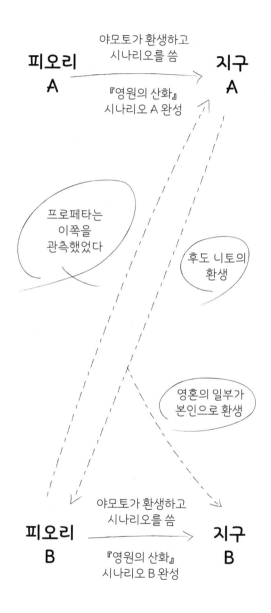

그래도 한 가지 확실한 건, 저쪽 세계는 정말로 존재하며, 게임이 아니라는 사실이다.

(이봐, 또 다른 나…… 그쪽도 진짜 현실이래. 그러니까 슬슬 게임 감각을 관두는 게 좋아. 안 그랬다간…… 아마도, 언젠가는 후회할 일이 생길 거니까.)

내가 할 말은 아니군.

그렇게 생각하면서도, 니토는 저쪽 세계에 있는 자신이 후회하지 않는 길을 선택해 주기를 기대했다.

◇

끼얏호! 결전의 때다—!

베르네르의 충격적인 고백에서 며칠이 지나고, 드디어 지하 돌입 작전을 실행하는 날이 맞이했다.

아, 그건 위험했는걸.

어떻게든 수명이 얼마 남지 않은 사실을 고백해서 빠져나간 내 현란한 회피를 자화자찬해 주고 싶다.

자, 그건 그렇고. 변태안경남의 말로는 측근 문어의 계략이 성공해서 성녀가 학원에서 멀어졌다고 알려줬더니 마녀가 좋은 느낌으로 긴장을 풀었다고 하니까, 돌입하려면 지금이 가장 좋다고 한다.

그리고 슬슬 디아스 연기가 힘들어지기 시작했다고 한다.

뭐, 어려운 건 이쪽도 마찬가지다.

나는 간신히 지금도 성녀의 자리를 붙들고 있지만, 베르네르가 언제 '저 녀석은 사실 가짜야.' 라고 폭로할지 조마조마해서 견딜 수 없다.

베르네르는 왠지 실수로 폭로할 것 같아서 무섭다.

그러므로 후다닥 끝내고, 성녀의 자리를 에테르나에게 돌려주려고 한다.

그 뒤로는 아무래도 좋다. 살아남으면 야반도주해서 어디선가 여생을 느긋하게 보내고, 죽으면 저세상에서 느긋하게 지낸다.

어떻게 되든지 가짜 성녀인 사실이 들키면 모두가 손바닥을 확 뒤집고 '뭐야, 가짜였어? 그러면 죽어도 되겠지.' 라고 말하면서 아무도 슬퍼하지 않겠지.

돌입 작전의 내용은, 먼저 베르네르 일행이 특별 수업의 형태로 지하 2층에 간다.

듣자니 마녀가 '만약을 대비해서 성녀에 대한 인질을 잡고 싶으니까 성녀와 친한 생도를 몇 명 지하로 보내라' 는 메시지를 보냈다고 한다.

이건 우리에게도 잘된 일이다. 애초에 가장 큰 문제가 어떻게 하면 의심받지 않고 돌입조를 지하에 보낼지였으니까.

그러므로 이걸 이용하는 형태로 베르네르 일행을 지하에 보내고, 거기서 마녀를 몰아붙이게 한다.

그동안 나는 마력 흡수를 실행해 마녀의 텔레포트를 봉쇄한다. 다음에는 나도 지하에 가서 마녀를 두들겨 패고, 막판에 알프레아가 봉인하면 완벽하다.

마지막엔 가짜 성녀임을 고백하는 편지를 남기고 야반도주한다.

그렇게 하면 '진짜 성녀 에테르나 만세!' 인 해피 엔딩이 되겠지.

만약 봉인이 실패하면, 그때는 내가 마녀를 해치우고 저세상 길동무가 되면 된다.

훗…… 실패할 요소가 하나도 없어. 이건 이겼군.

"이 작전의 성패는 당신들에게 달렸어요. 하지만 결코 내 목숨을 버려서라도, 같은 생각은 하지 마세요. 당신들의 역할은 어디까지나, 텔레포트를 쓸 수 없을 정도로 마녀가 마력을 소모하게 하는 거예요. 그것만 달성하면 망설이지 말고 철수하세요. 알았죠……?"

이 멤버 중에서 나 말고 누군가가 죽으면 마녀를 토벌하고 평화로워져도 나로서는 큰 실패다.

목표는 모두가 생존하는 해피 엔딩. 그것밖에 없다.

그러니까 목숨을 버려서 사명을 다하겠다는 생각은 하지 않게끔 신신당부한다.

"네!"

"저기, 가기 전에 마운트 먹어도 돼?"

약 2명을 제외한 모두가 한목소리로 대답했다.

눈치 없이 푸딩을 요구하는 건 알프레아다.

초대 성녀란 대체…….

그리고 대답하지 않은 나머지 한 명은 베르네르로, 뭔가 심각한 얼굴이다.

"베르네르?"

"아, 네! 알겠습니다! 최선을 다하겠습니다!"

말을 거니 황급히 대답하는데, 정말 괜찮은 걸까?

제발 부탁하자. 넌 주력이니까.

이상한 데서 멍때리다가 실패하진 말아 달라고.

이건 농담이 아니야. 알았지? 똑바로 해!

실수로라도 적 앞에서 멍때리지 마!

제66화 지하 돌입

학원 지하 깊은 곳…… 거기에 만들어진 자기 방에서, 알렉시아는 호위로 남긴 마물들에 에워싸여 지내고 있었다.

측근인 옥토가 자리를 비우는 바람에 다소 불안하지만, 예전과 비교하면 알렉시아에게 여유가 있다.

안색도 조금은 좋아져서, 과거의 미모를 조금이나마 되찾았다.

그 이유는 디아스가 보낸 스틸이 전한 내용이었다.

"안심해 주십시오, 알렉시아 님. 옥토는 무사히, 성녀를 학원에서 멀리 떨어뜨리는 데 성공했습니다"

성녀를 학원에서 떨어뜨릴 계책이 있다고 자신만만하게 나갔던 옥토의 작전이 잘 성공했다고 한다.

엘리제에게 비뚤어진 동경과 원한이 있는 생도를 조종해 마녀를 연기하게 하고, 학원에서 이탈했다.

그러자 엘리제도 이것을 마녀로 오인하고 추적했다고 한다.

마녀로 몰린 생도, 엘리자벳은 지금쯤 처치됐을까.

옥토가 돌아오지 않는 걸 보면 그 생도와 함께 엘리제에게 죽은 거겠지.

마녀가 되었을 무렵부터 곁에 있어 준 가장 충실한 측근을 잃은 건 뼈아픈 손실이지만, 알렉시아의 마음에는 안도가 있었다.

이제야 겨우 그 무시무시한 성녀가 학원에서 눈을 뗐다. 이보다 더 기쁜 일은 없다.

하지만 어쩌면, 다시 이곳에 눈길을 줄 가능성도 있다.

그래서 알렉시아는 보험으로써, 엘리제와 친한 생도 몇 명을 수중에 넣으려고 했다.

예전에 조종한 여자, 파라와 똑같이 꼭두각시로 만들어 이쪽으로 데려오면 혹시라도 엘리제가 돌아왔을 때를 위한 인질이 된다.

이건 묘수다. 그렇게 자화자찬한 알렉시아는 곧장 디아스에게 계획을 전하고, 오늘 생도들이 지하로 온다는 소식을 들었다.

명목상으로는 특별 수업이다.

길이 복잡한 유적 안에서 마물과 싸우는 훈련으로서, 교사 중에서도 일부만 아는 지하 2층에서 전투 훈련을 받게 해라……. 그렇게 속이고, 디아스의 말에 넘어간 교사가 생도들을 데리고 오는 것이다.

인원은 그 교사를 포함해 아홉 명. 제법 많지만, 알렉시아에게는 큰 문제가 아니다.

오히려 인질이 늘어나서 좋다.

인질이 한두 명밖에 없으면 싫어도 그것을 아껴야 한다.

인질이란 방패이면서 짐짝이며, 이쪽의 생명줄이기도 하다.

숫자가 적으면 그 인질을 섣불리 해칠 수 없다. 그 인질을 잃으면 궁지에 몰리기 때문이다.

하지만 숫자가 많으면…… 본보기로 한 명 정도를 난자하거나, 죽여도 대신할 게 있다.

그러면 엘리제도 확실하게 주저하리라.

아니, 성격이 무른 그 여자라면 인질을 위해 자살하라고 협박해도 따를지 모른다.

물론, 말처럼 쉬운 일은 아니다.

기사가 되려는 생도가 여덟 명이나 있다면, 그만큼 대단한 전력이 된다.

그러나 여기에는 강력한 마물이 네 마리 있고, 무엇보다 알렉시아가 있다.

다소 많더라도 기껏해야 거미줄에 걸린 불쌍한 사냥감이다. 아무 문제도 없다.

알렉시아는 아직 모른다.

자신이 있는 이 학원 지하가 그 거미줄이라는 사실을.

◇

"헤에, 지하 훈련실 아래에 이런 데가 있는 줄 몰랐는데."

존이 주위를 보면서 태평하게 말한다.

속으로는 긴장했지만, 아직 겉으로는 드러내지 않는다.

그들은 지금 어디까지나 '아무것도 모르고 유인당한' 생도다.

이 작전에서 가장 중요한 건, 자신들이 엘리제가 보낸 자객인 사실을 마녀에게 들키지 않는 것이다.

엘리제에게 장소가 들켰다고 판단하면, 마녀는 곧장 도망친다.

그렇게 여기지 않도록 하고 전투를 시작하고, 마력을 소모시키는 것. 그것이 베르네르 일행의 역할이다.

조금 나아가자 이 지하에서 가장 널찍한 공간이 나온다.

그러자 마치 기다렸다는 듯이 네 마리 마물을 거느린 검은 여자가 보였다.

허리까지 기른 백발을 검은 후드가 감추고, 복장도 새까만 드레스다.

야위어서 홀쭉해진 뺨. 눈 아래에는 짙은 다크서클.

입술은 보라색으로 물들어, 딱 봐도 마녀라는 느낌을 외모로 드러내고 있다.

온몸을 검은 안개 같은 것이 감싸서, 베르네르는 그 모습에서 과거의 자신을 떠올리고 혐오감이 들 수밖에 없었다.

주위를 에워싼 것은 와이번, 미노타우로스, 히포그리프, 오르토스…… 하나같이 강력한, 정규 기사도 고전을 면치 못하는 강적이다.

와이번은 드래곤의 머리와 독수리 발, 박쥐 날개를 지닌 괴물이다. 꼬리는 뱀이며, 하늘을 날며 불을 뿜는다.

역사가 오래된 마물이어서, 역대 마녀가 즐겨 만드는 마물이다.

처음으로 확인된 곳은 후구텐이며, 그래서 후구텐에서는 가장 유명한 마물로 이름을 떨쳐 어떻게 보면 마물의 상징으로 취급받았다.

미노타우로스는 소의 머리와 인간의 몸을 지는, 3미터를 넘는 괴물이다.

손에는 도끼를 들고, 콧김을 씩씩거리며 베르네르 일행을 보고 있다.

인간 모습에 가까운 것은 대마에 근접했다는 증거다.

하지만 지능이 떨어져서 대마가 되지 못한 불량품…… 그것이 미노타우로스다.

히포그리프는 몸 앞쪽이 독수리, 뒤쪽이 말인 마물로, 인간과 말의 고기를 좋아한다.

그리폰에 가까운 마물이지만, 그리폰과 비교하면 성질이 얌전한 편이다.

그렇지만 무시무시한 마물이라는 점은 달라지지 않으리라.

오르토스는 머리가 둘 달린 검둥개로, 꼬리가 뱀이다.

아무래도 좋지만, 마물의 '꼬리가 뱀' 일 확률이 조금 높은 것 같기도 하다.

하나같이 드래곤 등의 대마급과 비교하면 조금 뒤떨어지지만, 정말 무시무시한 괴물이었다.

하지만 마녀의 측근이라고 생각하면 딱 봐도 실력이 부족한 것도 사실이다.

이런 마물밖에 없다는 사실이 이미 마녀가 얼마나 궁지에 몰렸는지를 절실하게 증명했다.

"누, 누구야?!"

베르네르가 겁난 것처럼 말한다.

자신들은 지금 무시무시한 장소로 유인당한, 불쌍한 사냥감이다.

먼저 상대가 그렇게 생각하게 해서 방심을 유도한다.

"저, 저기. 여기 뭔가 이상한걸……?"

"선생님! 이게 대체 어떻게 된 일이죠!"

에테르나가 뒷걸음질을 치고, 피오라가 서플리를 다그치듯 소리쳤다.

여기서 서플리의 역할은 아무것도 모르고 디아스의 말에 따라 생도들을 데려온 바보 교사다.

그래서 그는 노골적으로 당황하고, 허둥대는 모습을 보였다.

"모, 몰라! 나는 아무것도 모른다! 왜 마물을 풀어놓은 거지?! 게, 게다가…… 누, 누구냐? 저, 여자는……."

서플리의 연기에 잘 속은 듯, 마녀는 사냥감을 몰아넣는 듯한 가학적인 미소를 띠며 거리를 한 걸음 좁혔다.

그러자 베르네르 일행은 덩달아 물러나고, 서플리는 "히익!" 하고 소리쳤다.

"너무 겁내지 마라, 어린 양들아……. 저항하지 않으면 다치지 않는다."

"이 마력…… 설마…… 마녀……?!"

위압감을 내뿜는 마녀에게 확인하듯, 마리가 떨리는 목소리로 말했다.

그러자 마녀는 그것을 긍정하듯 더욱 진하게 웃었다.

"이런 데 있을까 보냐! 나는 돌아가겠어!"

"곧장 엘리제 님께 알려야 해!"

크런치바이트와 아이나가 마녀에게 등을 보이고 쏜살같이 도망치려고 한다. 이것도 작전의 일부다.

어설프게 '자, 마녀를 물리치자.' 라는 방향으로 갔다가 마녀가 이상하게 여길지도 모른다.

그러니까 먼저 도망치는 척하는 것이다.

도망치는 상대를 쫓고 싶어지고, 쫓아오는 상대에게선 도망치고 싶어지는 것이 사람의 심리다.

또한 '엘리제에게 알린다' 는 말을 써서 더더욱 도망치게 둘 수 없다고 생각하게 할 수 있다.

"어허…… 도망칠 수 있다고 생각하지 마라."

도주로를 틀어막듯이 입구에 배치된 석상 두 개가 길을 막았다.

나아가 배리어에 의해 길이 차단되면서 도주할 수 없게 된다.

반가운 일이다……. 이것으로 알렉시아는 전투 전부터 마력을 낭비했다.

"안타깝군. 마녀에게선 도망칠 수 없다."

마녀가 그렇게 말하고 입꼬리를 비튼다.

작전은 성공했다……. 이로써 마녀는 자신이 도망치는 처지가 아니라, 도망치는 상대를 막는다고 생각할 것이다.

자신이 궁지에 몰아넣었다고 생각하게 한다. 쫓아가는 쪽이라고 착각하게 한다.

나아가 마녀는 엘리제에게 정보가 가는 걸 두려워하고 있다.

그러니까 베르네르 일행을 절대로 여기서 내보낼 수 없다.

이 순간, 알렉시아는 스스로 도망치는 선택지를 버렸다.

사전 준비는 끝났다. 그렇다면 이제는 궁지에 몰린 사냥감답게, 취해야 할 행동은 하나밖에 없다.

"후…… 도망칠 데가 없는 건."

괜한 소리를 하려는 알프레아의 머리를, 에테르나와 피오라가 황급히 때렸다.

이럴 때 왜 여유로운 모습을 보이려는 걸까. 이 바보는.

하마터면 다 물거품이 될 뻔했다.

"도, 도망칠 수 없다면…… 싸울 수밖에 없어!"

"그래. 우리도 기사 후보생이야!"

"해주겠어……. 해주마!"

"안 돼! 무모해!"

베르네르와 존, 크런치바이트가 자포자기한 것처럼 무기를 겨누고, 아이나가 소리친다.

도망칠 곳이 막히고, 실력의 차이도 모르고 저항을 택한 약자……. 그렇게 생각하고, 마녀가 불쌍한 자를 보듯 일그러진 미소를 지었다.

우월감은 때 인간의 계산을 어긋나게 한다.

간단히 알 수 있는 것을, 착각으로 모르게 된다.

'나는 그 녀석보다 낫다'고 인식하면 모든 생각이 그것을 전제로 성립하니까 전부 틀린다.

사람들은 그것을 자만심이라고 한다.

"다들, 가자!"

베르네르가 소리치고, 동시에 두 팀으로 나뉘었다.

가장 먼저 할 일은 마녀와 마물을 분단해서 연계하지 못하게 하는 것이다.

그래서 마녀를 저지하는 팀과 마물을 없애는 팀으로 나뉘었다.

베르네르, 마리, 서플리가 마녀를 저지하고, 알프레아와 에테르나가 각각 와이번과 미노타우로스를 상대한다.

이 팀 편성은 신속하게 마물을 처리하고 마녀를 일찍 고립시키기 위한 것이다.

에테르나와 알프레아라면 일대일이라도 마물을 신속하게 해치울 수 있으니까 문제없다.

나머지 두 마물은 아이나, 존, 피오라, 크런치바이트가 맡고, 알프레아와 에테르나는 마물을 해치운 다음 곧장 그쪽으로 합류해 마물 네 마리를 섬멸한다.

마지막에 모두가 덤벼서 마녀를 어느 정도 소모시키고, 알프레아와 에테르나가 동시에 공격해 마녀가 배리어를 쳐서 방어하게 하면 성공이다.

마법의 위력은 마력 소비량에 의존한다.

따라서 성녀 두 사람이 마력을 단번에 소비해서 온 힘을 다해 공격하면 그것을 막으려는 마녀는 마력을 더 많이 써야 한다.

그렇게 하면 텔레포트를 쓸 여력이 남지 않을 것이다……는 것이 엘리제의 예상이었다.

여기서, 이 시대의 모든 것을 끝낸다.

그러기 위해서 베르네르 일행은 마녀와의 결전에 나섰다.

제67화 마녀와의 싸움

알프레아의 담당은 와이번이었다.

와이번은 드래곤에 조금 못 미치지만, 쇠처럼 단단한 비늘이 있고, 하늘을 날고, 불을 뿜는, 무시무시한 마물이다.

그러나 그런 괴물 앞에서, 알프레아는 여유로운 미소를 지었다.

그야 강한 마물인 건 사실이다. 그건 확실하다.

하지만 이 정도 싸움은 봉인당하기 전에 지겹게 경험했다.

제아무리 평소에 멍청해도, 알프레아는 초대 성녀다.

더군다나 성녀가 아직 보호받지 않던 시대에, 어떻게든 마녀에게 도달해 격퇴한 존재다.

그 뒤에 기습당해 봉인했다는 멍청한 경력이 있지만, 실력은 보장할 수 있다.

지금의 성녀와 알프레아의 가장 큰 차이는 기사들이 지키지 않는다는 점이다.

엘리제는 솔직히 기사가 지킬 필요가 없으니까 제외하더라도, 보호받게 된 이후 성녀는 기본적으로 전선에 나올 일이 없다.

수많은 기사를 방패로 삼고, 뒤에서 마법을 쏘는 것이 주된 전법이다.

하지만 알프레아는 달랐다. 그 시대에는 본인이 수많은 마물과 싸워서 승리할 필요가 있었다.

따라서 그 전투 스타일은 초대 성녀이면서 성녀다운 느낌과는 거리가 멀었다.

"자, 각오는 했니? 도마뱀아. 이 알프레아 님의 검이 녹슬겠어. 와 이번 고기는 맛있단 말이지……. 챙겨가서 엘리제한테 요리해 달라고 해야지."

마치 삼류 악당처럼 사냥감을 앞에 두고 혀로 입술을 핥으며, 알프레아는 마법을 발동했다.

알프레아의 주특기는 성녀와 마녀만 다룰 수 있는 속성—— 즉, 『어둠』이었다.

어둠을 다룬다는 것은 다시 말해 빛이 닿지 않는 공간을 만들어 조작한다는 뜻이다.

그런고로 어둠 속성은 공간 속성이라고 해도 되는, 말 그대로 세계의 대행자에게만 허용되는 초월 마법이다.

그 공간 조작으로, 알프레아는 이번 전투를 위해 가져온 쇼트소드를 칼집에서 빼고 허공에 내던진다.

그러자 내던져진 검이 마치 보이지 않는 손에 잡힌 것처럼 공중에 머물고, 추가로 알프레아가 허리춤에서 두 자루 쇼트소드를 던졌다.

그것을 세 번 반복하고, 마지막에는 자기 등에 짊어진 거북이 등딱지 같은 방패를 앞으로 내밀었다.

이 무기와 방패는 전부 엘리제가 준비한 거지만, 봉인당하기 전에는 프로페타가 방패 역할을 했다.

"자, 간다!"

알프레아가 선언하자마자 공중에 떠 있는 열 자루 쇼트소드가 동시에 와이번에게 날아가고, 보이지 않는 사람이 있는 것처럼 와이번을 벴다.

알프레아 자신은 방패 뒤에 숨었지만, 그야말로 십도류라고 해도 될 정도로 사방팔방에서 이루어지는 동시 공격이다.

상하좌우, 앞뒤에 더해서 대각선에서도 쇼트소드가 포위하고, 그것들이 적확하게 빈틈을 찌르듯 공격한다.

이것이 알프레아가 혼자서 수많은 마물과 싸우기 위해 고안한 전법이었다.

알프레아는 단순해서 적이 많으면 자신도 무기를 많이 가지면 된다고 생각한 건데, 아무리 무기를 많이 가져도 자신이 적 앞으로 가면 생존 확률이 떨어질 수밖에 없음을 깨달았다.

그렇다면 자신이 숨으며 싸우면 된다. 그 모순을 실현한 것이 이 전법이다.

알프레아가 이상적으로 보는 전법. 그것은 자신이 다치지 않고 마음껏 움직이며, 나아가 일방적으로 적을 두들겨 팰 수 있는…… 그런 전법이다!

발상은 저질이지만, 은근히 강하다.

주인이 없는 검은 인간의 관절로 도저히 불가능한 움직임이 가능하며, 알프레아는 방패를 챙기고 도망치는 데 전념하니까 당하기 어렵다.

지금도 그렇다. 검만 내놓은 알프레아 자신은 아슬아슬하게 마법의 사거리에서 벗어나지 않게끔 거리를 유지하며 이따금 와이번이 날리는 불을 방패와 배리어로 방어하고 있다.

패배할 요소가 하나도 없다.

알프레아가 와이번을 해치우는 것은 시간문제에 불과했다.

에테르나는 곤혹스러웠다.

처음에 자신이 마물과 일대일로 싸운다는 작전을 들었을 때는 무슨 농담인가 싶었다.

성녀인 알프레아는 그렇다 쳐도, 자신은 어쩌다가 비슷한 힘을 지닌 인간이라서 도저히 그런 큰 임무를 맡을 수 없다.

이 작전은 우선 알프레아와 에테르나가 신속하게 마물을 처치하고, 이어서 나머지 두 마리를 상대하는 존 일행에게 달려가 단숨에 마녀의 부하를 정리하는 것이다.

하지만 그건 딱 봐도 사람을 잘못 고른 거라고 생각했다.

자신에겐 무리라고 여겼고, 엘리제 님은 나를 죽이고 싶은 거냐고 의심했다.

그러나 실제로 전투를 시작하고, 그 생각은 싹 바뀌었다.

──질 것 같지가 않다.

"부워어어어어!"

미노타우로스가 소리치고 도끼를 휘두르지만, 그 공격은 에테르나에게 도달하지 않았다.

지난번 사건 이후로 신비한 힘을 쓸 수 있게 된 에테르나는 그 힘을 조금 강하게 내보내도 마물의 공격을 전부 차단할 수 있다.

그것이 어둠 속성 마법에 의한 공간 단층이라는 사실은 에테르나도 모르지만, 미노타우로스는 이걸 돌파할 수단이 없었다.

이것이 바로 성녀와 마녀가 무적인 비결이다. 공간 자체가 어긋나서 어떠한 힘으로도 성녀와 마녀에게 상처를 입힐 수 없다.

이것을 꿰뚫으려면 똑같이 공간을 조작하는 방법밖에 없다.

물론 마물은 희미하게나마 그 힘을 지닌다. 그래서 성녀를 해칠수 있고, 어지간한 생물보다 튼튼하다.

하지만 일반인도 마물에게 상처를 줄 수 있는 점에서 알 수 있듯이, 마물이 지닌 어둠 속성의 힘은 결코 강하지 않다.

성녀가 온 힘을 다해 방어하면 마물 하나의 힘으로 뚫을 수 없다.

(말도 안 돼……. 이기겠어……. 완전히 여유롭게 이길 수 있어.)

미노타우로스의 공격은 에테르나에게 통하지 않고, 에테르나의 공격은 마물에게 엄청나게 잘 통한다.

아까도 말했다시피, 마물에게도 희미하게나마 공간 조작에 따른 방어가 있다.

이것 때문에 기사나 다른 사람들의 공격은 사실 그 힘의 반 이하밖에 마물에게 통하지 않는다.

하지만 이것과 똑같이 공간을 조작할 수 있다면 꿰뚫을 수 있고, 따라서 성녀의 공격은 마물에게 다 먹히는 것이다.

그리고 공간 방어만 넘어서면 마물의 내구력은 원래의 야생 생물과 별로 다르지 않다.

"루체!"

에테르나가 마법의 이름을 선언하고, 손끝에서 빛이 커진다.

그 일격은 손쉽게 미노타우로스의 가슴을 관통하고, 선혈이 가득 흘러나왔다.

"후하하하하! 자, 춤춰라! 춤춰라!"

고전 중인 쪽은 마녀를 저지하는 역할을 맡은 베르네르, 마리, 서플리였다.

마녀가 지팡이를 휘두르자 검은 탄환이 연달아 발사된다.

그것을 퍼져서 피하지만, 명중한 지면이 일그러져 부서지는 것을 보니 등골이 싸늘해졌다.

"레스트리치오네!"

서플리가 마법을 외우고, 그와 동시에 지면에서 사슬이 튀어나와 마녀의 몸을 옭아맸다.

흙 마법으로 땅속에 있는 돌을 재료로 삼아 사슬을 만들어 마녀에게 날린 것이다.

마녀에게는 대미지를 입힐 수 없다.

하지만 잠시 움직임을 멈추게 할 수는 있다.

"건방지구나!"

하지만 마녀가 외치자 안쪽에서 보이지 않는 무언가가 부풀어 오른 것처럼 사슬을 압박하고, 고작 몇 초 만에 사슬이 터져 날아갔다.

자신의 주위에 항상 전개하는 공간층을 넓혀서 억지로 파괴한 것이다.

"얼어……!"

마리가 마력을 강하게 주입해 얼음 마법을 날렸다.

일격에 지면과 함께 마녀의 하반신이 얼어붙고, 움직임을 봉쇄한다.

대미지를 주는 것이 목적이 아니다. 아무튼 움직임을 멈추게 해서 시간을 끄는 것이 목적이다.

그렇기에 마리의 얼음 마법이 유효할 것으로 판단해 이 팀에 뽑혔다.

"허술하군!"

그러나 이것도 마녀가 마력을 해방하는 것만으로 부서졌다.

그리고 지팡이를 돌리고 다음 마법으로 넘어간다.

"에잇!"

공간이 일렁이고, 베르네르가 서 있는 곳이 일그러졌다.

목에 건 체인이 끊기고, 엘리제에게 받은 펜던트가 떨어진다.

그러나 다행히 이 공격은 베르네르 일행을 죽이지 않게끔 위력을 조절한 거였다.

마녀가 베르네르 일행을 여기에 유인한 것은 엘리제에 대한 인질이라는 이름의 방패를 원했기 때문이다.

그런고로 죽이면 목적을 이룰 수 없다. 생포할 필요가 있다.

자기가 더 강하다고 하는 정신적 우월감과 죽여서는 안 된다는 제약.

그 두 가지 이유가 없었다면 마녀는 당장에라도 베르네르 일행을 해치웠을 것이다.

하지만 그 이유가 있어서 간신히 저지할 수 있었다.

나아가 대항 수단이 없는 건 아니다.

"하아아아압!"

베르네르가 소리치고, 온몸에서 검은 오라가 흘러넘쳤다.

그것은 마녀와 똑같은 『어둠』의 힘이다.

마녀가 날린 마법을 상쇄하고, 베르네르의 대검이 마녀를 절단하고자 휘둘린다.

이것을 몸통에 제대로 맞은 마녀가 날아가지만, 절단하는 데는 이르지 않는다.

똑같은 어둠의 힘이라도 출력이 너무 다르다.

베르네르의 공격은 10퍼센트도 마녀에게 도달하지 않는다.

하지만 마녀는 몸통에서 확실하게 통증을 느끼고, 이상하게 여겨서 손을 댔다.

그리고 자기 손바닥을 보고…… 거기 묻은 자신의 피를 보고서 경악했다.

무적이어야 하는 자신이 상처를 입었다고 하는, 무시할 수 없는 사태…… 그 이유를, 마녀는 금방 눈치챘다.

"네놈은…… 그렇군! 내 힘의 일부를 지닌 자…… 네놈이 그거였구나!"

마녀는 과거에…… 아직 알렉시아와의 선한 마음이 있을 때, 자신이 완전히 어둠에 타락하기 전의 저항으로서 자기 영혼과 힘의 일부를 떼어내 바깥으로 내보낸 적이 있었다.

완전히 마녀가 된 뒤로는 그 행위를 그저 후회만 되는 어리석은 짓으로 인식하게 되었지만, 이 세계 어딘가에 자신에게서 떨어져 나간 일부가 있음을 알았다.

3년 전에 한 번 발견했다.

떨어져 나갔다고는 해도 자기 힘이다. 그런고로 공명하는 부분이 있고, 마녀는 그 장소를 어렴풋이 파악할 수 있었다.

그러나 그 장소에 옥토를 보냈지만, 그때는 엘리제가 훼방을 놓았고…… 어째서인지 그 뒤로는 힘의 파동을 전혀 느끼지 못하게 되어서 완전히 놓치고 말았다.

그때 놓친 물고기가 이런 곳에 있었을 줄이야!

마녀는 입술을 초승달 모양으로 일그러뜨리고, 과거에 잃어버린 보물을 찾은 것처럼 기뻐했다.

"오오, 이런 행운이 있을 수가…… 유인한 자가 설마 내 힘을 지닌 자였을 줄이야……."

"이것이 네 힘이라고……?"

"그렇다. 그것이 바로 내가 어리석었을 적에 떼어낸, 내 힘의 일부. 태어나기 전의 생명에 깃든 건 알았지만, 설마 그것이 이런 데 있을 줄이야."

마녀의 기쁨과 반비례하듯, 베르네르의 얼굴에는 분노가 깃들기 시작한다.

그렇군. 이 녀석 때문인가.

내가 가족에게 버림받은 것도, 괴물로 비난받은 것도…….

아니다. 그런 건 아무래도 좋다.

하지만 도저히 용서할 수 없는 사실이 하나 있었다.

'제게 남은 수명은 별로 길지 않아요. 길어야 앞으로 반년…… 내년 생일을 맞이하는 일은 없겠죠.'

이렇듯 저주받은 힘이 있어서, 엘리제는 그날 자신을 구하러 오고 말았다.

그리고 자기 몸도 아끼지 않고 그 힘을 받아들여 수명을 줄이고 말았다.

고작 반년 뒤에, 이 세계는 엘리제를 잃는다.

그만한 일을 해낼 수 있는 사람은 앞으로 나타나지 않으리라.

엘리제만큼 다른 누군가를 구한 사람이 없었는데.

그런데도 반년이 있으면 그 사람이 죽는다.

웃지 않게 된다…… 움직이지 않게 된다.

그것도 전부…… 전부…….

"그렇군……. 전부…… 너 때문이냐아아아아아!!"

베르네르가 소리치고, 온몸에서 검은 파동이 넘쳐났다.

분노에 호응하듯이 힘이 넘쳐나고, 그 얼굴은 마귀처럼 일그러져 마녀조차 움츠러들게 했다. 저지한다는 목적을 잊고, 대검을 몇 번이고 힘껏 내리친다.

방어하지만, 상관없다.

아니, 분노로 시야가 새빨갛게 물들어, 방어한다는 사실조차 인식할 수 없다.

몇 번이고, 몇 번이고, 방어하는 위로 정신없이 검을 때려서 불똥이 튄다.

"끅……. 뭐, 뭐지?! 갑자기……!"

엄청난 기백에 마녀가 움츠러들면서도 마법을 날렸다.

하지만 베르네르는 멈추지 않는다.

마법이 옆구리를 태우는데도, 마치 아픔을 느끼지 않는 것처럼 검으로 힘껏 때린다.

깡, 깡, 하고 굉음이 울리고, 마녀는 자신을 감싸듯 머리를 가렸다.

"너만! 너만 없었더라면!"

베르네르는 눈물을 흘리며 검을 버리고 마녀에게 올라탔다.

그러나 처음에는 베르네르의 기백에 압도당했던 마녀도 이윽고 냉정함을 되찾고, 마력을 해방해서 베르네르를 날려 버렸다.

"까불지 마라! 애송이!"

마녀가 지팡이를 휘두르고, 화염 탄환이 다섯 발 연속으로 발사되었다.

그것을 마리의 얼음 마법이 상쇄하고, 수증기가 쌍방의 시야를 가린다.

하지만 보이지 않아도 몇 발을 쏘면 맞는다.

서플리가 바위 탄환을 수증기 너머로 날리고, 마리도 비슷하게 얼음 탄환을 연사했다.

그리고 베르네르가 수증기 너머에서 돌진하고 검을 휘두른다.

"얕보지 마라, 애송이들……. 나는 마녀다!"

마녀가 짜증을 내듯 말하고, 공간이 일그러졌다.

이번에는 담긴 마력의 양이 다르다.

마녀는 그 무적의 특성 덕분에 강하기도 하지만, 인간을 초월한 마력 허용량도 위협이다.

마법의 위력=주입할 수 있는 마력의 양인 이상, 내포할 수 있는 마력의 차이가 그대로 힘의 차이가 된다.

그런고로 마녀가 마력을 많이 담아서 공격하면 막을 수단이 없다.

일격에 베르네르, 마리, 서플리가 날아가고, 벽에 부딪혔다.

"흥…… 제법인 것 같지만, 기껏해야……."

"어차, 방심하는 바보 발견!"

여유를 부리는 마녀에게, 옆에서 뛰어든 알프레아의 발차기가 꽂혔다.

마녀의 무적성도 초대 성녀인 알프레아에게는 없는 것이나 다름없다.

발차기에 마녀가 날아가고, 알프레아는 아군을 보며 손으로 V자 모양을 만들었다.

"예이!"

그리고 적에게서 눈을 뗀 알프레아의 뒤통수에 마녀의 마법이 명중하고, 이번에는 알프레아가 날아갔다.

어차, 방심하는 바보 발견.

바닥에 세게 부딪힌 알프레아는 울상을 지으며 몸을 일으켰다.

"아프잖아! 이 바보!"

그리고 금방 일어나 알렉시아에게 접근했다.

오른손으로 얼굴을…… 노리는 척하고, 왼손을 펴서 알렉시아의 배를 찔렀다.

이어서 다리를 후린다. 자세가 무너진 알렉시아의 머리를 붙잡고 얼굴을 바닥에 찍었다.

"어, 어째서냐. 너는…… 어째서 내 방어를 뚫지……?!"

마녀는 알프레아를 경계하듯 노려보고, 일어나면서 지팡이를 쳐들었다.

너무 아무렇지도 않게 자신의 방어를 돌파한 존재에게 희미한 공포가 드러나 있었다.

그러나 알프레아는 슬쩍 몸을 틀어서 지팡이를 피하고, 역으로 마녀의 얼굴을 손바닥으로 때렸다.

알렉시아도 가까이서 마법을 쏘고 지팡이로 때리지만, 그것을 모조리 피하고 반격마저 먹인다.

"영차……."

마법을 쏘려는 알렉시아의 손을 잡아서 관절을 슬쩍 틀고, 공격을 빗나가게 한다.

지팡이의 측면을 때려서 흘리고, 손날을 알렉시아의 목에 댄다.

접근전 상황에서, 알프레아는 알렉시아를 완전히 능가하고 있다.

"응? 너…… 뭔가, 약하지 않아? 기술이 없다고 할까…… 혹시 적과 직접 싸운 적이 별로 없니? 이렇게 가까운 거리에서 마법을 쏘려는 것도 싸움을 전혀 모른다고 할까. 남들에게 맡기기만 하고, 자기는 뒤에만 있었던 아니야? 이 거리라면 마법보다 때리는 게 더 빠른걸?"

"약하다고……?! 이 내가?!"

똑같은 성녀라도 초대 성녀 알프레아와 선대 성녀 알렉시아는 시대가 다르다.

알프레아는 수많은 기사라고 하는 인간 방패가 없었다.

그래서 몸에 익힌 것이 와이번을 해치운 조금 치사한 전법인데, 그것도 적이 너무 많으면 불리하다.

수많은 마물을 상대하려면 어쩔 수 없이 알프레아 본인도 기술을 요구받는다.

눈앞에 닥친 마물의 이빨과 발톱을 피하고, 에워싸인 상황에서도 자기 힘으로 탈출할 정도의 체술이 필요했다.

하지만 '성녀는 기사가 지켜야 한다'는 기반이 생긴 뒤로는 그렇지 않았다.

애초에 성녀가 마물의 공격 범위에 들어가는 것 자체가 잘못이다.

그렇기에 알렉시아는 체술이 별로 필요하지 않았다. 그 차이가 확연하게 드러난 것이다.

하지만 알렉시아의 고전은 끝나지 않는다.

이번에는 에테르나가 쓴 마법이 날아든다.

이것을 한 손으로 막으려고 하지만, 불길한 예감이 들어서 잽싸게 회피했다.

그 직후에 마녀의 팔을 살짝 긁으며 마법이 통과하고, 마녀의 얼굴이 전율로 물든다.

"마, 말도 안 돼……. 이 녀석도 내 방어를 ……?! 대체 뭐가 어떻게……."

마녀의 방어를 뚫는 자가 연이어서 나타나는 일은 여태까지 없었다.

당황하는 마녀의 앞에 모든 마물과 석상을 파괴한 에테르나와 다른 동료들이 집결하고, 마녀는 그제야 자신이 고립당했음을 깨달 았다.

하지만 생각할 틈은 주지 않는다.

알프레아가 엘리제에게 받은 지팡이를 쳐들어 마력을 단숨에 해방하고, 아낌없는 힘으로 마법을 발동한다.

공간이 일그러지며 뒤틀리고, 빨아들인 것을 전부 으스러뜨리는 초중력 공간을 창조했다.

"아니…… 그럴 수가. 그건……! 어째서냐! 엘리제는 여기 없다! 그런데 왜 성녀가 있지?!"

겁에 질린 소리를 내는 마녀 앞에서, 이번에는 에테르나가 똑같은 마법을 발동했다.

이쪽도 공간이 일그러지고, 갇힌 공간 속에 에테르나의 장기인 빛의 마법이 응축되기 시작한다.

"이, 이쪽도……?! 거, 거짓말이야……. 있을 수 없어……. 어째서…… 어째서! 왜 성녀가 두 명이 있는 거지?!"

한 시대에 성녀는 한 명. 그것이 절대적인 원칙일 터이다.

그런데 예외가 발생했다.

더군다나 엘리제는 아직 여기에 없으니까, 성녀가 세 명이나 있는 셈 아닌가.

"자, 가자. 에테르나! 나한테 맞춰!"

"네, 알프레아 님!"

알프레아와 에테르나가 마력을 더 끌어올리고, 완성한 마법을 동시에 마녀에게 날렸다.

"초필살! 궁극무적최강 알프레아 볼!"

"어, 어어…… 뭔가 대단한 볼!"

알프레아가 네이밍 센스가 하나도 없는 기술 이름을 선언하고, 에테르나도 얼떨결에 미묘한 기술 이름을 외쳤다.

하지만 이름이 우스꽝스러워도 위력은 확실하다.

대체 뭔 일이 일어났는지 파악하지 못한 마녀는 그저 잽싸게 배리어를 최대한 칠 수밖에 없었고…….

──고막을 찢는 듯한 커다란 폭음이 지하에 울려 퍼졌다.

제68화 비참함

베르네르 일행이 지하에 돌입한 뒤, 나는 예정대로 마력이 통과하지 못하는 배리어로 학원 부지를 감싸서 그 안에 있는 마력을 전부 흡수했다.

이로써 이 배리어 안에서는 아무도 MP를 회복할 수 없다.

이제는 베르네르 일행이 어느 정도 마녀의 MP를 깎은 다음에 내가 돌입하기만 하면 되는데…… 마침 그때, 지진이 일어난 것처럼 지면이 흔들렸다. 거북이가 나를 보고 말한다.

"지금이다, 엘리제! 작전은 성공했어! 에테르나와 알프레아의 동시 공격을 알렉시아가 간신히 막았지만, 그걸 막을 정도의 마력을 쓴 지금, 그 녀석에겐 마력이 없다. 할 수 있어!"

아자!

보아하니 베르네르 일행은 무사히 작전대로 마녀의 마력을 소모시킨 듯하다.

그렇다면 이제는 슬슬 마무리 단계다.

내가 가서 마녀를 완전히 무력화한 다음에 알프레아에게 봉인하게 하자.

이걸로 완전 승리다.

그러면 바로 지하로 가자!

나는 레일라와 폭스 교장, 그리고 몇몇 기사를 데리고 곧장 지하 훈련실에 돌격해서 그 아래에 숨겨진 계단을 따라 마녀가 있는 지하로 서둘러 갔다.

그리고 현장에 도착해서 알렉시아가 친 것으로 보이는 도주 방지용 배리어를 깨자, 그 자리에 있는 모두의 시선이 내게 쏠렸다.

기다리게 했군! 마지막 알짜배기는 내게 맡겨!

베르네르 일행은…… 좋아. 아무도 안 당했어.

아니, 자세히 보니 크런치바이트 뭐시기만 마물에게 당해서 바닥에 쓰러졌는데, 아무튼 죽지 않았으니까 잘된 일로 치자.

그래서, 어디 보자…… 안쪽에 있는 것이…… 누구지? 아니, 진짜 누구세요?

뭔가 안색이 무지 나쁜, '나는 마녀' 같은 느낌의 여자가 있는데. 저게 알렉시아라고?

2차원과 3차원이 어쩌고저쩌고할 수준이 아니라, 완전히 다른 사람이잖아.

알렉시아는 일단 게임에서 히든 히로인이어서, 당연히 젊고 예쁜 여자다.

그야 다른 캐릭터와 비교하면 나이도 많아서 나잇값 못하게 요란하게 꾸민 아줌마 취급하는 유저도 있지만, 겉으로 보이는 나이는 20대 초반이었을 것이다.

그런데 이게 뭐래? 나를 겁내는 것처럼 보이는 이 여자는…… 아…… 잘 보면 20대로 보일 것 같기도 하지만, 야윈 데다가 눈 밑에 다크서클이 엄청나서 별로 젊게 보이지 않는걸.

설마 가짜 마녀? 이 싸움은 가짜 성녀와 가짜 마녀의 대결이었어?

아니, 아니지. 그럴 리가.

"당신이 마녀 알렉시아인가요?"

그래서 일단 확인해 본다.

그러자 마녀는 나와 거리를 벌리려는 것처럼 뒷걸음질 쳤다.

하지만 여기는 도망칠 데가 없는 지하다.

어디로 도망치려는 거지? 3분만 기다려 주마.

미안해, 뻥이야. 안 기다려.

"네, 네가 당대의 성녀…… 엘리제……인가."

마녀는 내가 누군지를 알아보더니 뭔가 하려고 눈빛을 바꿨다.

하지만 못 했겠지.

그 눈은 순식간에 경악으로 일그러진다.

"이, 이럴 수가…… 마력이 없어……."

"이 일대의 마력은 전부 제가 흡수했어요. 그러니 마력을 흡수해서 회복할 순 없어요."

진짜냐. 이 녀석은 곧장 텔레포트를 쓰려고 했어…….

하지만 아쉽겠군. 그건 이미 봉인했다!

"이, 이 녀석!"

마녀가 내게 손바닥을 겨누고 어둠의 탄환을 발사했다.

나는 그것을 배리어로 감싼 맨손으로 막고, 손을 쥐어서 없앤다.

제아무리 어둠 속성이 무적이라고 해도, 마력에서 이만큼 차이가 나면 방어하기 어렵지 않다.

놀라는 마녀에게, 돌려주겠다는 것처럼 빛의 마법을 썼다.

마녀는 항상 어둠 파워로 방어하니까, 일반적인 공격은 통하지 않는다.

그러나 같은 속성의 힘이라면 그 방어를 꿰뚫을 수 있다.

내가 보유한 어둠 파워는 베르네르에게 슬쩍한 아주 작은 힘으로, 원래 위력의 10퍼센트밖에 마녀에게 통하지 않는다.

MP를 100 써서 발동하는 마법이라도 MP를 10 쓴 정도의 공격이 된다.

그렇다면 단순하게…… MP를 1천을 써서 날리면 된다!

내 MP는 50만이 넘는다. 마녀가 온 힘을 다해야 겨우 쏠 수 있는 공격이라도 백 발 이상 여유롭게 쏠 수 있다.

그런고로 빛 마법 꽝!

덤을 많이 챙겨서 MP 5000 정도를 주입해 주마.

"Aurea Libertas(황금의 자유)."

원래라면 상공을 향해 발사한 뒤에 확산해서 여러 적을 융단폭격하는 기술이지만, 이번엔 직접 마녀에게 쏴 준다.

내 손에서 발사된 두꺼운 황금색 빔이 지하의 벽과 함께 마녀를 날려 버리고, 굉음이 잦아들었을 때는 저 멀리까지 터널이 완성되었다.

"어, 어어, 어어어어어……."

뒤에서 알프레아가 떨고 있다.

이 위엄이 하나도 없는 사람이 초대 성녀님입니다.

터널 안을 걸어가서 안쪽에 쓰러진 알렉시아를 발견했다.

너무 멀리 날아가지 않게 조심해야지.

쫓아가기 귀찮은 것도 있지만, 너무 날려서 내가 친 배리어 밖으로 나가면 일을 다 망친다.

"괴……괴물, 자식……."

마녀가 벽을 등지고 가까스로 일어나며 내뱉듯이 말한다.

그러자 내 뒤에서 대기 중이던 레일라와 교장이 동시에 검을 뽑지만, 손짓으로 제지했다.

관둬. 너희는 대미지를 줄 수 없으니까.

뭐, 내가 마법으로 검을 만들어서 장비하면 되겠지만.

"끝이에요, 마녀 알렉시아."

내가 그렇게 말하자, 마녀는 절망하는 표정을 지었다.

뭐, 여기선 역전할 수 없으니까.

나 혼자서도 여유롭게 처리할 수 있는데, 지금 여기에는 레일라와 교장, 그리고 베르네르 일행이 있다.

나아가 에테르나와 알프레아. 원래는 있을 수 없는 더블 성녀다.

나 혼자서도 어떻게든 되고, 내가 없어도 된다. 다 같이 있으면 완벽하다.

뭐라고 할까, 이쯤 되면 집단 괴롭힘이네.

"끄으…… 흐윽…… 싫어…… 싫어, 싫어! 끝나기 싫어! 죽기 싫어!"

마녀가 공포로 얼굴을 일그러뜨리고, 눈앞에 배리어를 쳤다.

아마도 나머지 마력을 전부 쥐어짠 마지막 저항이겠지.

그렇지만 이미 텔레포트를 쓸 MP도 없을 테니까, 주입한 마력은 얼마 없을 것이다.

나는 그 자리에서 MP 3만 정도를 써서 빛의 검을 만들고, 배리어를 뺐다.

검의 형태로 만들면 마력 빔을 날릴 때와 다르게 손에 쭉 남으니까, 여러 번 공격할 수 있어서 이득이다.

이 빛의 검이라면 마녀가 상대여도 MP 3천을 소비한 정도의 위력이 나오니까, 마녀의 MP가 완전할 때 2천으로 가정해도 막을 방법이 없다.

"우와, 당연하다는 듯이 슥삭 잘랐어. 방금 그건 꽤 단단한 배리어였을 텐데……. 쟤한테는 잘 보여야지."

뭔가 뒤에서 초대 성녀가 위엄이 하나도 없는 소리를 한다.

그런 소리는 안 하는 게 좋을 텐데 말이지.

다른 기사들도 표정이 엄청나고 말이야.

프로페타가 여기 있다면 어이없다는 표정을 지었겠지.

여담으로 프로페타는 너무 커서 지하……라고 할까, 애초에 학원 안에 들어올 수 없으니까, 밖에서 대기하고 있다.

"뭐, 뭐야……. 이게 뭐냐고……."

완전히 궁지에 몰린 마녀가 목소리를 떨며 말한다.

원망하려는 걸까? 뭐, 그게 봉인되기 전의 마지막 말이 될 거니까, 들어줄까.

나쁜 짓을 저지른 나쁜 사람은 맞지만, 원래라면 더 예쁘고 카리스마가 있는 최종 보스일 텐데 너무 핼쑥해진 걸 보면, 아마도 내 탓이겠지.

용서할 마음은 없지만, 그래도 나를 원망할 권리가 있다.

"왜…… 왜!! 왜 성녀가 세 명이나 있어?! 이상하잖아! 성녀는 한 시대에 한 명만 있어야 하잖아! 웃기지 마! 웃기지 마! 왜 내 시대에만, 이렇게……!"

뭐, 상대가 보면 이 상황은 이해할 수 없겠지.

자신에게 대미지를 준다=성녀라고 생각할 테니까, 성녀가 세 사람 있는 영문 모를 상황으로 보인다.

하지만 실제로는 초대 성녀와 당대 성녀만 있고, 마지막 하나는 그냥 가짜다.

뭐, 성녀가 두 명 있는 시점에서 진짜 끝장이지만.

"치사해! 치사하잖아! 나는…… 내 때와 왜 이렇게 다른데! 모두가 역대 최고이니 뭐니 추켜세우고, 소중히 대해주다니! 내 때는 그러지 않았는데! 내 앞의 성녀가 쓰레기같이 도움이 안 되어서 사명도 다하지 못했으니까 그 중압을 다 나한테 지우고! 이놈이고 저놈이고, 빨리 마녀를 토벌하라고만 하고…… 그래서 열심히 토벌했더니 배신당하고!"

여담으로 여기에 돌입한 기사들은 모두 마녀와 성녀의 진실을 미리 알려줘서 알고 있다.

그래서 이 마녀가 선대 성녀 알렉시아라는 사실은 모두가 알고 있다.

그러자 기사들은 안타까운 눈빛으로 알렉시아를 보기 시작했다.

"그렇다면 하다못해 마녀가 되어서 세계를 엉망진창으로 만들어주려고 했어! 이놈이고 저놈이고 고통받다가 죽으면 돼! 안 그래?!

너희는 내가 그리셀다를 토벌하고 5년은 평화롭게 살았잖아! 그렇다면 내게 더 고마워하라고! 나는 죽을 고생을 하고 너희에게 평화를 줬다고! 그런데도 배신하다니! 마녀라고 말하다니! 짧더라도 평화로운 시간을 누구 덕분에 지낸 줄 아냐고! 나잖아?! 내 덕분이잖아! 그렇다면 나는 그만큼 감사받을 권리가 있잖아! 그만큼 내가 멋대로 굴어도 되잖아! 너희는 그만큼 꿀을 빨았잖아?!"

음…… 말하고 싶은 바는 이해할 수 있다.

태어난 순간에 성녀로서 부모와 헤어져 자라고, '마녀를 토벌하라' 고 교육받고, 압박감 속에서 마녀를 토벌한 줄 알았더니 이번에는 쫓기는 신세다.

더군다나 알렉시아의 시대는 이전 성녀가 사명을 다하지 않아서 성녀에 대한 기대와 감사가 희미해지고 그 대신에 압박이 강한, 성녀에게 가장 힘든 시기였을 것이다.

반대는 지금은 그 반작용인지 성녀에 대해 너무 오냐오냐한다.

생각해 보면 게임에서 엘리제(진짜)가 그렇게 제멋대로 굴 수 있었던 것도, 알렉시아의 공적 덕분이며, 나아가 알렉시아에게 지은 죄를 갚는 것이기도 했으리라.

뭐, 그 결과로 생긴 것이 최악의 성녀지만.

'열심히 일한 만큼 꿀을 빨게 해라.' 라고 하는 것도 사람으로서 지극히 정당한 감정이고, 오히려 보상이 없으면 아무도 열심히 일하려고 생각하지 않는다.

대가를 바라지 않는 선행은 미덕이지만, 그랬다간 결국 착취하는 쪽만 득을 본다.

그런 건 잔업 수당도 안 주고 사원에게 일을 시키는 악덕 기업의 수작이다.

그러니까 알렉시아가 하는 말의 반은 옳다.

뭐, 고된 일을 겪었으니까 그만큼 짓밟아도 된다고 하는 건 동의할 수 없지만.

그것만 없으면 동정할 수 있는데, 쓸데없는 소리까지 하는 바람에 알렉시아의 이미지만 나빠진다.

보라고. 베르네르 일행의 시선이 점점 싸늘해지는 게 등에서 느껴지는걸…….

"이놈이고 저놈이고, 내가 고통받는 건 생각하지도 않고 평화에 헤실헤실, 헤실헤실! 나만 고통받고! 아무 보답도 못 받고! 너는 좋겠구나! 사람들이 역대 최고이니 뭐니 추켜세우고, 떠받드니까! 그렇게 꿀을 빨면, 당연히 애쓰고 싶어지겠지?! 뭐가 역대 최고야! 사실은 그저 뻐기는 거지?! 떠받들려서 우월감에 젖었을 뿐이잖아!"

응. 맞는 말이야. 사람 보는 눈이 있네.

그래. 나는 우월감에 젖어서 무쌍을 즐기고 있다.

덤으로 이것저것 하면서도 근본에 있는 건 썩은 사고방식이다.

남들에게 존경받고 싶다. 떠받들리고 싶다. 대단하다고 칭찬받고 싶다. 그게 내 본심이다.

그러므로 사실을 아무리 지적당해도 나는 딱히 아무렇지도 않다.

멋대로 말해라. 그러니까 빠릇. 검을 뽑지 마.

"축복받은 힘이 있고, 동료들이 많이 있고…… 덤으로 성녀도 늘어나고! 치사하잖아! 비겁해! 그래, 너는 비겁해! 나도…… 나도, 너

같은 힘이 있으면…… 기사가 많으면…… 그래. 디아스. 디아스는 어디 있지?! 디아스! 이봐, 디아스! 나를 구해라! 구하는 거야!"

"디아스 교장은 이미 체포됐습니다. 당신은 지금껏 다른 사람과 대화한 겁니다……. 네. 나와 말이죠."

마녀의 말에 서플리가 대답했다.

그것만으로도 마녀는 눈치챈 거겠지.

자신이 진즉에 고립되고, 궁지에 빠졌다는 사실을.

기어서 거리를 벌리려고 하지만, 더는 도망칠 곳이 없다.

허무하게 등으로 벽을 밀어댈 뿐이다.

"뭐, 뭐라고? 제길, 그 쓸모없는 것! 기사 주제에 주인을 지키지도 못하냐!"

디아스를 향한 폭언을 듣고, 레일라가 검을 세게 쥐었다.

그러나 마녀는 눈치채지도 못하고 더 말한다.

"오, 옥토! 옥토는 어디 있지! 언제까지 나를 혼자 둘 거냐! 그리고 포치! 지금이 밥만 축내는 네가 도움이 될 때다! 빨리 와라!"

옥토는 이미 소멸했다.

포치는 투기대회에서 베르네르가 해치워서, 이쪽도 이미 없다.

베르네르도 포치가 그 멍멍이를 가리키는 말임을 이해한 것이리라.

분노한 얼굴로 마녀를 보고 있다.

"차마 볼 수가 없습니다. 알프레아 님, 빨리 봉인해 주십시오……. 더 비참해지기 전에."

서플리가 한숨을 쉬고 피곤한 말투로 알프레아에게 말한다.

이 녀석에게 알렉시아는 성녀 신앙의 원점과도 같다.

그만큼 이토록 추락한 모습은 충격이 너무 컸겠지.

알프레아도 "오케이."라고 가볍게 말하고 마법 준비를 시작한다.

자, 아무 일도 안 생기면 이대로 끝나는데…… 이런 봉인은 이야기 속에서 대체로 실패하니까 말이지.

잘될까……? 잘되면 좋겠네.

제69화 결판

"자, 시작할게."

알프레아가 두 손을 모아서 손바닥을 내민다.

그러자 손바닥이 희미하게 빛나고, 마력 파동이 공간을 흔들었다.

이어서 손바닥을 내민 채로 두 팔을 벌리고, 천천히 돌려서 눈앞에서 원을 그린다.

그러자 손의 움직임에 맞춰 빛의 궤적이 생기고, 고리가 완성되었다.

자, 이걸로 결판이 날지 어떨지……

아니, 뭔가 무리인 거 같은데?

어찌 된 일인지 알프레아가 거기서 움직임을 멈추더니 다음 동작으로 이행하지 않고 식은땀을 흘리는데, 혹시 MP가 다 떨어진 걸까?

아무튼 알프레아의 등에 손을 대고 MP를 넘긴다.

마녀와 싸우면서 MP를 얼마나 썼는지는 모르겠지만, 이 녀석의 성격을 생각하면 신나게 까불다가 봉인 마법도 쓰지 못할 만큼 소모했을 가능성이 크다.

"응? 오오오…… 왠지 힘이 솟아! 좋아, 할 수 있어!"

역시 MP가 부족했나 보네.

저기 말이야…… 내가 분명 알프레아와 에테르나의 동시 공격을 마녀가 방어하게 해서 MP를 깎아내는 작전이라고 했지?

하지만 그 뒤로 봉인한다고 했으니까, 봉인 마법에 쓸 만큼의 MP는 남기라고.

뭐, 내가 있으면 이 정도 문제는 없는 거나 다름없지만.

"뭐, 뭐지……? 뭘 하려는 거야? 모, 모르는 거냐? 나를 죽이면……."

"죽인 성녀가 다음 마녀가 된다……는 거죠? 하지만 걱정하지 마세요. 저는 당신을 죽이지 않고 봉인하기만 할 거니까요."

어떻게든 공격을 막으려고 한 거겠지.

알렉시아가 자기를 죽인 다음에 있을 결말을 떠벌리려고 하지만, 알프레아는 아랑곳하지 않고 마법을 써나간다.

"이걸로 당신을 죽이지 않고 봉인하면 마녀의 대물림은 다시 일어나지 않아. 나와 어머님에서 시작된 천 년의 연쇄도 이 시대에서 끝이야."

말하고 보면 어이가 없을 정도로 간단한 방법이다.

왜 천 년이나 아무도 이 발상에 이르지 못했냐는 생각이 든다.

알프레아가 만든 빛의 고리가 알렉시아를 에워싸고, 마법 안에 가두려고 한다.

알렉시아는 황급히 그 자리에서 도망치려고 하지만, 그렇게 두진 않아.

내가 만든 빛의 사슬이 알렉시아를 휘감고, 움직임을 막았다.

"기, 기다려! 그만둬! 봉인이라니……! 싫어! 싫어, 싫어, 싫어! 왜…… 왜! 왜 나만 이런 꼴을 당해야 하는 거야!"

알렉시아는 꼴사납게 허둥대며 아우성치지만, 실제로 그 불운은 여간내기가 아니다.

성녀 시절에는 이전 성녀가 중도 퇴장하는 바람에 성녀에 대한 사람들의 감정이 미묘했고, 압박도 역대 최고 클래스.

토벌해야 하는 마녀도 역대 마녀 중에서 오래 생존한 베테랑이니까 하드 모드이고, 마녀가 되었더니 이번에는 더블 성녀+가짜 성녀가 덤으로 있었다.

급기야 마지막에는 봉인되어 산제물이 된다.

봉인되면 저세상에도 갈 수 없으니까, 진짜로 끝났다.

아니, 너무 불쌍하지 않나?

이건 역시 처음 계획대로 내가 해치우는 게 나았을 것 같은데.

그렇게 하면 피해는 나 혼자 저세상에 가는 것으로 끝나고.

게임을 플레이하던 시절에는 솔직히 말해서 알렉시아가 싫었다.

일단 알렉시아 루트도 했지만, 플레이 중에는 항상 '왜 에테르나가 울고, 이 녀석이 행복한 얼굴을 하는 건데?' 라고 생각해서, 다시는 같은 루트를 타지 않았다.

그러니까 나는 이 녀석을 봉인해도 그때 생기는 감정이 '꼴좋다' 일 줄 알았다.

하지만 사람 마음이란 모르는 법이다.

막상 그때를 맞이해 보니 내 마음에는 오히려 불쌍해하는 감정이 있었으니까.

어째서인지 지금 와서 디아스 아저씨가 알렉시아를 구해달라고 멋대로 애원한 것이 떠오른다.

아, 아! 몰라! 그딴 건 약속도 아니야!

그저 디아스 아저씨가 일방적으로 말하고, 내 대답도 안 듣고 기절했을 뿐이다.

애초에 나는 진짜 성녀가 아니라고.

오히려 속은 썩은 쓰레기고, 가죽엔 금박을 입혔다고.

그렇게 뭐든 공짜로 구해줄 리가 없잖아.

애초에 알렉시아도 결코 피해자가 아니야.

역대 마녀와 비교하면 나 때문에 나쁜 짓을 별로 하지 못했지만, 내가 활동하기 시작할 때까지 몇 년 정도는 악행을 거듭했고, 직간접으로 죽은 사람은 세 자릿수가 확실히 넘어간다.

아니, 이 녀석 때문에 굶어 죽은 사람을 포함하면 네 자릿수는 갈지도 모르겠군.

현대 지구에선 무조건 사형당할 악행이다.

애써 본 완전한 엔딩을 내팽개치고 그딴 녀석을 구할 만큼 나는 착한 사람이 아니고, 착해질 수도 없다.

정상 참작의 여지가 있다거나, 심신미약이라거나, 그딴 식으로 무죄 방면했다간 결국 피해자만 운다.

그러니까 이걸로 알렉시아를 봉인해서 평화를 위한 산제물로 삼고, 나는 가짜 성녀임을 고백해서 도주하고, 사람들이 없는 산속 깊은 곳에서 여생을 보내고 끝! 끝!

"싫어! 싫어어어어어어어! 살려줘! 살려줘, 디아스! 포치! 옥토! 싫어, 싫어어어어어!"

알렉시아가 울부짖으며 공간째로 얼어붙고 있다.

이 봉인 마법은 초대 마녀가 알프레아에게 쓴 것과 다르게 가사 상태는 되지 않는다고 알프레아가 말했다.

초대 마녀가 알프레아를 봉인한 이유는 알프레아를 마녀로 만들지 않기 위해서다.

그러려고 일부러 가사 상태로 만들어 세계에 죽음을 위장하고, 다음 성녀를 만들게끔 유도했다.

그러나 이번에는 알렉시아를 산 채로 가둬 힘이 양도되는 것을 막는 게 목적이다.

그런고로 가사 상태조차 되지 못한다. 알렉시아의 의식이 쭉 남은 채로 가두는 것이다.

이건 좀 심하다는 기분이 들었다.

아, 진짜, 뒤끝이 찜찜하네…… 어차피 내 수명은 얼마 안 남았으니까, 그렇다면 차라리 내가 어떻게든 하는 것도 선택지로서 가능하지 않을까?

이렇게, 내가 숨통을 끊어서 나한테 마녀 파워가 흘러들잖아? 그 타이밍에서, 내가 죽기 전에 베르네르를 살렸을 때처럼 알렉시아를 되살리면…….

그런 생각을 했더니, 어째서인지 내 앞에 레일라가 섰다.

"안 됩니다, 엘리제 님. 부디 참아 주십시오."

어째서인지 아직 아무것도 안 했는데 혼났다.

영문을 모르겠어.

"당신이라면 알렉시아 님을 가엾이 여기셔서 어떻게든 하려고 생각하시겠죠. 그러나 이건 세계를 위해 필요한 일입니다. 당신의 자비로움은 존경하지만, 이번에는 자중해 주십시오."

보아하니 레일라는 내가 알렉시아를 구하려고 한다고 생각한 듯하다.

아니, 난 그렇게 착한 사람이 아닌데?

미안하지만, 알렉시아를 구하고 싶은 마음은 전혀 없다. 그저 내가 찜찜한 게 싫어서 뭔가, 내 기분이 나빠지지 않는 방법을 생각했을 뿐이다. 전부 나 자신을 위한 것이다.

그동안에도 봉인은 무사히, 아무 사고도 없이 진행되어 간다.

어느덧 알렉시아는 예전에 본 알프레아처럼 결정에 갇히고 있었다.

그러나 알프레아와 달리 옷을 잘 입었다.

알프레아는 왜 알몸으로 봉인된 걸까……? 혹시, 취해서 자기가 벗어 던진 건 아니겠지……?

그나저나 알프레아와 알렉시아는 이름이 비슷해서 귀찮네.

누구 하나가 하나코로 개명하지 않을래?

"좋아. 봉인 완료!"

아, 망했다. 레일라가 앞에서 시야를 가리는 바람에 클라이맥스 부분을 놓쳤다.

야, 빠콧!

레일라를 피하듯 들여다보자 완전히 결정 속에 갇힌 알렉시아가 보였다.

뭐라고 할까…… 응. 얼굴이 끔찍하다.

똑같은 봉인이어도 알프레아는 그나마 아름다웠는데, 알렉시아
는 공포에 시달려 일그러진 얼굴로 봉인되고 말았다.

자, 이런 봉인은 대체로 다 끝났다고 생각한 순간에 풀리거나 하
는 것이 정석인데, 그건 괜찮으려나?

경계하는 사람은 비단 나만이 아니어서, 이 자리에 있는 모두가
똑같이 알렉시아 in 결정을 노려보고 있다.

그러나 10초가 지나고, 1분이 지나고…… 10분이 지났는데도 아
무 일도 일어나지 않은 것을 보고, 봉인 성공을 확신했다.

"끄, 끝났어……? 끝난 거야?"

아이나가 기쁨을 어떻게든 참으려는 듯한, 그러면서도 흥분한 기
색을 감추지 못한 투로 말했다.

마침내 그 기쁨은 전염되고, 그 자리에 있는 모두가 승리를 확신
해 얼굴을 활짝 폈다.

해냈어! 이겼어! 해치웠어! 영원의 산화, 완!

──그렇게 생각한 순간이었다.

난데없이 베르네르의 몸에서 치솟은 어둠의 힘이 창처럼 날아가
결정 속 알렉시아를 관통해 버렸다.

응, 이럴 줄 알았어. 그 이전에, 그쪽인가. 결정만 보는 바람에 베
르네르가 노마크 상태였네.

뭐, 이대로 봉인해서 만만세일 리가 없을 줄 알았어.

베르네르는 무슨 일이 생겼는지 몰라서 멍하니 있는데, 아마도 어
둠의 힘이 폭주한 거겠지.

그건 원래 알렉시아의 힘이다.

아마도 알렉시아의 '하다못해 죽고 싶다' 는 일념에 호응해서 멋대로 움직인 거겠지.

즉, 자살이다. 그런데 이상한걸. 베르네르의 힘이 폭주하기 쉬운 건 알았으니까, 펜던트를 줬는데…….

아…… 바닥에 떨어졌네……. 펜던트가.

오호라. 전투 중에 떨어뜨린 거구나. 그렇다면 어쩔 수 없지.

이대로 가면 알렉시아를 죽인 사람이 베르네르가 되고, 힘의 양도가 발생한다.

베르네르는 성녀가 아니므로 이 녀석에게 넘어가도 버티지 못해서 죽고, 결국 연쇄는 끝나는 거지만…… 그러면 배드 엔딩이잖아.

뭐, 어쩔 수 없다. 문제도 없다.

이 상황을 상정한 건 아니지만, 만약을 대비해서 보험을 들었다.

그러니까── 알렉시아를 휘감은 빛의 사슬에 힘을 더하고, 거기서 마력을 주입해 알렉시아의 심장을 멈춰 가사 상태로 만들었다.

베르네르의 어둠의 힘이 준 대미지는 치명상이지만, 즉사하진 않는다.

그래서 죽기 전에 내가 죽였다.

덤으로 만약을 대비해 베르네르가 입힌 상처를 치료한다.

이렇게 함으로써, 힘의 양도는 베르네르가 아니라 내게 발동하리라.

뭐, 어쩔 수 없어. 결국 처음 예정대로 됐을 뿐이야.

내 목숨은 원래 얼마 남지 않았고, 애초에 나는 죽었던 인간이다.

죽음의 공포는 하나도 없고…… 역시 뭔가 이상한 거겠지.

그렇듯 이상한 나와 베르네르를 비교하면, 누구의 목숨이 더 값질지는 말할 나위도 없다.

압도적으로 내 목숨이 더 가치가 없을 게 뻔하다.

그렇다면 목숨 한두 개는 대신 내줄 수 있다.

똑같이 죽는다면…… 나처럼 미래가 없는 녀석이 죽는 게 낫다.

"에, 엘리제 님…… 무, 무엇을?! 지금, 무엇을 하신 겁니까?!"

레일라가 목소리를 떨며 소리쳤다.

내가 손을 흔들고 사슬이 빛난 시점에서, 뭔가 했다는 건 다 들켰겠지.

지금 와서는 더 숨길 필요도 없다. 죽기 전에 전부 자수하자.

"제가, 알렉시아 님의 생명을 거두었어요. 그러니 이제부터 마녀의 힘은 제게 이동합니다."

그렇게 말하자 모두의 얼굴이 절망으로 물들었다.

분명 무적의 마녀가 탄생하는 걸 두려워하는 거겠지.

하지만 괜찮아. 안심해. 마녀는 태어나지 않아.

연쇄는 여기서 끝이야.

그리고 내 어설픈 성녀 연기도 이걸로 끝난다.

자, 클라이맥스다.

이런 가짜를 지금껏 섬긴 레일라에게는, 솔직히 진짜로 미안한 짓을 했으니까…… 하다못해 '가짜지만 속아서 어쩔 수 없었다'고 여길 정도로는 마지막까지 연기해 줘야지.

그렇게 하면 레일라도, 속아서 가짜를 섬긴 바보로 여겨지지 않을
것이다.

그러니까 나는 모두를 안심시키려는 듯이 인생의 마지막 미소를
지었다.

제70화 산화(散花)

그것은 절대로 있어선 안 되는 일이었다.

전부 끝났을 텐데.

마녀를 봉인하고, 이로써 끝났을 텐데.

그런데 베르네르의 힘이 폭주해서 전부 망치고 말았다.

이유는 여러 가지 있다.

제어하라고 받은 펜던트가 전투 중에 떨어지고, 봉인된 마녀가 자살을 원하는 바람에 베르네르에게 깃든 힘이 반응한 것도 문제다.

하지만 지금의 베르네르라면 그것을 억누르는 것이 어렵기는 해도 불가능하지 않았다.

그러나 베르네르 자신 또한 마녀에게 분노를 불태우고 있었다.

이 녀석만 없었다면 자신은 가족에게 버림받지 않았다.

이 녀석만 없었다면…… 그날, 자신과 엘리제가 만나는 일도 없이, 엘리제의 수명도 줄어들지 않았다.

이성으로는 안다. 전부 알렉시아의 탓은 아니라고.

알렉시아 또한 피해자인 건 알았다.

하지만 알아도 감정은 별개로, 알렉시아에 대한 악감정을 도저히 버릴 수 없었다.

울부짖는 알렉시아를 보고 불쌍하다고 느꼈다. 알렉시아도 용서받아야 하지 않겠냐고 생각했다.

하지만 조금이라도 '이건 마땅히 받아야 할 벌이다' 라는 감정이 없었다고 단언할 수 있을까?

그리고…… '하다못해 편히 죽여 주자' 는 마음도 마음속 어딘가에 있었다.

지금까지 쭉, 그저 악당으로만 여겼다……. 아니다. 그렇게 함으로써 외면했다.

하지만 마녀의 맨얼굴을 보고 말았다. 부조리한 현실에 움츠러들고, 울부짖는 알렉시아를 보고 말았다.

그래서 생각하고 말았다. 앞으로 영원히 봉인되는 생지옥보다는, 여기서 편히 죽여 주고 싶다고…….

그렇게 마음속에서 저절로 소용돌이치던 살의와 동정이 베르네르의 몸속에 있던 힘을 떠밀었던 걸지도 모른다.

결국, 봉인조차 꿰뚫고 알렉시아의 가슴을 관통해 치명상을 줬다.

하지만 베르네르에게 그것 자체는 큰 비극이 아니었다.

마녀의 힘은 마녀를 죽인 자에게 깃든다.

그러나 베르네르는 성녀가 아니므로 힘이 깃들어도 자멸할 뿐임을 잘 알았다. 그리고 만에 하나 마녀처럼 되더라도 여기에는 엘리제와 알프레아와 에테르나가 있으니까, 간단히 제압할 수 있으리라.

자기 감정 하나도 제어하지 못한 미숙한 자에게 찾아오는 자업자

득의 최후……. 고작 그런 일에 불과하다.

그러나 진짜 비극은 그 뒤에 찾아왔다.

알렉시아가 완전히 죽기 전에, 그 몸을 구속하던 사슬이 빛났다.

아마도 엘리제가 숨통을 끊은 것이리라.

이유는…… 생각할 필요도 없다.

이대로 가다간 베르네르에게 마녀의 힘이 이동해서 죽으니까, 그것을 구하려고 대신 희생한 것이다.

"에, 엘리제 님…… 무, 무엇을?! 지금, 무엇을 하신 겁니까?!"

레일라가 목소리를 떨며 소리친다.

사슬이 빛났을 뿐이다. 숨통을 끊었다고 단정할 수는 없다.

그러니까 제발 아니어라.

그런 소원이 담긴 물음에, 그러나 엘리제는 조용히 대답했다.

"제가, 알렉시아 님의 생명을 거두었어요. 그러니 이제부터 마녀의 힘은 제게 이동합니다."

그것은 가장 일어나선 안 되는 일이었다.

사상 최고는 사상 최악이 될 수 있다.

앞으로 고작 몇 년 뒤에 엘리제는 마녀가 된다고, 모두가 절망했다.

하지만 엘리제의 정체를 아는 베르네르의 절망은 그 정도가 아니었다……. 그리고 그 절망은 곧바로 이 자리에 있는 모두가 공유하게 된다.

"괜찮아요. 저는 절대로 마녀가 되지 않아요."

엘리제가 미소를 지으며 그렇게 말하자, 레일라의 얼굴이 눈에 띄게 환해졌다.

다행이다. 이분은 대책을 잘 생각하셨구나.

그렇다. 마녀가 되지 않는다고, 처음부터 말씀하셨다.

운명을 바꿀 방법이 있다고…… 비극의 연쇄를 이 시대에서 끊겠다고 말씀하셨다.

그리고 엘리제는 절대로 거짓말하지 않는다.

다만 본인이 생각하는 진실이, 레일라의 인식과 결정적으로 어긋났을 뿐이다.

"왜냐면 저는…… 성녀가 아니니까요."

믿기지 않는 말에, 그 자리의 공기가 얼어붙었다.

성녀가 아니다. 누가? 이 엘리제가?

역대 최고의 성녀로 불리고, 온갖 기적을 일으킨 사람이, 성녀가 아니다?

그런 말도 안 되는 소리가 있나. 진실을 아는 베르네르와 알프레아를 제외한 모두가 생각했다.

엘리제가 성녀가 아니라면, 세계에는 성녀가 존재하지 않는다는 뜻이다.

"이 시대의 진짜 성녀는, 에테르나 씨예요. 저는…… 그저 같은 마을에서 태어나 뒤바뀐 가짜에 불과해요."

"거짓말이야……."

레일라는 마치 극한의 눈보라 속에 남겨진 것처럼 오한이 온몸을 휘감는 착각에 빠졌다.

지금 자신이 서 있는지 아닌지도 모르겠다.

태어나서 처음 맛보는 공포가 발밑에서 기어 올라오고, 온몸이 떨린다.

　엘리제는 진짜 성녀가 아니다. 그건 확실히 놀라운 사실이다.

　성녀가 아닌데도 그만한 기적을 일으킨 것은 믿을 수 없다.

　하지만 그건 좋다. 엘리제가 진짜든 가짜든, 그게 엘리제라면 아무 상관도 없다.

　섬겨야 하는…… 그리고 사랑해야 하는 주군이다. 설령 진짜 성녀가 따로 있더라도, 이 충성은 변하지 않는다.

　그러니까 가짜라는 말을 들어도 실망하지 않았다.

　그러나 무서웠다. 왜냐면, 성녀가 아니라면, 즉…… 앞으로 엘리제가 받아들여야 할 운명은 하나밖에 없기 때문이다.

　"지금까지 속여서 미안해요. 하지만 속이는 나날도 오늘로 끝이에요. 그리고 에테르나 씨…… 지금이야말로 당신에게 성녀의 자리를 돌려드리겠어요."

　갑자기 '네가 진짜 성녀다'라는 말을 들은 에테르나는 현실을 받아들이지 못한 것처럼 입을 뻐끔거리고 있다.

　하지만 엘리제가 말하는 '끝'이 좋든 싫든 앞으로 무슨 일이 일어나는지를 알게 한다.

　"성녀가 아닌 자가 마녀의 힘을 계승할 순 없어요. 그것에 맞는 그릇이 아닌 이상, 반드시 죽음에 이르죠……. 그리고 갈 데를 잃은 마녀의 힘은 다음 성녀에게 깃들지 않아요. 그러니…… 이로써, 오랫동안 계속된 연쇄는 끝나요."

　"그럴 수가……."

이것이 올바른 것처럼 말하는 엘리제를 보고, 피오라가 울먹인다.

처음부터…… 분명 처음부터, 엘리제는 이럴 작정이었으리라.

알프레아의 봉인은 변칙적인 사건으로, 처음 구상에는 없었다.

이걸로 잘되면 좋고, 실패해도 자신이 모든 슬픔을 짊어진다.

처음부터 그렇게 마음먹은 것이다.

"레일라…… 당신에게는 특히, 사과해야 해요. 당신이 성녀에게 섬기는 일을 긍지로 여기는 건 알았어요. 그런 당신을 저 같은 가짜에게 속박한 것은…… 아무리 사죄해도 용서받을 일이 아니겠죠."

"엘, 리제 님…… 아닙…… 저는……."

아니라고. 그렇지 않다고.

가짜든 진짜든 관계없이.

자신의 성녀는 오로지 엘리제였다.

그렇게 말하고 싶은데, 레일라는 말을 꺼내지 못했다.

하지만 시간은 레일라를 기다려 주지 않는다.

결정 속 알렉시아에게서 검은 안개 같은 것이 엘리제에게 흘러든다.

힘의 이동이 시작된 것이다.

"아, 아아……아아아아아아아!"

레일라가 검을 뽑고 안개를 벤다.

하지만 실체가 없는 것을 벨 수는 없다.

검은 허무하게 허공을 가르고, 몇 번이고 허공에 대고 검을 휘두르는 레일라의 모습은 그저 우스꽝스럽다.

"레일라."

몇 번이고 검을 휘두르는 레일라의 손에, 엘리제의 손이 슬쩍 포개진다.

소용없다는 것은 엘리제 자신이 가장 잘 안다.

엘리제가 불가능하다고 단정한다면 이 자리에 있는 누구도 할 수 없다.

레일라는 자신의 무력함을 통감하고, 검을 손에서 놓쳤다.

엘리제는 레일라의 뺨에서 흐르는 눈물을 훔치고, 모든 것을 성찰한 듯 미소를 짓는다.

"고마워."

이 말 하나에는 분명 수많은 감정이 담겨 있으리라.

레일라는 뭔가 말해야만 한다고 생각하면서도, 말이 나오지 않는다.

그러니까 엘리제를 힘껏 끌어안아 자신의 마음을 표현했다.

그것은 마치 어머니에게 매달리는 아이 같아서, 엘리제는 자신보다도 키가 큰 레일라의 머리를 부드럽게 쓰다듬었다.

그것이 레일라를 한층 더 슬프게 했다.

사라진다…… 얼마 후면, 없어지고 만다.

이 미소를 보는 일이 없어지고, 이 손이 자신에게 닿는 일도 없어진다.

그것이 죽음이다. 어쩔 수 없는 영원한 이별.

엘리제는 레일라를 달래며 다른 모두에게 얼굴을 돌렸다.

"이로써 마녀는 사라집니다. 천 년 동안 이어진 연쇄가 끝나고, 겨우 이 세계의 시간이 흐르기 시작해요. 거기에는 제가 없지만……

그래도 여러분의 행복을 기원할게요."

말하는 동안에도 힘의 이동은 멈추지 않고, 알렉시아에게서 흘러 나오는 안개가 줄어들기 시작한다.

힘의 이동이 조만간 끝나는 것이다.

그리고 그때, 엘리제는 죽는다.

본인도 그 사실을 이해하고 있으며—— 따라서 인생의 마지막 미소를 짓고, 마지막 격려를 말했다.

"앞으로는, 여러분의 시대예요."

그 말을 마지막으로, 엘리제의 몸에서 힘이 빠진다.

레일라는 재빨리 세게 끌어안고, 쓰러지려는 그 가녀린 몸을 지탱했다.

하지만 지탱하니까 알 수 있다. 이해하고 만다.

아아…… 틀렸다. 이게 무슨 일인가.

더는, 없다.

몸은 여기에 있는데, 엘리제는 이미 여기에 없다.

생명이 없다. 영혼이 어디에도 없다.

레일라의 품에서 조용히 눈을 감은 엘리제는 아무 힘도 없고……지금까지 머리를 장식하던 시들지 않는 꽃이 허무하게 진다.

엘리제의 마력으로 유지되어 시들지 않는 그 꽃은, 마력이 떨어지면 평범한 꽃이 된다.

그것이 졌다는 건, 엘리제의 생명이 진 가장 큰 증거였다.

"거짓말이야……. 거짓말이야, 거짓말이야! 안 돼! 엘리제 님! 눈을…… 눈을 떠 주세요!"

레일라가 평소의 의젓한 모습을 찾아볼 수 없을 만큼 흐트러진다.

눈물이 흘러넘치고, 얼굴이 엉망으로 구겨졌다.

하지만 아무리 불러도 엘리제는 눈을 뜨지 않고, 여기에 있는 것은 단순한 빈껍데기임을 통감하고 만다.

'괜찮아요, 레일라. 당신의 성녀는 절대로 죽지 않아요.'

언젠가 엘리제가 했던 말을 떠올린다.

그때 그 말이 가리킨 것은 엘리제 자신이 아니었다.

진짜 성녀인 에테르나였다.

"저, 저는…… 저는…… 가짜여도…… 상관없는데……. 다, 당신께서…… 당신께서 계시면 그걸로…… 제게는, 당신이, 진짜……."

오열이 섞여서 알아듣기 어려운 목소리로, 레일라는 울부짖듯이 말했다.

'괜찮아요. 마지막에는 반드시, 모두가 웃으며 맞이하는 해피 엔딩으로 만들 테니까요.'

그 말도, 자기 자신을 포함한 게 아니었다.

엘리제가 생각하던 해피 엔딩에, 엘리제 자신은 없었다.

아직 온기가 남은 주군의 몸을 끌어안고, 레일라는 생각한다.

이런 건…… 이런 건, 전혀 웃을 수 없다.

전혀 행복하지 않다.

아무리 세계가 평화로워져도, 거기엔 세상에서 가장 사랑하는 주군이 없다.

그런데 어떻게, 웃을 수 있을까.

"으, 으아……으아아아아아아아……! 아아아아아아아아아아아
아아!!"

마침내 레일라는 감정을 주체하지 못하고, 아이처럼 엉엉 울었다.

눈물과 콧물로 범벅이 되어서, 기사의 늠름함을 버리고 감정에 따라 통곡한다.

하지만 그런 레일라를 보고 웃는 사람은 아무도 없다.

그 자리에 있는 모두가 슬픔의 눈물을 흘리고, 베르네르는 말없이 눈물을 흘리며 절망에 찌든 얼굴로 주저앉았다.

──거기에, 엘리제가 꿈꾸던 『해피 엔딩』은…… 조금도 존재하지 않았다.

[서적판 보너스] 오디너리 후구텐의 암약

서쪽에 있는 섬나라, 오디너리 후구텐의 국왕 요루는 집무용 책상에서 혼자 머리를 끌어안고 있었다.

그를 고민하게 하는 것은 정치적 실패, 그리고 그것이 낳은 국민들의 지지율 추락이다.

오디너리 후구텐은 원래 섬나라인 덕분에 다른 나라의 마물이 침입하기 어렵고, 마녀도 거점으로 택할 이점이 없어서 외국에 비해 압도적으로 안전하고 풍족한 나라였다.

발언력도 강하고, 국왕들이 모이는 자리에서는 아무도 후구텐을 무시하지 못했다.

설령 후구텐이 고압적으로 자기 나라에만 일방적으로 유리한 조건을 들이대도 모두가 말없이 그것을 수용했다.

섬나라인 까닭에 여유가 있는 후구텐과 같은 섬나라로서 여유가 있는 자퐁만이 외국에 경제와 식량을 지원했기 때문이다.

요컨대 후구텐은 다른 나라의 생명줄로, 항시 목숨을 쥐락펴락하는 상태나 다름없었다.

그래서 다른 나라는 후구텐에 의존할 수밖에 없었다.

그러한 사정도 있어서 후구텐은 성녀가 필요하지 않았고, 다른 나라에서 표면상으로 성녀를 정점으로 삼는 체제에도 참여하지 않았다.

항상 마녀의 공포에 노출된 다른 나라는 성녀라고 하는 허울만 좋은 희망에 매달려야 나라를 유지할 수 있지만, 후구텐은 다르다.

그런 것을 정점으로 삼아 숭배하지 않아도 잘 살 수 있다.

오히려 표면상으로라도 권력의 정점을 빼앗기면 손해였다.

애초에 섬나라이니까 성녀도 간단히 올 수 없다.

즉, 후구텐에서 보면 성녀는 아무런 은총도 없고, 없어도 딱히 곤란하지 않다. 그 정도의 존재에 불과했다.

그러니까 후구텐은 성녀의 아래에 있다는 태도를 보이지 않고 국왕이 정상에 서는 체제를 유지하고 있다.

어째서인지 같은 섬나라이고 여유가 있는 자퐁은 후구텐과 다르게 성녀 정점 체제에 참여하지만, 이쪽은 과거에 조상들이 마녀에게 험한 꼴을 본 일이 있어서 성녀를 숭배한다는 듯하다.

하지만 그것도 포함해 후구텐에는 좋은 일이다.

다른 나라가 모두 성녀를 정점으로 삼는 가운데, 후구텐만이 국왕을 정점으로 삼는다.

즉, 후구텐의 정점인 요루 왕은 여러 나라 중에서도 유일하게 성녀의 아래가 아니라 대등한…… 아니, 더 큰 권력을 쥐는 것이다.

"큰일 났군……. 큰일 났어……."

요루 왕이 고뇌한다.

──그 권력 기반이 와르르 무너진 건, 고작 몇 년 전의 일이다.

말할 나위도 없이, 원인은 역대 최고의 성녀 엘리제의 등장이다.

과거의 성녀는 대체 뭐였냐고 말하고 싶어질 정도로 기적의 힘으로 마물을 몰아내고, 사람들의 상처를 치유하고, 결실을 내주고, 영토를 되찾았다.

이렇게 되면 그 은총을 누릴 수 없는 후구텐만이 오히려 힘들어진다.

엘리제라면 배를 타지 않아도 자기 힘으로 후구텐으로 이동해 똑같이 은총을 베풀 수 있으리라.

하지만 후구텐은 지금까지 '아, 우리는 성녀가 필요 없고요, 숭배하지도 않아요. 우리는 어디까지나 임금님이 제일 잘났으니까요.'라는 태도를 고수하는 바람에 엘리제를 이쪽으로 보내라고 말할 수 없었다.

오히려 요루 왕 자신이 권력이 위협받는 것을 두려워해서, 엘리제는 이쪽에 오지 않아도 괜찮다며 허세를 부렸다.

이것이 실수였다. 딱히 입국을 금지한 게 아니지만, 지위를 보면 '성녀의 비호 아래'에 있지 않고 '대등 이상'인 후구텐의 왕이 그렇게 말하면 엘리제도 후구텐에 가기 어렵다.

그렇게 되고 나면 우선순위와 거리의 문제로, 바다 건너편에 있는 데다가 비교적 안정된 후구텐보다 항상 위기에 직면한 근처 다른 나라에 엘리제가 간다.

어느덧 세계에서 가장 안전했던 후구텐은 현재 가장 위험한 나라가 되었고, 세계에서 가장 안정적이었을 텐데도 지금은 가장 불안정한 나라다.

애초에 안정적이었다고는 해도, 어디까지나 다른 나라와 비교했을 때다.

마물이 적어도 없는 건 아니고, 땅도 척박해졌다. 후구텐도 괴로운 건 똑같다.

지금이라도 '엘리제 님 살려주세요' 라고 말하면 되지만, 지금까지 성녀가 필요 없다는 태도를 고수해 놓고서 지금 그러는 건 수치스럽다고, 요루 왕은 생각하고 말았다.

차라리 요루 왕이 아무 말도 안 했다면 엘리제도 멋대로 구하러 왔으리라.

그러나 왕 자신이 고집을 부리고 성녀가 필요 없다고 하는 바람에 엘리제도 좀처럼 후구텐을 방문할 수 없다.

"큰일 났군……. 큰일 났어……."

어느덧 요루 왕은 가만히 두면 멋대로 찾아오는 구원의 손길을 자기 의지와 허세, 권력에 대한 집착으로 멀리한…… 어리석은 왕이 되었다.

그리고 국민의 불만과 분노는 당연히 그에게 쏠렸다.

왜 성녀를 안 부르냐. 그 이전에 멀리하다니 바보인가, 우리 왕은? 성녀의 비호 아래로 들어가라. 성녀의 밑이라도 아무 문제도 없잖아. 딱히 정치에 간섭하는 것도 아니고. 그러니까 마누라가 도망가는 거야.

이런 식으로, 아무 말이나 막 해댔다.

이대로 가면 최악의 경우, '저 녀석을 왕좌에서 몰아내고 성녀를 부르자' 며 쿠데타가 발생할지도 모른다.

그러나 지금 와서 '성녀님 살려주세요' 라고 머리를 숙이긴 싫다.

그것은 자신의 정치적 실책을 인정하는 꼴이며, 그랬다간 머지않아 왕좌에서 쫓겨날 수 있다.

어떻게든 성녀의 은총을 누리며 머리를 숙이지 않고, 나아가 다른 나라보다 우위에 서고 싶다. 다른 나라보다 앞서던 과거의 영광을 잊을 수 없다.

그래서 그는…… 더욱 어리석은 수단을 궁리했다.

◇

밤의 어둠에 휩싸인 학원에 누군가가 천천히 접근하고 있었다.

검은 옷으로 몸을 감싼 열 명의 사내들은 후구텐에서 찾아온 비밀부대다.

왕의 명령이 있다면 밀정, 조사, 입막음 암살…… 그리고 유괴까지 뭐든 하는 집단이다.

그리고 그들의 마수는 지금 엘리제에게 뻗치고 있었다.

지금 와서 성녀에게 머리를 숙이긴 싫다. 그러나 성녀의 은총은 필요하다.

그렇게 생각한 요루 왕은 엘리제를 유괴할 생각을 떠올렸다.

엘리제를 유괴하고 그 은총을 독점한다. 그렇게 하면 다른 나라는 다시 쇠퇴할 것이고, 후구텐에 의존할 수밖에 없어진다.

그렇게 함으로써 후구텐은 발전하고, 풍족해진다. 엘리제가 사라진 것은 마녀의 탓으로 돌리면 된다.

마물 대군을 물리치는 엘리제라도, 잠든 사이에는 무방비할 것이다. 게다가 자비로운 엘리제라면 인간 상대로 그 힘을 행사하지 않을 것이다.

유괴만 성공하면, 다음에는 어떻게든 할 수 있다.

판단력을 빼앗는 마약이든 뭐든 써서 후구텐의 뜻대로 움직이는 꼭두각시 인형으로 삼으면 된다.

그렇게 어리석고 앞뒤를 분간할 줄 모르는 계략으로 보내진 비밀부대였지만…… 그들은 입구에 이르러 이상한 느낌이 들었다.

"이봐…… 잠깐만. 사람이 한 명 줄어들지 않았어?"

"정말 그렇군…… 낙오했나?"

"칫. 그런 바보는 무시해……. 가자."

사람이 한 명 줄어들었다. 그러나 그들은 없어진 동료를 찾는 것보다 임무 속행을 택했다.

그들은 냉혹하고, 명령에 충실하다. 필요하다면 동료라도 버린다.

낙오했다면 고작 그 정도였다는 뜻. 그런 무능력자를 걱정하는 것보다 임무를 달성하는 것이 더 주요하다.

아홉 명의 사내들은 허리춤에 찬 주머니에서 끝에 갈고리가 달린 밧줄을 꺼내고, 조금 돌린 다음에 던졌다.

그러자 갈고리가 학원 최상층 창틀에 걸린다.

사전 조사에서 이 학원의 최상층…… 내빈실에 엘리제가 있다는 사실을 알아냈다.

입구 앞에는 수석기사인 레일라가 지키고 있지만, 창문은 아무도 지키지 않는다.

사내들은 밧줄을 타고 벽을 올라가고…… 마지막에 벽을 넘으려던 사내가 인기척을 느꼈다.

"누구——."

누구냐고 말하기 전에 입이 막히고, 목에 바늘이 들이대졌다.

의식이 흐릿해지는 가운데 그가 마지막에 본 적은 칠흑 같은 어둠 속에서 빛나는 안경이었다.

습격자는 그대로 어둠 속으로 사내를 끌어들이고, 모습을 감췄다.

"이봐, 잠깐만…… 뭔가 이상해. 또 한 명이 없어졌어."

"또냐."

"아무리 그래도 이건 이상하지 않아?"

"적의 공격일지도 몰라……. 다들 조심해라."

한 사람이면 모를까, 두 사람이나 사라지면 공격을 의심한다.

엘리제의 기사가 공격한 걸지도 모른다.

그렇게 생각하고 경계하면서도, 그들은 끝까지 임무를 수행하고자 벽을 오른다.

그중에서 가장 뒤에 있는…… 3층 부근이 벽에 있던 사내가 문득 시선을 느꼈다.

뭔가 해서 창문 쪽을 보자…… 있었다! 학원 안에서 이쪽을 응시하는 안경 쓴 남자가!

"저……."

적이다, 라고 말하려던 순간에 벽에서 손이 나타났다.

흙 속성 마법으로 만든 골렘? 언제 준비했지? 아니다…….

학원의 벽을 골렘으로 만들었다……!

그 무시무시한 기량에 놀랄 틈도 없이 사내는 거대한 팔에 붙잡혀 그대로 학원 벽에 가라앉았다.

벽 안에 무언가 있다!

"좋아. 여기다……. 안은, 커튼 때문에 안 보이는군……."

"문제없어. 부순다."

한 사내가 창문에 손가락을 대고 천천히 원을 그린다.

그러자 그 손가락 궤적에 맞춰 창문이 구멍이 생겼다. 불 마법으로 태운 것이다.

구멍에 손을 넣어 잠긴 창문을 열고, 사내 다섯 명이 방으로 침입한다.

그렇다……. 고작 다섯 명만이 침입했다. 다른 다섯 명은 어디로? 먼저 사라진 두 명을 제외해도 세 명은 더 있어야 하는데, 아무 데도 보이지 않는다.

"……! 이, 이봐…… 이것밖에 없어? 다른 세 명은 어디 갔어?"

"아직 밖에 있는 거 아니야?"

"아, 아니야. 없어!"

"자, 잠깐만! 또 한 명이 줄어들지 않았어?!"

또 한 사람이 소리도 없이 사라졌다.

다섯 명은 밖에 의식이 쏠린 짧은 사이에 네 명이 되었다.

그 사실 공포를 느끼지만, 그들은 훈련된 비밀부대다.

공포보다도 끝까지 임무 달성을 목표로 삼는다.

"이미 우리 존재가 적에게 들키고 공격받고 있어! 이미 잠입에 전념할 필요도 없다! 신속하게 성녀를 확보하고 이탈한다!"

"그래!"

사내들은 일직선으로 성녀가 잠든 침대가 가서 장막을 걷었다.

안에는 새근새근 잠든 아름다운 성녀가── 있어야 했다.

그런데 아무것도 없다. 성녀는 고사하고, 침대도 없다.

이쯤이 되어서야 그들은 본격적으로 이상함을 느꼈다. 어두워서 알기 어렵지만, 애초에 이 방은…… 정말로 성녀가 자는 방일까?

마치 급조한 듯한…… 조잡한 느낌이 든다.

"이, 이봐…… 여긴, 애초에 학원일까?"

"무슨 소리를……."

"저길 보라고……. 창문 밖에…… 저쪽에 학원이 있잖아?!"

사내들은 그 말을 듣고 창밖을 봤다.

그러자 창밖에…… 여기에서 떨어진 곳에 학원이 있었다.

하지만 그건 이상하다. 자신들은 학원에 침입했다. 그렇다면 밖에 학원이 있을 리가 없다.

그렇다면…… 자신들이 지금 있는 여기는 대체 어디지?

"망했다! 함정이야! 모두 퇴각해라!"

"그래! 어, 어라……? 다들 어디 갔어?"

여기 있으면 위험하다. 그 결단은 너무 늦었다.

어느새 여기에는 두 사람만 있었다.

아까만 해도 네 명이 있었는데, 벌써 사라지고 말았다.

두 사람은 등을 맞대고 무기를 뽑아 실내를 둘러본다.

하지만 적은 어디에도 없다. 음산한 고요함만이 있다.

"제길, 어디 있지……. 이봐, 그쪽은 어때? 이봐? 그쪽은……."

사내가 뒤로 시선을 돌리자——아무도 없었다.

적은 물론, 아까만 해도 등을 맞대고 서 있었을 동료도.

한 명이다. 처음에는 열 명 있었던 부대가 얼마 되지도 않아서 한 명만 남았다.

힘든 훈련으로 단련한 정신력에 금이 간다.

이가 딱딱 부딪히고, 다리가 떨린다.

그런 사내를 조롱하듯, 어둠 속에서 뭔가 빛났다.

"흠…… 밤의 어둠으로 속일 수 있다고 생각했는데, 역시 마법으로 만든 가짜는 들키나. 거참, 이래 보여도 내 마력을 전부 주입한 자신작인데 말이야."

"누, 누구냐?!"

어둠 속에서 빛나는 그것은 안경이었다.

경박하게 웃으며 어둠 속에서 모습을 드러낸 인물은 엘리제 일편단심의 변태, 서플리 먼트다.

사내는 곧바로 공격하려고 하지만, 발이 움직이지 않는다.

어느새 사내의 발을 바닥의 푹 빠져 있었다.

"아, 조심하게. 점토로 급하게 만든 골렘이라서. 그나저나 곤란하군……. 벌써 붕괴하기 시작하고 있어. 나무로 골조를 만들고, 창문과 천막을 미리 준비하고, 외벽과 바닥, 천장만 골렘의 응용으로 만들면 내 마력량으로도 될 줄 알았는데…… 이 크기로는 한 시간도 유지하지 못하나. 내 몸이지만 참 답답하군."

"고, 골렘……이었나……. 이 크기로……."

"딱히 놀랄 일도 아니지. 무에서 유를 창조한 게 아니니까. 재료인

점토도 사전에 준비한 것을 썼을 뿐이다. 엘리제 님이라면 사전 준비나 조작도 없이, 맨땅에서 완벽한 복제를 만드시겠지."

"사전 준비……? 아, 알고 있었나……. 우리가 오는 것을……."

"아니? 이건 원래 단순한 마법 연구다. 그런데 자네들이 제 발로 왔으니까, 실험에 동참하게 한 것에 불과하지."

서플리는 이렇게 보여도 연구자 기질이 있다.

그는 예전에 엘리제가 흙 속성 마법으로 무기를 만든 것을 보고, 흙 속성 마법에는 아직 가능성이 더 잠들어 있음을 알았다. 자신이 그 힘을 전부 끌어내지 못한 사실을 알았다.

서플리는 엘리제가 내린 무기와 똑같은 것을 만들 수 없다.

그래도, 엘리제처럼 기적을 일으키지 못해도, 평범한 사람이라도 잘 연구하면 이것저것 더 많이 할 수 있을 것이다.

그렇게 생각하고, 서플리는 매일 연구하고 있다.

"자…… 내 연구에 협력하느라 고생했군. 그 보수로 자네들이 얼마나 어리석은 짓을 하려고 했는지, 그리고 엘리제 님이 얼마나 훌륭하신지를 듬뿍 교육해 주겠네."

서플리는 안경을 빛내며 사내에게 다가간다.

어둠 속이어서 잘 보이지 않지만, 입이 초승달 모양으로 일그러진 것만큼은 사내도 잘 알았다.

"그, 그만둬……."

도망치고 싶다. 하지만 도망칠 수 없다. 발이 바닥에 빠졌다.

서플리는 사내에게 슬금슬금 다가가 요사한 웃음을 짓고 있다.

"그만둬어어어어어어어!"

──사내의 비명이 밤의 어둠 속에서 울려 퍼졌다.

◇

엘리제 유괴 임무를 내리고 며칠 뒤, 요루 왕이 있는 곳에 비밀부대 열 명이 귀환했다.

왕은 그들의 귀환을 기뻐하고, 자기 방으로 불러들였다.

이로써 자기 나라는 풍족해지고, 다른 나라는 쇠퇴한다. 나라를 충족하게 한 실적으로 국민들에게 추앙받으리라. 요루 왕의 머릿속에는 이미 국민들에게 칭송받는 자신의 늠름한 모습밖에 없었다.

그 방에는 귀환한 비밀부대와 요루 왕만 있고, 다른 사람은 없다. 성녀 엘리제의 유괴가 들켰다간 국제문제를 넘어서 그대로 전쟁이 터질 수 있기 때문이다.

그래서 엘리제를 유괴한 사실은 여기 있는 요루 왕과 비밀부대 열 명만 안다.

"잘 돌아왔다. 내 정예들이여. 빨리 엘리제를 내게 보여주지 않겠나."

"…………."

"…………."

왕의 말에, 비밀부대 사람들은 대답하지 않는다.

그저 말없이 왕을 에워쌀 뿐이다.

그 움직임이 너무나도 자연스럽고 깔끔해서, 왕은 그들의 행동을 경계할 수 없었다.

딱 봐도 이상한 행동이라도 당당하고 자연스럽게 하면 이상하게 위기감이 무뎌지는 법이다.

그러나 역시 이들의 분위기는 이상했다.

자세히 보니 엘리제는 어디에도 없다. 자루 같은 데 넣었나 했지만, 그럴싸한 것은 아무도 소지하지 않았다.

"이, 이봐? 왜 그러느냐. 내 정예들이여."

"······를 위하여."

"어?"

"엘리제 님을 위하여!"

비밀부대의 한 사람이 기성을 질렀다.

그러자 이에 호응하듯 다른 아홉 명도 뒤따른다.

"엘리제 님을 위하여!" "엘리제 님을 위하여!" "엘리제 님을 위하여!" "엘리제 님을 위하여!" "엘리제 님을 위하여!" "엘리제 님을 위하여!" "엘리제 님을 위하여!" "엘리제 님을 위하여!" "엘리제 님을 위하여!"

"뭐? 너, 너희는 왜 이러는 거냐······?"

비밀부대는 딱 봐도 이상했다.

모두가 황홀한 얼굴로, 엘리제에 대한 충성을 말하고 있다.

그것은 서플리가 엘리제의 기적을 볼 때와 똑같이 변태의 얼굴이지만, 요루 왕이 그걸 알 리가 없다.

그들은 서플리에게 붙잡히고, 찬찬히, 지긋하게, 엘리제의 훌륭함을 교육받았다.

얼마나 존엄한지, 얼마나 아름다운지.

쉴 새도 없이, 질리지도 않고 계속되는 서플리의 엘리제 해설을 듣고, 어떨 때는 서플리에게 억지로 끌려가 멀리서 엘리제의 모습을 관찰했다.

그 결과, 그들은 완전히 서플리의 사상에 물들었다.

애초에 우리는 왜 욕심 많고 멍청하고 세계의 사정도 전혀 고려하지 않고, 국민도 생각하지 않고, 권력에 집착하는 더러운 아저씨를 따르는 거지?

엘리제를 유괴하면 또다시 절망으로 가득한 세계로 돌아가고, 그 와중에 후구텐만 은총을 누리면 유괴가 그냥 들키지 않을까? 다른 나라를 전부 적으로 만들고 전면 전쟁이 나서 나라가 망하지 않을까?

그런 것도 모르는 멍청한 아저씨를 위해 목숨을 바치다니, 의미가 없지 않을까? 그 이전에 바보 아닐까?

그보다는 믿기지 않을 정도의 미소녀에게 충성을 바치는 게 훨씬 이득이지 않을까? 무조건 보람이 생기겠지?

어쩔 수 없어. 우리는 남자니까.

그리하여 그들은 요루 왕을 배신했다.

"엘리제 님을 위하여!"

열 명이 합창하고, 최고의 성녀를 해치려고 한 어리석은 자를 심판하고자 다가간다.

이 녀석은 왕좌에 어울리지 않는다.

그러니 우선 이 녀석을 두들겨 패고, 비교적 멀쩡한 이 녀석의 아들이 대를 잇게 하자.

그래서 그들은 한때 충성을 맹세했던 더러운 욕심쟁이 아저씨에게 일제히 덤벼들었다.

◇

"엘리제 님, 후구텐의 왕이 바뀌었다고 합니다."

"헤에, 그렇군요."

그것은 어느 날의 일.

내가 아침에 일어나서 밖으로 나오자 레일라가 후구텐의 왕위 교체를 알려줬다.

오호라. 임금님이 바뀌었나. 그렇긴 해도 나는 거기 임금님을 별로 본 적이 없으니까, 솔직히 아무래도 좋아.

애초에 거기 임금님은 나를 멀리하는 감이 있었으니까.

"새로이 국왕이 된 샤마 폐하가 지금까지의 무례를 사죄하는 전언을 보냈습니다."

무례? 무슨 일이 있었던가?

안 와도 된다는 소리는 들었지만, 상대의 사정을 생각하면 정상이니까.

애초에 그 나라는 빌베리 왕국과 다르게 표면상으로도 성녀의 아래라는 자세가 아니고.

"후구텐은 기존의 방침을 바꿔서 성녀 산하로 들어올 것을 신청했다고 합니다."

오호라. 아들은 아빠랑 다른 방침으로 가는 건가. 뭐, 괜찮지 않겠어?

아, 성녀 산하란 성녀를 정점으로 하는 국가들의 관계를 말하는 거다.

물론 성녀 산하라고 해도 겉으로만 그런 거고, 평범하게 임금님이 성녀보다 더 잘났지만.

거기에 후구텐도 가입한다는 건…… 나도 앞으로는 적극적으로 후구텐에 가서 이것저것 도울 의무가 생기는 건가.

그나저나 왜 갑자기 방침을 바꾼 걸까?

아버지와 사고방식이 다른 사람이란 걸까? 하지만 그랬다간 예전 임금님하고 충돌하지 않겠어? 괜찮아?

"요루 왕은 어떻게 됐나요?"

"선왕은…… 지금까지 저지른 부정과 부패 행위가 드러나, 지금은 유폐 중이라고 합니다……."

어라라. 그건 큰일이네. 그 나라도 복잡하구나.

뭐, 솔직히 아무래도 좋아. 그렇게 생각하고, 나는 창밖으로 눈길을 줬다.

그러자 그곳에는 얼마 전까지만 해도 없었던 건물……의 잔해가 널브러진 게 보였다. 저게 뭐지?

"그건 그렇고…… 창밖으로 보이는 저건 뭐죠?"

"아, 저건…… 서플리 선생이 골렘의 응용으로 학원의 분교를 만들었지만, 고작 한 시간 만에 무너진 흔적이라고 합니다."

헤에, 분교를……. 그 녀석도 이런저런 일을 하네.

그나저나 위험한걸. 누가 진짜로 건물로 착각해서 들어가면 어쩌려고 그래.

하긴, 그런 바보가 있을 리가 없나.

즉, 오늘 아침의 보고는 전부 내게 아무래도 좋은 일밖에 없다는 소리다.

자, 그러면 오늘도 학원에서 미소녀 관찰에 전념해 보실까.

후구텐의 왕이 바뀐 것보다, 내게는 이게 더 중요하단 말이지.

후기

아직 끝난 게 아니올시다. 조금만 더 이어집니다.

이번에 「가짜 성녀」 3권을 찾아주셔서 감사합니다.

작가인 카베돈다이코입니다.

자, 여기서부터는 일단 3권 본편의 스포일러가 되므로, 먼저 후기를 보는 분이 계시면 잠시 멈추시고, 본편을 먼저 읽기를 추천합니다.

엘리제의 죽음으로 막을 내린 3권인데, 물론 여기서 끝나는 건 아니므로 안심해 주세요.

이야기의 결판은 마지막 권인 4권으로 넘어갑니다.

또한 예전부터 진행 중이던 만화판 기획 말인데, 슬슬 시작된다는 보고를 받았습니다.

맡아 주시는 분은 에가키비토 님입니다.

소설만으로도 상상으로 보충할 수밖에 없던 여러 장면을 조만간 그림으로 볼 수 있어서, 저도 고대하고 있습니다.

자, 이번 3권에서는 새 등장인물로 초대 성녀 알프레아가 나오고, 마녀 알렉시아와의 결전이 이루어지거나 해서 이야기가 크게 움직였습니다.

아무래도 좋은 일이지만, 알프레아와 알렉시아는 이름이 비슷해서 저도 자주 실수했습니다.

그리고 엘리제는 예전부터 본인이 밝힌 것처럼, 자신의 퇴장으로 이야기의 막을 내리려고 했습니다.

자신이 죽으면 레일라를 비롯한 다른 사람들이 슬퍼할 것을 모르는 것도 아닐 텐데, 그 부분을 너무 가볍게 생각합니다.

애초에 엘리제(후도 니토) 자신이 타인을 배려하는 성격이 아니고, 전생 때부터 일관적으로 다른 사람을 게임 NPC나 애니메이션 등장인물로 봅니다.

영화를 보고, 나쁜 사람이 있으면 화가 나고, 슬픈 장면이나 인물이 죽는 장면을 보면 슬픈 감정을 느낍니다.

하지만 영화관에서 나오면 '아, 재밌었다' 며 그대로 그냥 집에 가서 씻고 자는 것과 똑같은 감정만 타인에게 느낍니다.

그래서 엘리제는 본질적인 부분에서 '타인을 소중히 여기는 마음' 을 모르는 겁니다.

이해할 순 있어도 공감하거나 실감할 수 없으므로, 자신이 없어지면 레일라나 베르네르의 마음에 얼마나 상처를 남길지 이해하지 못합니다.

그러니까 자신이 퇴장해도 '슬퍼하긴 해도 금방 회복하겠지' 정도로 생각하는 겁니다.

그 엇갈림이 이번 권 막판으로 이어지는 셈입니다.

본인은 할 만큼 다 하고, 배드 엔딩 요소도 전부 없앤 다음에 모두

생존하는 엔딩을 달성했으니까 해피 엔딩이라고 믿지만, 실제로는 모두가 슬퍼하는 배드 엔딩이 되는 겁니다.

그렇지만 이렇게 끝나면 뒤끝이 답답해지니까, 당연히 아직 안 끝납니다.

앞으로 어떻게 될지는——다음 권을 기다려 주세요!

그런고로 이번에는 여기서 이야기를 마치겠습니다.

이 책을 내는 데 있어서 애써 주신 KADOKAWA 님, 변함없이 훌륭한 일러스트를 그려 주시는 유노히토 님, 그리고 지금 읽어 주시면 독자 여러분. 언제나 감사합니다.

앞으로 한 권. 부디 마지막까지 함께해 주시면 좋겠습니다.

다음 4권에서 또 봅시다.

카베돈다이코

이상적인 성녀? 미안, 가짜 성녀입니다!
~사상 최악으로 불린 악역으로 환생했는데요~ 3

2024년 07월 15일 제1판 인쇄
2024년 07월 25일 제1판 발행

지음 카베돈다이코
일러스트 유노히토

발행 영상출판미디어(주)
등록번호 제 2023-000035호
주소 07551 서울특별시 강서구 양천로 570 NH서울타워 19층
대표전화 02-2013-5665

ISBN 979-11-380-4959-7
ISBN 979-11-380-3195-0 (세트)

RISO NO SEIJO? ZANNEN, NISE SEIJO DESHITA! Vol. 3 ~KUSO OF THE YEAR TO YOBARETA AKUYAKU NI
TENSEI SHITANDAGA~
ⓒkabedondaikou, Yunohito 2022
First published in Japan in 2022 by KADOKAWA CORPORATION, Tokyo.
Korean translation rights arranged with KADOKAWA CORPORATION, Tokyo.

구매 시 파손된 도서는 구매처에서 교환하실 수 있습니다.
기타 불편사항, 문의사항이 있으신 독자님께서는 노블엔진 홈페이지
[http://novelengine.com] 에서 Q&A 게시판을 이용해 주시기 바랍니다.

리아데일의 대지에서

1~4

사고로 생명유지 장치 없이는 살 수 없는 소녀 '카가미 케이나'는
VRMMORPG 『리아데일』에서만 자유로울 수 있었다.
그러던 어느 날, 생명유지장치가 멈추고 정신을 잃었다 깨어난 케이나는
자신이 플레이한 게임 세계에서 200년이 지난 곳에 있었다?!

현실이 된 게임 세계, 하이엘프 캐릭터 '케나'가 된 케이나는
200년 동안 무슨 일이 있었는지 알아보면서 새로운 세계를 접해 나가는데――.

Ceez 지음 / 텐마소 일러스트

영상출판
미디어(주)

이세계 유유자적 농가

1~9

투병 끝에 젊은 나이로 세상을 떠난 청년.
신의 자비로 '건강한 몸'을 받아서 전이한 이세계에서, '만능농기구' 하나로
생전에 꿈만 꿨던 농사일을 시작하는데——
자유롭게 개척하는 대지, 개척한 농지로 하나둘 모여드는 새 가족들.
느긋하고 즐거운 삶이 여기에 있다!
게임 시나리오 라이터가 전하는
슬로 라이프×이세계 농업 판타지, 여기에 개막!

나이토 키노스케 지음 / 야스모 일러스트

영상출판
미디어㈜

애니메이션 제작 결정! 모든 것이 재구축된 세계에서,
소년은 운명적인 만남을 통해 저 높이 올라간다!

리빌드 월드

1~6 [상·하]

옛 문명의 유산을 찾아서 수많은 유적에 헌터들이 몰리는 세계.
슬럼의 소년 아키라가 풋내기 헌터가 되어서 목숨을 걸고 구세계의 유적에 첫발을 내디딘다.
그곳에서 아키라가 마주친 것은 유령처럼 배회하는 정체불명의 미녀 〈알파〉.
알파는 아키라가 유적을 공략하게 도와주는 대신, 특별한 의뢰를 요청하는데——?

의지와 각오를 품고, 소년이여 날아올라라!
옛 문명의 유적을 둘러싼 헌터들의 뜨거운 SF 배틀 액션!

나후세 지음 / 긴, 와잇슈 일러스트

영상출판
미디어(주)